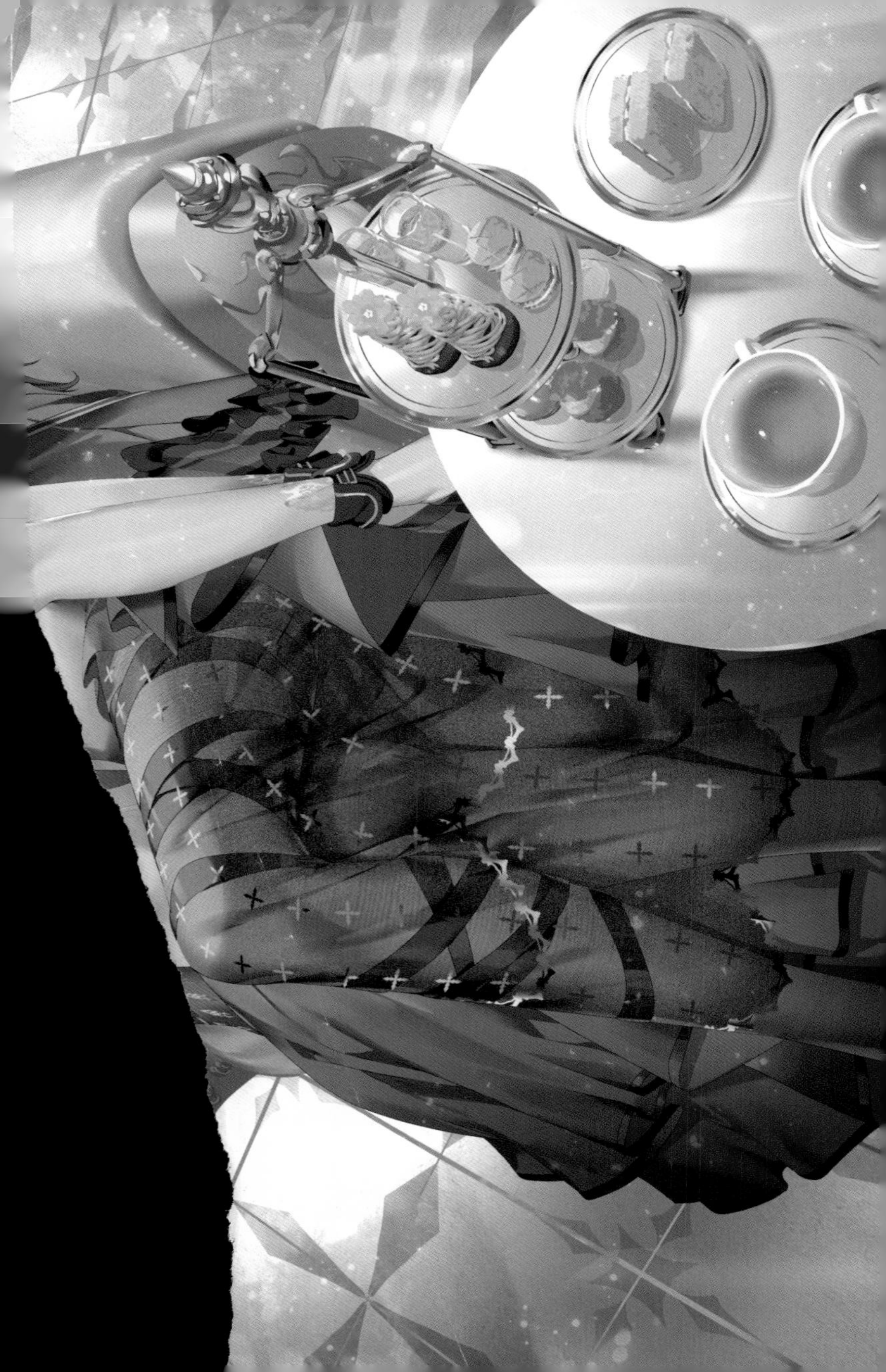

森で聖女を拾った
最強の吸血姫
娘のためなら国でもあっさり滅ぼします！
PRESENTED BY REN TAKIGAWA
瀧川蓮
Illustration ヨシモト
TOブックス

contents

第一章 滅びゆくジルジャン王国

イラスト：ヨシモト　デザイン：浜デ

第一章

滅びゆくジルジャン王国

プロローグ

濛々《もうもう》と舞い上がる粉塵と火焔。風にのって運ばれる焦げた臭いが人々の鼻腔を刺激する。未だ猛々しく燃え盛る炎は夕暮れのようにあたりを赤く染めた。その日、歴史あるジルジャン王国は国としての機能を停止した。十代半ばにしか見えない一人の美少女が放った一撃の魔法で王城は全壊し、自慢の騎士団も消し炭となり、王族も一人残らず殺されたのである。王城から少し離れた小高い丘の上で、小さな女の子を連れた一人の少女がいまだ爆炎に包まれる王城に視線を向けていた。その深紅の瞳からは何の感情も窺えない。

少女の名はアンジェリカ。吸血鬼の頂点に君臨する真祖一族の姫であり、過去に単独でいくつもの国を滅ぼした国陥としの吸血姫である。ジルジャン王国の国王は真祖の逆鱗に触れた。単独で国を焼き払える真祖を意のままにできると勘違いし、愚かとしか言いようのない行動を起こした。その結果がこの惨状である。

「……さて、これからどうするかしらね」

背中まである美しい黒髪、優雅にゴシックドレスを纏う紅い瞳の美少女、アンジェリカは静かに口を開く。

「どうするってどういうこと？　ママ」

アンジェリカをママと呼ぶ六歳の女の子、パールが素直な疑問を口にした。アンジェリカはパールに優しく微笑みかけたあと、彼女の手をそっととる。星形の紋章が浮かぶ手の甲に軽く触れ、頭をなでた。

「王族の連中は自業自得だったけど、このままじゃこの国に住んでいる人たちが困るでしょ？　だから何か考えてあげないとね」

「そっかー！　ママは優しいね！」

優しい人は一国を滅ぼしたりしないのよ、とツッコミそうになったのをこらえながら苦笑いするアンジェリカ。彼女自身、自分が優しい生き物だとはまったく思っていない。この国の王族からすればまさに災厄としか言えないであろう。だがそれも仕方のないことだ。

なんせ、この国の連中は彼女の「宝物」に手を出そうとしたのだから。

アンジェリカにとって唯一無二の存在であるパールをさらい、危険にさらした王族や貴族にかける情けはない。敵意と悪意のもと愛娘に害をなす者、平穏を脅かす者には容赦しない。

この子の幸せのためなら私は迷わず国でも世界でも焼く。

ただ、今回の件では人間たちにもいろいろと手伝ってもらった。王族が滅んだ以上、今後この国の運営は混迷を極めるであろう。

「とりあえず、国として機能する程度には手をかしてあげようかしらね」

聖女の紋章が浮かぶパールの小さな手を握りしめながら、アンジェリカは遠くに目を向けた。

第一話　魔の森で聖女を拾う

ジルジャン王国の国境近くに広がる魔の森。討伐難易度Aランク超えの魔物が多数生息するこの森に、真祖たるアンジェリカの屋敷はあった。その日、朝靄がまだ晴れぬうちにアンジェリカは森へ散策に出かけた。新芽の爽やかな香りを堪能しつついつものルートを進んでいた彼女だったが、何とも言えない気配を感じて立ち止まる。視線の先には一本の大木。何の変哲もない巨木だが、根元に布でくるまれた何かがあった。

それは人間の赤ん坊。布にくるまれた赤ん坊が巨木の根元ですやすやと眠っている。アンジェリカが戸惑ったのは言うまでもない。何故このような場所に赤ん坊が捨てられているのか。赤ん坊のそばに座ったアンジェリカは喉の奥が熱くなるような感覚を抱く。苦く辛い過去の記憶が否応なく掘り起こされた。

――千年以上前――

あるとき、アンジェリカは一族の当主たる父から人間のある国を滅ぼすよう命じられた。真祖をただの吸血鬼と侮り無礼を働いたとのこと。ただ、当主は滅ぼすのは王族だけでもよいと言っていたので、アンジェリカは城とその周辺だけを焦土に変えようと考えた。アンジェリカはそれまでまともに人間の国へ行ったこともなければ、人間と接触したこともほとんどなかった。だから、何となく興味本位で人間の町に住んでみることにしたのだ。何せ時間だけは無限とも言えるほどある。

初めてまともに人間と交流もした。と言っても一人だが。定宿にしていた店の看板娘、サラ。十六歳の彼女はいつも赤ん坊の妹を背負って店の仕事を手伝っていた。アンジェリカはそのとき初めて人間の赤ん坊を目にしたのである。

「アンジェリカちゃん。今日の食事はどう？」

「ん、美味しい」

「でしょ!? 私が手伝ったんだー」

サラは太陽のように明るい笑顔が魅力的な子だった。妹のシスは赤ん坊だったため話せなかったが、アンジェリカが顔を近づけると小さく柔らかな手でペタペタと顔を触った。なんて愛おしい生き物なんだろう。アンジェリカは素直にそう感じたのを覚えている。あるときは、指を近づけたら小さな手でギュッと握ってくれた。とても幸せな温もりだった。

一ヶ月ほどサラの親が経営する宿で暮らしたが、そろそろ父からの命令を遂行しなければならない。宿で眠る最後の日、アンジェリカはサラにとても重要なことを伝えた。

「サラ。明日は絶対に王城の近くに行ってはダメよ」

「んー？ 何かあるの？」

「ん……嫌な予感がするだけ。約束してくれる？」

「アンジェリカちゃん変なの。分かったよー」

サラはシスを背負ったままケラケラと笑うと、「じゃあおやすみなさい」と言って部屋に戻った。

翌日、アンジェリカは父からの命令を遂行すべく町の上空で魔力を練った。城とその周辺を焦土に化せるだけの魔力を練り込む。

「『展開《デプロイ》』」

アンジェリカの前方に一メートル前後の魔法陣が二十近く展開する。

「『魔導砲《キャノン》』」

個々の魔法陣が光を放ち始めたかと思うと、凄まじい勢いでいくつもの閃光が放たれた。

と、そのとき——。

アンジェリカの視界に入ってはいけないものが入った。赤ん坊を背負って王城前の大通りを歩いている女の子。

サラ——！

あれほど言ったのに何故⁉

すでに魔導砲は放たれているため取り消しはできない。軌道を変えるべく力を尽くしたが——。

魔導砲によって王城とその周辺は焦土と化した。アンジェリカは延焼と粉塵が収まったのを見計らい地に降り立つ。サラとシスの姿はどこにもなかった。せめて遺体があれば再生魔法で何とかなる——。

アンジェリカは一縷の望みをかけてサラがいたあたりを捜し回ったが、見つけることは叶わなかった。真祖一族でも最強と誉れ高いアンジェリカの魔法は、そこら一帯のあらゆる生物を一瞬で消し去ってしまったのだ。人間に特別な感情などない。脆弱で短命な人間など真祖にとってそこいらの虫と何ら変わりはない。だが、アンジェリカの血のように紅い瞳からは止めどなく涙が零れ落ちた。そっと右手の人差し指に視線を向け、柔らかな温もりに思いを馳せる。

衝動的に自らの鋭い爪で胸をかきむしった。ドレスが破れ裂けた柔肌から鮮血が噴きだす。なぜ自分は真祖として生まれてきたのか。こんな力など欲しくなかった。このような力がなければサラとシスが死ぬことはなかった。こんな血などすべて流れてしまえ！　だが哀しいかな、引き裂いた胸の傷はまたたく間に塞がり血も止まってしまった。乾いた笑いが漏れる。後悔してももう遅い。自分が真祖である事実は変えられないしサラもシスも戻ってこない。いつまでも熱いものが伝う頬を冷たい風が勢いよく殴りつけた。

このときの出来事はアンジェリカの心に暗い影を落とし、忘れられない忌まわしい記憶として刻みつけられた。

アンジェリカは巨木の根元で眠る赤ん坊の頬にそっと触れる。次に、少し震える手で赤ん坊の小さな手をとった。

ああ――。

遥か昔のことなのに、シスの小さく柔らかな手と温もりが記憶から蘇る。あのとき、私はサラとシスを助けられなかった。でも、今目の前にいるこの子は助けられる。アンジェリカはそっと赤ん坊を抱いた。何て可愛いのだろう。いつまで見ていても飽きそうにない。

「……もう大丈夫よ。私があなたを守るから」

アンジェリカの言葉はどこか自分に言い聞かせているようでもあった。と、そのときアンジェリカは赤ん坊の手の甲に何か模様が浮かんでいるのを発見する。その星形の紋章に彼女は見覚えがあった。

「……聖女の紋章」

聖女は女神の加護を受けた者である。一定の周期で誕生し、ときに魔物討伐の旗頭として担がれることも少なくない。しかし、だとしたら尚更解せない。聖女は人間たちにとって希望となりうる存在だ。それをなぜこのような森に捨てたのか。……考えたところで答えは出ないか。アンジェリカは小さく息を吐くと、赤ん坊を抱き直して屋敷に向かい歩き始めた。

第二話　真祖が住む森

魔の森の奥深く、決して人間が近づけない場所にアンジェリカの住処はあった。魔物が徘徊する森の中には似合わない、まるで上級貴族が住むような屋敷こそアンジェリカの拠点である。赤子を抱いて戻った彼女が屋敷の前に立つと、自動的に門扉が開いた。屋敷のドアを開けると、一人のメイドと一人の執事が恭しく頭を下げる。

「「お帰りなさいませ、お嬢様」」

「ええ、ただいま」

家事から戦闘までこなす万能メイドのアリアが顔を上げると、目を大きく見開いてアンジェリカの手元を見た。

「おおお嬢様、その赤子は……？」

「森で拾ったのよ。あのままだと魔物に食べられちゃうから連れてきたの」

まるで犬か猫を拾ってきたような感じでそう伝えるアンジェリカ。心の奥底を見透かされないようぶっきらぼうに答える。

「そ、そうなのですね……。でも、どうなさるおつもりですか？」

「とりあえずここで育てるつもりよ」

「いやいやいやお嬢様。私もフェルナンデスさんも子育ての経験なんてありませんよ？」

フェルナンデスと呼ばれた初老の執事が苦笑いしつつ口を開く。

「お嬢様がそう決めたのであれば私は従うまでです。すぐにでも人間の赤子の育て方について調べましょう」

できる男である。

「そうね、よろしくお願いするわ。とりあえずこの子の名前を決めないとね」

いまだすやすやと眠り続ける赤子に目をやり、名前を考える。

「真珠のような真っ白で美しい肌だから、パールでどうかしら。古代の言葉で真珠の意味よ」

「いい名前だと思います。お嬢様」

千年以上生きているのに、十八歳くらいの女の子にしか見えないアリアが答えるとフェルナンデスも頷く。

「あ、忘れてた。これ見てくれる？」

アンジェリカは赤子の手をとり、甲を二人に見せた。

「こ、これは……」

「聖女の紋章……ですな」

二人の顔が驚愕に染まる。聖女、それは女神の加護を受け生まれてくる聖人。生まれながらに聖なる力を身に宿し、悪しき者、邪な者を討伐せしめる力を有する。また、聖女は人々を救済する義務をもち、ときに魔族や魔物討伐の旗頭ともなる存在だ。つまり、吸血鬼の真祖たるアンジェリカたちと敵対する存在なのである。

「お嬢様ぁ……」

ジト目でアンジェリカを見るアリア。

「まあ、この子が将来私たちに敵対する可能性もある、のかな？」

フフフ、と笑いながら何でもないように答えるアンジェリカ。

「とりあえず、面倒は避けたいから王都の人たちや王城の人間には内緒ね」

二人にそう伝えつつ、まずは赤ちゃん用のベッドを用意しないとね、などと考えるアンジェリカであった。

第三話　真祖と王国の関係

パールを屋敷に連れ帰ったその日のうちに、アンジェリカはジルジャン王国の王都オリエンタルへ向かった。パールのベッドや服などを買うためである。向かった、といってもアンジェリカは高位魔法の『転移』を使えるため移動は一瞬で済む。久しぶりの王都であったため、のんびりと散策を楽しみつつ街の様子を観察していた。

街はそれなりの活気にあふれているものの、人々の表情はどこか曇っているように見える。昔はもっと人々がいきいきとした表情をしていたのにな、とアンジェリカはかつての日々に思いをはせた。

ジルジャン王国は五百年の歴史をもつ大国である。建国王はジルジャン・ハーバード。もともと奴隷であった彼は当時の国に対し奴隷解放を求めて立ち上がった。その過程でたまたまアンジェリカと知り合い、気まぐれで彼女が手伝ったこともあり、ジルジャン王国の建国を成功させたのだ。

建国王は彼女に感謝し、未来永劫にわたり最高の敬意をもって接すると約束した。彼女が真祖であること、魔の森に拠点を構えていることは国家機密とされ、代々国の上層部のみが知ることとなった。彼女が直接、国王や上級貴族と接することはないが、年に数回程度アリアやフェルナンデスは王城を訪れ情報交換などをしている。たまに贈り物を持ち帰るが、アンジェリカはあまり興味がないため扱いはアリアやフェルナンデスに任せていた。

王都で一番大きな衣料雑貨店に入り、パールのベッドを選ぶ。すぐ成長することを考え、少し大きめのベッドを購入した。

「ご自宅まで馬車でお運びしましょうか？」

魔の森に住む真祖と知るよしもない店員が提案してくれた。

「結構よ。『収納《アイテムボックス》』」

アイテムボックスと呼ばれる魔法を展開し、ベッドを収納すると店員は目を見開いて驚いた。

「まさか……アイテムボックスですか？」

店員が驚くのも無理はない。アイテムボックスは高位魔法のひとつであり、失われた魔法とも呼ばれている。十代の少女が使えるような魔法ではないのだ。もっとも、実際は千年以上生きているのだが。

「内緒ね」

別にバレてもいいけど、などと思いながらとりあえず口止めするアンジェリカ。店を出て「ほかに必要なものはと……」と考えつつ歩いていると、後ろから何人かつけてくる気配を感じた。まあ思い当たる節はある。転移してもよかったのだが、アンジェリカはわざと人目につかない路地裏に入り込んだ。

「ようお嬢ちゃん。貴族のお嬢ちゃんが一人でこんなとこ来ちゃダメじゃないか」

「へへへ……。とりあえず金出せや。素直に出したら命はとらねぇ。まあ少し楽しませてもらうけどな」

三人の男がニヤニヤ笑いながらアンジェリカを呼び止める。もちろん、「貴族じゃなくて真祖だけど」などとアンジェリカは言わない。くるりと振り返り、

「遊んであげるからいらっしゃいな。坊やたち」

にっこりと笑いながら挑発するアンジェリカ。十六歳くらいの小娘にしか見えない少女に挑発され、目を剥くならず者たち。千年以上生きているアンジェリカにとって大抵の人間は坊やかお嬢ちゃんである。

「クソガキがなめやがって……」

「穴だらけにしてやるからな……！」

男の一人がアンジェリカに飛びかかる、が、彼女が軽く手を振るとその瞬間男の姿が消し飛んだ。

何が起きたか理解できず、茫然とする男たち。刹那、アンジェリカは底冷えするような殺気を放つ。

「ヒッ……！」

涙目で腰を抜かし、全身をぶるぶると震わせるならず者たち。よく見ると失禁している。

「あらあら。どうしたのかしら。楽しいことしたいんじゃなかったの？」

薄い笑みを浮かべながらアンジェリカは男たちに近づいていく。

「ば、化け物……！」

「無礼ね。言葉に気をつけなさい」

アンジェリカが再度腕を振るとまた一人男が消し飛ぶ。残された男はそれを見て絶望しながらも必死に命乞いを始めた。

「ゆ、許してくださいっ!!　知らなかったんです！　何でも言うこと聞くんで殺さないで――」

「無理ね。私は悪意を向ける者を決して許さないわ」

そう口にすると、アンジェリカは男の足元に魔法陣を展開させた。

『交換《チェンジ》』

魔法陣が発する光に呑み込まれた男は跡形なく消えた、のではなくハエになっていた。

「反省したみたいだから命だけは助けてあげるわ。まあその姿じゃ長生きは望めないけど」

にっこりと微笑みつつ「ではごきげんよう」と転移しようとしたが、パールの服を買い忘れたことに気づき慌てて買いに戻るアンジェリカであった。

第四話　すくすくと育つ聖女

パールを森で拾って三年の月日が経った。できる執事フェルナンデスと、なんだかんだ面倒見がいいアリアのおかげで、アンジェリカは子育てにそれほど苦労もしていない。何よりパールはかわいい。何がかわいいって？　全部よ全部。無邪気な笑顔もトテテと歩く姿も、ときどきアリアの髪の毛やフェルナンデスの髭を引っ張って遊ぶ姿も、甘えるときの仕草にちょっと寝相が悪いところもすべてかわいいのだ。うん、かわいいは正義。三歳になったパールは毎日元気に屋敷の外を走り回っている。とは言ってもここはAランク超えの魔物が跋扈する魔の森。普段は私の魔力に恐れて魔物が屋敷に近づくことはないが、何事にも絶対はない。そのため、万が一を考えて屋敷の周辺を取り囲むように結界を張っている。

「マーーマーーー！」

テラスで読書をしていたアンジェリカのもとへ、パールが駆けてきた。トテトテと一生懸命に走る姿は何とも愛らしい。

「どうしたの、パール？」

「アリアお姉ちゃんと一緒に作ったの！」

そう言って、パールは花で作った冠を手渡してきた。やだかわいい。

「そうなの。ありがとうね、パール」

微笑みながら頭をなでてあげると、パールは目を細めて喜ぶ。そうこうしていると、息を切らしながらアリアがやってきた。少し疲れているように見える。

「ハァ、ハァ……元気よすぎよパール……」

どうやら、パールは花冠をすぐにでもアンジェリカにプレゼントしたくて猛ダッシュでやってきたらしい。いや、それでも三歳児を追いかけて息切れするヴァンパイアってどうなのよ、とツッコミたい気持ちをアンジェリカはグッと抑え込んだ。

「パール、そろそろお勉強の時間じゃないかしら？」

パールがこの先自分たちとともに生きるにしても、人間の世界で暮らすにしても、身につけるべき知識はたくさんあると考えたアンジェリカは、三歳になったのをきっかけにフェルナンデスに家庭教師として指導させ始めた。フェルナンデスは、もともと真祖一族で一軍を率いていた将軍であり、人間界の一般常識から魔法まで、あらゆる知識に精通した知識人でもある。

「うん！　今からお勉強してくる！　ママ、またあとでね！」

「ウフフ、ええ、頑張ってね」

手を振りながら元気よくフェルナンデスのもとへ向かうパール。子どもって元気だなぁ、と思いつつ見送っていると、アリアが何か言いたげな顔をしているのに気づいた。

「アリア、どうしたの？」

「お嬢様、実はお見せしたいものが……」

少々深刻そうな表情を浮かべるアリアの後ろについて、先ほどまで彼女とパールが遊んでいた場所へ案内してもらう。

「こちらをご覧ください」

第五話　顕現する聖女の力

アリアに案内されてやってきたのは、先ほどまで彼女とパールが一緒に花冠を作っていた場所であった。

「こちらをご覧ください」

アリアが指し示す先には、美しく咲き誇る花があった。

「綺麗に咲いているわね」

私は正直にそう答えた。

「……先ほどまでは枯れていたんです」

「……どういうこと？」

彼女が言うには、もともとその一帯の花は枯れていたという。だが、パールがしゃがみこんで枯れた花に触れると、みるみるうちに瑞々しい状態に戻ったのだとか。

「……聖女がもつ癒しの力がもう顕現したというの？」

聖女が癒しの力を宿して生まれてくることは知られている。だが、まだ三歳のパールがすでに癒しの力を行使できるとは……。

それに、一度枯れた花をもとに戻せるほどの癒しの力とは、あまり聞いたことがない。もしかすると、パールは歴代聖女のなかでも格別に強い力をもっているのではないか……。それが意味するところはつまり――。

「……さすが私のかわいい娘ね」

予想外の斜め上な発言に思わずずっこけそうになるアリア。まさに親バカここに極まれりである。

「もう、お嬢様ぁ……」

ジト目で静かに抗議してくるアリアに対し、ニコニコ顔のアンジェリカ。いやいや、だってすごくない？　私の娘。そろそろ魔法を教えてもいいかもね、なんて考えてみる。

「お嬢様……。パールの本当の親はどこにいるのでしょうか……？」

「さあね。魔の森で魔物に食べられたか、それともどこかで普通に暮らしているかじゃない？」

そもそも、なぜ危険を冒して魔の森にパールを置き去りにしたのか、聖女と分かったうえで捨てたのかなど、疑問はいくつもある。ただ一つだけ言えるのは、今は私がパールの母親であるということ。パールが望むならともかく、人間の勝手な都合で親元に帰せと言われたところで絶対に帰すつもりはない。

「とりあえず、パールの力に関してはあなたが近くで監視してちょうだい。力の使いすぎは精神と体への負担が大きいかもしれない。そのあたりは気をつけてあげてね」

「かしこまりました。お嬢様」

もう少ししたらあの子にも私が真祖であることや、本当の親子じゃないことを話さなきゃいけないな、と考えつつ読みかけの本を読むべくテラスへと戻るアンジェリカであった。

第六話　垂れ込める暗雲

パールは六歳になり、さらに愛らしくなった。三歳のときに聖女の力が顕現して以降、私やフェルナンデスが指導したことである程度の魔法も使いこなせるようになっている。そのパールは今、私と一緒に森のなかで魔物退治の実戦訓練中だ。目の前にいる体長二メートル以上あるオークに対し、パールが魔法を放とうとしている。

「パール。落ち着いていけば大丈夫よ」

「うん、ママ！」

パールが魔力を練ると、ブロンドの美しい髪がふんわりと持ち上がる。前方へ突き出した手の平に魔力を集中させ、一気に放った。

「『風刃《ウインドブレード》』」

鋭い風の刃が一直線にオークへ向かい、丸太のような腕を切断した。

「やった！」

「まだよ。油断しちゃダメ」

私の言葉にパールは頷き、オークと距離を取りつつ再度魔力を練り始める。

「『風刃《ウインドブレード》』×二!!」

ひとつの風の刃はオークの残った腕を見事に切り落としたが、もうひとつの刃は外れてしまった。やぶれかぶれになったオークがパールへ突進し体当たりしようとしてくる。が、パールにぶつかりそうになった瞬間、オークは跡形なく消し飛んだ。アンジェリカが軽く魔力を込めて腕を振っただけでオークは消し炭になった。

「惜しかったわね。今後は魔法のコントロールが課題かな」

「んもう。私の力だけでなんとかしたかったのにー！」

ぷっくりと頬を膨らませてすねるパール。やだかわいい。

「生意気言わないの。あのままだとあなたふっ飛ばされていたわよ」

「そうかもだけど……」

まだ納得がいかないのか、唇を尖らせたままである。

「まあ今日はここまでね。戻ってお茶にしましょう。アリアが美味しいお菓子も用意してくれているわ」

「お菓子！　本当⁉」

単純な娘にかわいらしいなと思いつつ、手を引いて屋敷に戻るのであった。

「お帰りなさいませ。お嬢様」

「ええ、ただいま」

「ただいまお姉ちゃん！」

「お帰りなさい、パール」

アリアにお茶の用意をお願いして部屋に戻ろうとすると、執事のフェルナンデスも戻ってきた。今日は王城へ行っていたのだ。病気がちだった先王が引退し、皇太子が即位したため、フェルナンデスが顔合わせに足を運んだのである。これまでも代替わりのたびに、アンジェリカではなくフェルナンデスが名代として訪れているが、特に問題が起きたこともなかった。

ただ、今回戻ってきたフェルナンデスの顔には怒りとも何とも言えない表情が浮かんでいた。王城で何かあったのだろうか。アンジェリカが不思議に感じていると――。

「お嬢様。後ほど報告したいことがございますので、お時間よろしいでしょうか？」

「今からでいいわ。パール、アリアとおやつ食べてなさい」

「うん、分かったー」

こういうとき素直なのは助かる。空気が読めるさすがのわが娘である。

「ごめんね。あとで行くからママにもお菓子残しておいてね」

アリアにパールを預け、屋敷のリビングでフェルナンデスと向き合う。

「王城で何かあったのかしら?」

「はい。このたび即位したハーバード十五世から、お嬢様に登城して挨拶するようにとのお話がありました」

怒気を抑え込むようにしてフェルナンデスが口を開く。ここにアリアがいなくてよかったとつくづく思った。アリアがいたなら「無礼な!」と激怒し、即座に王城へ攻撃を開始していただろう。

もちろん、アンジェリカにとってもあまり愉快な話ではない。長い歴史のなかで真祖の恐ろしさや建国に貢献した事実などが正しく伝わらなくなっている可能性がある。まあ、挨拶に来いと言われたくらいで怒り狂うほどアンジェリカは狭量ではない。何より、その気になればいつでも王国を地図上から消せるだけの力があるのだから。

「あなたから見た当代の王はどうだった?」

フェルナンデスはやや考えたあと、迷わず、

「愚物です」

と切り捨てた。おそらく、王国史上例を見ない暗君になるであろうとも。それを聞いたアンジェ

リカは、当代の王に興味を抱いた。初代の建国王は奴隷であったにもかかわらず聡明で、とても気持ちのいい青年だった。あの初代から王家の血が薄まり、どのような愚物が生まれたのか気になり始めたのだ。

「その話、受けるわ」

黒い笑みを浮かべながらアンジェリカはそう口にしたのだった。

第七話　終わりの始まり

ジルジャン王城謁見の間。凛と立つアンジェリカの周りには、王国騎士団の騎士と王宮魔術師が十人以上折り重なるように倒れていた。全員死んではいないものの、意識は刈り取られている。

「な——ななっ……！　なっ……！」

玉座に座る若き国王は、目の前で起きたことが信じられず言葉もうまく出せずにいた。それでも国王としての威厳を保とうと努めるが、すでに顔面蒼白で足も震えている。誰もが信じざるを得なかった。目の前にいるのは間違いなく人ならざる者であること。そして絶対に敵対してはいけない存在であると。

——さかのぼること一時間前——

転移魔法で王都にやってきたアンジェリカとフェルナンデスは、国王に会うため予定の時間に王城へ足を運んだ。

「さあ、楽しみねフェルナンデス」

どこか楽しそうなアンジェリカと対照的に、フェルナンデスの表情はすぐれない。

「お嬢様……やはり私は来るべきではなかったと……」

「面白そうな話をもってきたのはあなたじゃない」

「むっ……」

城門をくぐり衛兵に用件を告げると、すぐに案内係の役人がやってきた。どうやらそのまま謁見の間へ案内してくれるようだ。

「こちらでございます」

案内してくれた役人は恭しく頭を下げて戻ってゆく。広々とした謁見の間の両サイドにはそれぞれ五人くらい、計十人ほどが並び立っている。おそらく王国の中枢にいる者たちだろう。そしてレッドカーペットの奥、玉座に鎮座するのは国王、ジルジャン・ハーバード十五世。

さすがに五百年も経つとあの子の面影はまったくないわね、なんて考えつつアンジェリカは謁見の間をまっすぐ歩いてゆく。チラと周りを見やると、重鎮たちの顔色が悪い。真祖の姫が直接やって来るとすでに伝え聞いているようだ。玉座から五メートルほど離れた位置でアンジェリカは立ち止まった。通常の謁見であればここで跪くのだが、そもそもアンジェリカにそんな気はない。立ったまま、まっすぐ国王の顔を見る。うん、あまり賢そうには見えないわね、それがアンジェリカの抱いた印象である。いつまでも跪く様子がない彼女に対し、やや苛々している国王とおろおろして

いる重鎮たち。国の中枢を担う彼らでも、さすがに真祖に対し跪けと命令はできないようだ。空間を沈黙が支配する。先に沈黙を破ったのはアンジェリカだった。

「挨拶に来てあげたわよ」

通常なら不敬罪で処刑レベルの発言である。驚きで息が止まりそうな重鎮たちと、怒りで顔を真っ赤に染める国王。

「こっ、この無礼者がっ‼　余を誰だと思っておるのだ‼」

我慢できず国王がキレた。

「王よ！　真祖の姫君に対しかような言葉は……！」

慌てて国王を諫めようとする重鎮たち。

「黙れっ！　このような不敬許されようか！」

どうやら余計にエキサイトしたようだ。

「……フフフ……」

思わず笑ってしまった。こんなのが今の国王なのか。

「な、何がおかしい……」

「いえ、まさかあの子の子孫がこれほど愚かな人間とは思わなくてね」

侮蔑するような視線を向けながらアンジェリカは素直な思いを吐露した。

「き、貴様あああっ！！！」

「黙りなさい」

激昂した国王に対し、少し殺気を込めた言葉を発すると王は途端に青ざめた。

「私はお前の臣下ではない。建国王と縁があるからこの国に長く居ただけよ」

「……」

「建国王のあの子は、王家が未来永劫私に最大の敬意を払うと約束したわ。お前にはそれが伝わっていないのかしら？」

「くっ……！」

「そもそも、私を直接呼び出した理由はなに？　まさか真祖の顔が見たかったとかそんな理由じゃないんでしょ」

どう見ても小娘にしか見えないアンジェリカに好き勝手言われ、怒り心頭に発しているものの、殺気にあてられうまく反論できない国王。それでも怒りに顔を歪めつつ言葉を絞り出した。

「……帝国との戦争が始まる。そなたはそこへ従軍せよ」

「……はぁ？」

王国の終わりの始まりであった。

第八話　吹き荒れる災厄

「もう一度言ってもらえるかしら」

いきなり意味不明なことを口走った国王に、アンジェリカは冷えた視線を向ける。

「帝国と戦争になる。少しでも戦力が必要だ。『国陥としの吸血姫』が従軍すれば我が軍の被害は最小限に抑えられ……」

「お断りよ」

聞き終わらないうちにバッサリと断るアンジェリカ。

「なぜだ！」

「なぜだはこちらのセリフよ。私は人間同士の争いになんかまったく興味ないし、戦争に協力しなきゃいけない理由もないわ」

正論である。

しかし、国王の愚者ぶりはアンジェリカの予想をはるかに超えていた。

「そなたは昔、初代ジルジャン王を手助けしたのであろう。それなら余のことを助けるのも当然ではないか」

正直バカすぎて話にならない。こいつの頭のなかはどうなっているのか。

「話にならないわね。あの子は謙虚で優しく礼儀をわきまえたいい男だった。お前みたいな愚者とは似ても似つかない」

「なんだと!!」

「これ以上くだらない話を聞くつもりはないわ。あまりにもしつこいようだと、帝国と戦争する前に私がこの国を焼き払うわよ？」

紅い瞳にわずかな殺気をこめてアンジェリカは警告した。

「ヒッ……！」

口が達者な割にずいぶん小心者な王である。

「もう帰るわね。二度と会うことはないでしょう。それではごきげんよう」

優雅なカーテシーを披露し、その場を立ち去ろうとしたアンジェリカだったが……。

「そうはいかん！」

国王の声に呼応するように、騎士とローブを着用した魔術師らしき者たちが謁見の間になだれ込んできた。十〜十五人前後であろうか。

「こうなったら、力ずくでも我が国に協力してもらうぞ」

その言葉に、謁見の間に居合わせた重鎮たちが焦りの表情を浮かべて叫び始める。

「陛下！　真祖に武力行使など正気の沙汰ではないですぞ!!」

「そうです！　真祖は一人で一国を亡ぼす力の持ち主です！　力で思い通りになるとお思いか！」

そう、国王の悲劇は真祖たるアンジェリカの力量を正しく理解していないことにあった。

『国陥としの吸血姫』といっても、まさか本当にアンジェリカ一人で一国を亡ぼせやしないと思っているのである。そのため、数で囲めばいかに真祖といえど何とでもなるだろうと考えているのだ。

そんな浅はかな考えとは相反して、実際はたった一撃の魔法で都市を壊滅させられる力量があるアンジェリカは、アーモンド形の整った目をスッと据えて国王に視線を向けた。

「国王よ。自分が何をしているのか分かっているのか？　真祖の姫であり『国陥としの吸血姫』と呼ばれるこの私に刃を向けようというのか？　それがどういう意味なのか理解しているのか？」

さすがにイライラが募り、言葉遣いも剣呑になる。

「クク……。いかにそなたが真祖とはいえ、我が国が誇る最強の騎士と魔術師を相手にしてはただでは済まぬぞ？　どうだ？　余の言葉に従う気になったか？」

すでに勝った気分で気持ちよさそうに言葉を告げる国王。

「はぁ……。つくづく愚者と話すのは疲れるわ。いいわ、遊んであげるからかかってらっしゃい」

「くっ！　そなたたち、相手は真祖だ！　多少痛めつけても構わん！　本気でかかれ！」

王の言葉を受け、魔術師たちがアンジェリカに向かって魔法を放つ。

「『炎球《ファイアボール》！』」

「『風刃《ウインドブレード》！』」

「『水弓《ウォーターアロー》！』」

四方八方から放たれた魔法が一気にアンジェリカへ襲いかかった……が。アンジェリカに直撃したと思った瞬間、すべての魔法が消失した。

「悪いけど、私に魔法は通用しないわよ」

涼しい顔で残酷な事実を伝えるアンジェリカ。もちろんノーダメージである。

「ば、ばかな――。魔法無効化だと……!?」

本気で撃ち込んだいくつもの魔法を、涼しい顔で無効化したアンジェリカに魔術師たちは唖然とする。

その刹那――。

「魔法への強耐性があるのなら、物理攻撃への耐性は低いであろう。もらった!!」

隙をついて接近した一人の騎士が、アンジェリカの背後から剣を横なぎに一閃した。確実にとらえた。誰もがそう思った瞬間、騎士の剣が折れて宙を舞う。またまたアンジェリカはノーダメージだ。

「私の体は常に五枚の対物理攻撃結界で守っているわ。人間の剣じゃ絶対に壊せないわよ」

またまた残酷なことを口にする。

「そ、そんな……。そんなの、どうやったって勝てないじゃないか――!」

愕然とする騎士だったが、最後の気力を振り絞ってアンジェリカにつかみかかろうとした。それを華麗にかわしたアンジェリカが、騎士の頭にそっと手を触れると、頭が爆発し血や脳漿が飛散した。

「あ。思わずやっちゃった」

殺すつもりはなかったんだけどなー。まあ仕方ないか。ほかの騎士や魔術師たちを見ると、全員が恐怖と絶望に顔を歪めていた。

「な、何をしているそなたたち！　全員でかかるのだ！」

国王の命令を受け、恐怖ですくむ体を奮い立たせた騎士たちが攻撃しようと近づいてくる。

「面倒だわ」

アンジェリカは少々本気で魔力を開放した。強烈な魔力の波動が騎士や魔術師の意識を刈り取る。まるで糸が切れたマリオネットのように、全員がその場に崩れ落ちた。

「な――！　ななっ……！　な……！」

王国が誇る最強の騎士と魔術師が、たった一人の少女にあっさりと倒されてしまい、国王は狼狽した。アンジェリカから放たれる殺気はだいぶ弱くなっているものの、国王はいまにも失禁しそうである。

「騎士と魔術師をたくさんそろえれば、本気で私に勝てるとでも思ったのかしら?」

「ヒィッ……!」

底冷えするような視線を向けられ、国王は情けない声をあげる。

「今日のところはあの子、建国王に免じて許してあげるわ。でも次はない。私が不快に感じることをしたら、そのときは間違いなく国が亡びると肝に銘じておきなさい」

そう言い残してアンジェリカは謁見の間をあとにした。

第九話　小さな聖女パールの社会勉強

「ママ!　街に行ってみたい!」

国王への挨拶(?)に王城へ出かけてから三日後。突然パールがこんなことを言い出した。ちなみに、王城での出来事を聞いたアリアはすぐにでも王城を襲いにでもいきそうな雰囲気だったので、やはり事後報告でよかったとアンジェリカは胸をなでおろした。

「ねぇパール。どうして街に行きたいの?」

「フェルさんとお勉強してるとき、教えてもらったの。街にはいろいろなお店があって、私くらいの年の子どもがお使いで買い物に行ってるんだって！」

ああ、なるほど。そういえばパールは一度もこの森から出たことなかったわね。

「パールはお使いに行ってみたいの？」

「うん!!」

「でもダメ」

パールの切なる願いをあっさりと却下するアンジェリカ。

「えーー！　なんでーー!?」

「危ないからよ」

「危なくないよ！　魔法も使えるし、街まではお姉ちゃんに転移で連れていってもらうし！」

アリアも共犯か。

「ダメ。どうしてもというのなら、私かアリアが街のなかまで一緒についていくわ」

いくら魔法が使えるとはいえパールはまだ六歳。王都の中心エリアにはガラの悪い冒険者もいればチンピラまがいの人間もいる。そんなところへかわいい娘を一人で放り出すなんてとんでもない。

「んもー。ママ過保護すぎるよぅ……」

「当然よ。あと歩く道とか入るお店とかも全部私かアリアが決めるから」

「何でよー！　過干渉だよママ！」

リスのように頬を膨らませアンジェリカを睨みつけるパール。残念なことに迫力はまったくない。

一方、娘から意外な反抗に遭い戸惑うアンジェリカ。……どうしよう。娘がグレてしまった。いや、これがいわゆる反抗期――。……違うか。

「じゃあこうしましょ。街にはアリアと一緒に行く。もちろん街のなかも一緒よ？　私はお留守番してるから、紙に書いたものを買ってきてくれる？　お店選びはパールに任せるから」

「ほんと！！？」

「ええ」

「やったー!!　ありがとうママ！」

ぴょんぴょんと跳びはねスカートを翻しながらくるくるとその場で回り始めるパール。

やだかわいい。

「そうだ。街に行くなら手袋していきなさいね」

パールの右手の甲には聖女の紋章がある。誰かに見られたら面倒なので手袋は必須アイテムだ。

「わかったー！」

なお、去年の冬、パールにプレゼントした手袋にはこっそり特殊効果付与エンチャントを施してある。どこにいようと魔力を感知し居場所が分かるエンチャント品だ。万が一、森で迷子になったときのために作ったのである。とりあえずあの手袋さえしていれば、何かあったときすぐ転移で近くまで行けるわね。もちろん、パールはそのことを知るよしもない。まあ、アリアが一緒だし何も心配はないか。

翌朝、目覚めてダイニングへ行くとすでにパールが起きていた。

「おはようパール。ずいぶん早起きね」

「うん！　楽しみすぎて早く目が覚めちゃった！」

ああ、そういえば私も昔、初めてドラゴンを退治しに行くとき待ちきれなくて早起きしたような。

ずいぶんスケールの大きな話である。アリアとフェルナンデスが運んでくれた朝食をパールと二人で食べてから、彼女への指示を記した紙をわたす。

「そこに書いてあるものを買ってきてくれるかしら？」

「わかった！」

「お金はアリアが持ってるから、支払いのときもらってね。使い方は習ってるよね？」

「大丈夫！」

「じゃあ、あとはこれね。はい」

不思議そうに首を傾げるパールに銀貨を三枚わたす。

「これはあなたへのお小遣いよ。何か欲しいものがあればそれで買いなさい」

「お小遣い!?　いいの!?　ありがとう!!」

「フフ、無理に全部使わなくていいから、余った分はあなたが貯金しなさい」

「うん！」

銀貨を握りしめたパールはキラキラとした目をアンジェリカに向けたあと、天使のような笑みを浮かべた。

ああもう。うちの娘がかわゆすぎる件。バカ親で結構。

こんなのだが最強種族、吸血鬼の真祖である。パールにデレてる顔をアリアがニヤニヤしながら見てたので、ひとつ咳払いをして彼女のほうを向く。

「アリア、今日はよろしくお願いね」

「かしこまりました。お嬢様」

「パールの安全を一番に考えてね。害がありそうな人間がパールに近づいたら迷わず消し炭にしちゃっていいから」

さらっと物騒なことを口走るバカ親……もといアンジェリカ。

「は、はい。お任せください！」

それからすぐに、アリアとパールは王都へ出かけていった。まあ転移だから王都までは一瞬だ。


「ちょっと帰ってくるの遅くないかしら……」

パールたちが出かけてからというもの、まったく落ち着けないアンジェリカ。ちなみにまだ一時間も経っていないが。やっぱり私もついていくべきだったかしら？　もしかして何かあった？　いや、アリアがそばにいるんだし……。そんなことを考えつつ悶々と過ごすこと三時間。

「たっだいまーーーーー!!」

やっと二人が帰ってきた。

「お帰りパール！」

思わず抱きついてしまう。ああ、三時間離れてただけでちょっと大人になったような。そんなはずはないが。

「街はどうだった？　楽しかった？」

「うん！　お姉ちゃんとカフェで紅茶も飲んだよ！」

「そう。楽しかったのならよかったわ」

「あ、これママからお願いされてた物ね！」

パールから受けとった紙袋のなかを覗くと、紙に書いた通り紅茶の茶葉と万年筆のインクが入っていた。

「はい、ありがとう。よくできました」

優しく頭をなでてあげると、うれしそうに目を細めるパール。これにて、小さな聖女パールの記念すべき初めてのお使いが無事に完了したのであった。

第十話　動き始めた陰謀

アンジェリカが王城へ挨拶（？）に訪れて以来、国王ジルジャン・ハーバード十五世は荒れに荒れていた。なんせ従属させようとしたらあっさり断られ、実力行使に踏み切ったら自慢の騎士団と王宮魔術師団が赤子の手を捻るかのようにあっさりと壊滅させられたのだ。正直、国王は真祖があれほどの化け物だとは認識していなかった。それゆえに悲劇が起きたわけだが……。

「くそ……余は国王だぞ……舐めくさりおってぇぇぇ……」

あの屈辱は忘れようとしても忘れられるはずがない。できることならすぐにでも同じような屈辱を与えてやりたいが、あの禍々しい強さの前には手の打ちようがない。しかも、帝国との戦争が近づいている。帝国は大陸随一の軍事力を誇る大国だ。一刻も早く真祖を従属させないと王国が帝国に蹂躙される危険がある。だが、先日真祖はこう言った。

「今度私に不快な感情を抱かせたらこの国を滅ぼす」と。

まさに前門の真祖、後門の帝国状態である。

「くそ、くそ、くそ……！　どうすればよいのだ！」

頭を抱えていると、王の執務室に使用人がやってきた。

「失礼いたします。陛下、ゴードン卿がお見えになっています」

「そうか。ここへ通せ」

ゴードン卿は国王と個人的な付き合いが長い貴族である。

「失礼します。陛下、ごきげんはいかがですかな？」

四十代前半でがっしりとした体型、鋭い目つきのゴードン卿が臣下の礼をとる。

「ごきげんがいいように見えるのか？　侯爵よ」

「いえ、まったく」

ニヤリと口角を吊り上げるゴードン卿。

「あの忌々しい真祖の小娘のせいでいろいろと計画が台無しだ！」

ほとんど言いがかりである。

「侯爵よ。何かよい案はないだろうか？」

「ふむ。真祖を従属させるための良案、ということですかな？」

「そうだ。あの小娘は忌々しいが強さだけは間違いない。帝国に勝つにはあの小娘を何としてもこちらに引き込むしかないのだ」

「ふむ。騎士団に魔術師団が手も足も出ないとなると……力ずくで従属させるのは難しいかもしれませんな」

「そうだな。それにヘタな者を送り込んで失敗し、余の関与が知れたら国が滅ぼされるかもしれん」

「では、このような案はどうですかな？」

ゴードン卿の案は概ねこのようなものだった。

・武に優れた高ランクの冒険者パーティーを刺客に立てる。
・国王が関与してると気づかれないよう、幾人もの代理人を介して冒険者ギルドへ依頼する。
・冒険者が無事に真祖を拘束したら、隷属の首輪をつけて奴隷化する。

「ふむ。興味深い案ではあるが……」

「何か懸念が？」

「そもそも、高ランクとはいえ冒険者があの真祖に勝てるものであろうか」

国王はアンジェリカの圧倒的な強さを目の当たりにしているため、この懸念は当然だろう。

「たしかに、聞くところによると真祖の強さは尋常ではないとのこと。ゆえに一般的な高ランク冒険者では難しいでしょうな」

「一般的な……？」

「私が考えているのは、Sランク冒険者です」

「……なるほど」

Sランクは Aランクよりも高位のランクである。伝説級や英雄級の武と実績を誇る者のみに許されるランクであり、大陸中探しても数えるほどしかいない。

「たしかに、Sランク冒険者であれば、あの小生意気な真祖の小娘も倒せるかもしれん……」

かすかに国王の顔色がよくなった。

「ええ。Sランクが二、三人もいれば、いかに真祖といえど……」

「では、Sランク冒険者の手配は侯爵に任せてよいか？」

「はい。お任せください」

「万が一にも、余や国が関わっていることを悟られぬようにな。これが最重要事項だ」

「かしこまりました」

こうして、アンジェリカの知らぬところで陰謀が動き始めたのであった。

「……ックチュッ!!」

「お嬢様がくしゃみなんて珍しいですね」

吸血鬼の真祖であるアンジェリカの体は人間に比べてはるかに強い。そのため、基本的に風邪や病気とは無縁である。

「そうね。そういえば、誰かが噂しているとくしゃみが出る、なんて話が昔あったわね」

「お嬢様はどこからどう見ても超絶美少女ですからね。どこかで話題にのぼっているのかもしれませんよ」

「いや、私人間の町に行くことなんてほとんどないわよ」

「じゃあ、この前行った王城でお嬢様を見かけた衛兵とか騎士とか……」

「……ならきっと悪口ね」

まさか国王と貴族が自分を従属させるために策を練っているとは思いもよらぬアンジェリカであった。

第十一話　Sランク冒険者たちの強襲

魔の森の奥に鎮座する真祖の屋敷。その敷地内でアンジェリカとパールが一定の距離をあけて向き合っていた。

「いつでもいいわよ。パール」

「うん！」

目を閉じて集中しつつ魔力を練り始める。

「『展開《デプロイ》！』」

詠唱するとパールの背後に直径三十センチくらいの魔法陣が二つ現れた。そして……。

「『魔導砲《キャノン》！』」

パールが叫ぶや否や、魔法陣の中心から光の砲弾が射出され、もの凄い速さでアンジェリカを襲った。まっすぐに飛んでくる光の砲弾を、アンジェリカは軽く腕を振って消滅させる。

「うん、かなり上達したわね。パール」

にっこり笑って褒めてあげると、パールはその場でぴょんぴょん跳びはねながら喜んだ。そう、今日はパールへの魔法指導の日。さっきのはアンジェリカが創ったオリジナル魔法である。

「もっと魔力操作が上手になれば、まっすぐ飛ばすだけじゃなくて動く相手を追尾することもできるわよ」

「そうなんだ！　じゃあ今度はそれを教えてね、ママ！」

「ええ、いいわよ」

聖女だからなのか、パールの魔力はかなり多い。魔法を扱うセンスも抜群だ。まだ六歳であることを考えると、末恐ろしいなとも思う。人々を守り癒すはずの聖女が、次々と凶悪な攻撃魔法を覚えていくのはどうかと思ったが、身を守る手段が多いに越したことはない。

「戻ってお茶にしましょうか」

とパールに声をかけると同時に、何かの気配を感じた。どうやら何者かが結界を破って侵入したようだ。アンジェリカが張った常時結界は、Aランクの魔物でも破れないほど堅牢なものである。それを破って侵入したということは、Aランクの魔物よりは強いのだろう。

「……ママ?」

私の手を握ったまま、パールが心配そうに見上げてくる。

「フフ、大丈夫よ」

方角は——あっちか。気配は多分人間、三人くらいかな。あたりをつけた方向へ目を向けると、森のなかから三人の人間が現れた。格好を見るに、どうやら冒険者のようだ。おそらく真ん中の男が剣士、向かって左の男は重戦士、右側の女が魔法使いといったところか。

「パール、少し後ろに下がっていなさい」

「うん」

三人組の冒険者は少し離れたところで立ち止まった。

「お前がこの森に住みついている吸血鬼か?」

年齢は三十代後半であろう剣士の質問に対し「ええ、だったら何かしら?」と応じるアンジェリカ。

「そうか。恨みはないが少し痛めつけさせてもらうぜ。こっちも仕事なんでな」

剣士が慣れた動きで剣を抜く。

仕事ねえ……まあ何となく背後関係は分かるけど。目の前の三人は人間にしてはまあまあ強そうに見える。が、もちろん真祖の敵にはなりえない。おそらく一瞬で皆殺しにできるが、ここにはパールがいる。六歳児の前で殺しちゃうのはよくないよね、情操教育的にも。よし、殺さない程度に痛めつけよう。ついでに、パールの魔法学習になるように工夫してみよう。そんなことを考えているうちに、剣士の男が一気に距離を詰めてきた。速い。そのまま高く跳び上がり、上段から斬り伏せにきたところを、指で剣を挟んで止めた。

「なっ！！！」

まさか受け止められると思わなかったのか、剣士の顔が驚愕に染まる。しかも指で白刃取りなど尋常な技量ではない。狼狽えながらも距離をとる剣士に代わり、重戦士が大型ハンマーを構えて突っ込んでくる。さらに、その後ろでは魔法使いの女が詠唱を開始していた。

「攻守交代しないとパールに魔法見せてあげらんないわね」

小声で呟いたアンジェリカは、ゆったりと重戦士に近づき、フルスイングされたハンマーに軽く触れて粉々に砕いた。同時に魔法の矢が複数飛んできたが、アンジェリカに魔法は通用しないためそのまま体で受け止める。

「なんだとっ！！？」

「はぁ⁉　魔法無効化⁉」

Sランク冒険者である自分たちの攻撃がまったく通用しないことに、愕然とした表情を浮かべる三人。

「……おい。お前はただの吸血鬼じゃないのか……？」

剣士の男が嫌な汗をかきながらアンジェリカに問いかける。

「私はただの吸血鬼よ。真祖一族の姫だけどね」

その言葉に三人は凍りついたように動かなくなった。いや、動けないのだ。今アンジェリカはやや殺気を込めた魔力を放出している。

「く、国陥としの吸血姫――――!」

過去にいくつもの国を単独で滅ぼしたと言われる伝説の吸血鬼。おとぎ話で語り継がれるその名を知らない冒険者はいない。目の前にいるのが真祖であると確信するのに十分な殺気と魔力。疑う余地はなかった。

「ん？　もう終わりなんて言わないでね？　娘の教育のために魔法を見せてあげないといけないから」

これは絶対にヤバいやつ、と直感した三人はアンジェリカに背を向けて一目散に逃げ出した。

「パール、よく見てるのよ」

「うん！」

アンジェリカが右手を軽く横に振ると、彼女の背後に直径一メートル程度の魔法陣が横並びに十個展開した。

「『魔導砲《キャノン》』」

瞬間、魔法陣から一斉射撃が開始される。いくつもの光弾がとんでもないスピードで射出され、逃げる三人を正確に追尾していく。当然逃げられるはずもなく、三人は一斉射撃を受けボロ雑巾のようになってしまった。

「ママすごーーーーい！！！」

パールは大騒ぎである。

「ちゃんと見た？　パールも練習を続ければあれくらいはできるようになるわよ」

「うん！　頑張る！」

ちなみに、パールが見ていたため魔法の威力は控えめにしている。冒険者たちもボロ雑巾のようになっているが、命に別状はないだろう。情操教育は大切だからね、などと考えていると屋敷からアリアが大慌てで走ってきた。

「お嬢様!!　大丈夫ですか!?　パールもケガはない!?」

「ええ、何の問題もないわ」

「くっ……お嬢様の屋敷の敷地に侵入するとはなんと無礼な……！　始末していいですかお嬢様？」

「ダメよ。パールの魔法教育の役に立ってくれたし。屋敷に連れて行って手当てしてあげてちょうだい」

「本気ですかお嬢様!?　下等な人間ごときを神聖なお屋敷のなかになんて……」

あ。この子はそういう子だったわね。

「アリアお姉ちゃんー、私も人間なんだけど……」

パールが唇を尖らせてアリアを上目遣いで見る。

「何言ってるの。パールは私の妹じゃない」

「えへへーーー」

うれしそうに少し頬を染める様子が何とも愛らしい。

「まあ、あの三人には聞きたいこともあるのよ。お願いね、アリア」

第十二話　Sランク冒険者たちの悲劇

「おーい、ケトナー！　こっちだ！」

ジルジャン王国の王都、冒険者ギルドからほど近い場所にある酒場に入ると、なじみの冒険者フェンダーが声をかけてきた。二メートル近い長身にがっしりとした体格、常人では持ちあげることさえ難しい重量級の大型ハンマーを愛用するSランク冒険者である。

「久しぶりだな。フェンダー」

エールを持った片手を上げて呼びかけてきたフェンダーのもとへ行き、テーブル越しに向かいへ座ってから近くの店員にエールを注文した。

「ああ。二年ぶりか？　景気はどうだ？」

「ぼちぼちだな。最近は貴族の護衛みたいなつまらん仕事ばっかりだ」

Sランクは冒険者の最高峰であり、ギルドが定めた最上位ランクでもある。Aランクを超越した武勇を誇り、一人で軍の小隊に匹敵するとも言われるSランクは数が非常に少ない希少な存在だ。

その強さゆえに、ギルドが紹介できる仕事も自然と限られてくる。基本的に、ギルドではランクに見合った仕事を紹介するためだ。Sランクともなると依頼できる魔物・魔族退治の案件はほとんどなく、自然と権力者の護衛や拠点の警護といった仕事が多くなってしまう。

「まあ俺も似たようなものだ。できればもっと冒険者らしい仕事をしたいものだがな」

ガハハと豪快に笑ってからフェンダーはエールを一気に飲み干した。

「その『冒険者らしい仕事』についての話か？　今日俺を呼んだのは」

ケトナーの言葉にフェンダーは少し目を細め、軽く頷く。

「そうだ。ギルドマスターから回ってきた案件でな。Sランク三人で対応してほしいとのことだ」

「Sランク冒険者三人でだと？　どこかの国に戦争でも仕掛けるつもりか？」

フェンダーはまたガハハと豪快に笑う。

「たしかに、今この国は帝国と戦端を開こうとしているようではあるがな。それとは関係ないようだ」

「……とりあえず詳しく話してもらえるか？」

強大な戦力であるSランク冒険者を三人も投入するなど、尋常な案件とはとても思えない。しかも、ギルドマスター案件なのも気になる……。

「ああ。だがもう一人が来てからだ。もうそろそろ来るはずなんだがな」

フェンダーが酒場の入口に目をやると、ちょうど一人の女が店内に入ってきた。整った顔立ちとセミロングの赤髪、男が放っておかないであろう抜群のプロポーションの持ち主がゆっくりとケトナーたちが座るテーブルへ向かってくる。

「おお。来たようだな」

「しばらくぶりね。お二人さん」

ニコリと二人に笑いかける女の名前はキラ。「疾風」の二つ名をもつSランク冒険者だ。二十代前半に見える彼女だが、長寿種であるエルフとのハーフなので、実年齢は五十歳を超えている。このなかでは最年長者だ。

「元気そうじゃないか、キラ」

「あなたもね、ケトナー。でもちょっと老けた？」

意地の悪そうな笑みをケトナーに向けたキラは、空いている席に座るとエールを注文する。

「お前を基準に考えるなよ。この若作りババアが」

老けたと言われたケトナーがややムッとした顔で言い返す。

「私にババアって言った？　魔法で穴だらけにされたいの？」

こめかみに青筋を立てて剣呑な空気を纏うキラ。やはり女性に年齢や容姿に関する話題はNGのようだ。

「おいおい。大きな仕事の前にケンカするんじゃねぇよ」

苦笑いしつつフェンダーが仲裁に入る。二人とて本気で争うつもりはない。いつものちょっとしたじゃれ合いだ。

「それじゃフェンダー。仕事の話を詳しく聞かせてくれ」

フェンダーの話によると、国境近くに広がる魔の森に吸血鬼が住みついているという。その吸血鬼を無力化したあと拘束、クライアントへ引き渡すまでが仕事とのことだ。

「ずいぶん簡単そうな仕事に思えるが。わざわざSランクを三人も呼び出すような案件か？」

ケトナーが素直な思いを口にする。吸血鬼はたしかに強力な種族だが、Aランク冒険者でも十分対処できるはずである。

「魔の森にはAランクの魔物がうじゃうじゃいるらしいからな。それも理由なのかもしれん」

「……ふむ」

だが、それでも納得しかねる部分もある。なぜ、たかが吸血鬼の退治依頼をギルドマスターが直々にしてきたのか。

「納得していないような顔だな」

苦笑いを浮かべるフェンダー。

「……何となくな」

「実は俺も気になったからギルドマスターに誰がクライアントなのか聞いてみた。だが、教えてもらえなかった。そもそも、ギルドマスター自身よく分かっていないような気がする」

「なんだそりゃ。そんなことがあるのか？」

「何か裏があるのかもな。だが、つまらん護衛の依頼よりはるかに面白そうだろ？」

ニカっと笑ったフェンダーにケトナーとキラも同意する。

「よし、なら装備をそろえてさっそく明日出かけよう」

――二日後・魔の森――

戦闘を開始してすぐにケトナーたちは戦慄した。目の前にいるのは十六歳くらいにしか見えない少女。黒く美しい髪に爛々と輝く紅い瞳、美少女と言って差し支えない整った顔立ち。優雅にゴシックドレスを纏う少女はどう贔屓目に見ても強者には見えなかったが、その認識は一瞬で間違いと気づかされた。その少女はケトナーの剣撃を避けもせず、眼前に迫る剣を指で挟むだけで止めてしまった。

しかも、フェンダーの大型ハンマーを軽々と粉砕し、キラが放った魔法にいたっては完全無効化されたのだ。ただの吸血鬼がこれほど強いわけがない。何かがおかしい……。

そのときケトナーは重大なことに気づいた。

そもそも、なぜ吸血鬼が日光の下で平気な顔をしているのか。吸血鬼は本来夜の支配者である。日光を浴びると大きなダメージを受けるため、昼間に活動することはまずない。

「……おい、お前はただの吸血鬼じゃないのか……？」

嫌な予感がしつつも、ケトナーは聞かずにはいられなかった。

そして、案の定その嫌な予感は当たった。

「私はただの吸血鬼よ。真祖一族の姫だけどね」

信じられない言葉を聞いた。その刹那、少女から禍々しい魔力と殺気が漏れ始める。全身が粟立った。本能的に殺されると直感した。真祖と言えば、吸血鬼の頂点に君臨する最強の種族である。その力は一般的な吸血鬼とは比べものにならない。しかも、真祖の姫と言えばあの「国陥としの吸血姫」ではないか。

子どものころ、おとぎ話として何度も聞かされた伝説の吸血姫。敵意や悪意をもつ者に対して容赦せず、たった一人でいくつもの国を滅亡させた災厄だ。こんな神話級の生き物に勝てるはずがない。真祖だと知っていれば絶対にこんな仕事請けていなかった。真祖の姫が何か口にしたが三人の耳にはほとんど届いていない。ただ、一刻も早くここから立ち去らねば、と判断したケトナーたち一行は一目散に逃げだした。が、背後からいくつもの魔法を撃ち込まれ、ケトナーたちはあっさりと地を舐めることになった。

「ママすごーーい!」

小さな女の子が喜ぶ声を耳の遠くで聞きながらケトナーは意識を失った。

第十三話　人間たちとの交流

「お嬢様。冒険者たちが目を覚ましたみたいです」

テラスで紅茶を楽しんでいるアンジェリカのもとに、メイドのアリアがやってきてそう伝えた。

アンジェリカを襲撃した三人の冒険者は、逃げようとしたところ彼女の強力な魔法の逆襲に遭い大ダメージを負っていた。屋敷のなかへ運ばれた彼らは、アリアの治癒魔法によって傷こそ治ったものの、目覚めなかったためそのまま客間のベッドに寝かせていたのだ。

「そう。ここへ連れてきてくれるかしら」

「かしこまりました」

広大な敷地の奥まった場所に目を向ける。先ほどアンジェリカが使用した魔法に感動したのか、パールは「魔導砲」の練習を続けていた。今はまだ二つの魔法陣しか展開できないが、彼女の魔力量ならすぐ五つくらいは可能になるだろう。ただ、目下の目標は魔法陣の展開から攻撃までの時間短縮だ。いくつもの魔法陣を展開できても、攻撃まで時間がかかりすぎるのは危険すぎる。

「まあその点もあの子ならすぐクリアできるでしょ。天才だしね」

バカ親な独り言をつぶやいていると、アリアが冒険者たちを引き連れてやってきた。何となく不機嫌そうに見えるアリアに対し、冒険者たちはどこかおどおどとした表情をしている。

「目が覚めたみたいでよかったわ。よければ一緒に紅茶をどう？」

にっこりと微笑みながら紅茶を勧める彼女の言葉に、冒険者たちの表情がほんの少しだけやわらいだ。ただ、襲撃者である自分たちがなぜ治療までされたうえにもてなされているのか、彼らはまったく分からず戸惑っていた。

「まずは、治療してくれた礼を言わせてくれ。ありがとう」

丸いテーブルを囲むように座ったあと、ケトナーが口を開く。

「気にしなくていいわ。娘の教育に役立ってくれたしね」

その言葉に、三人は庭で魔法を練習している小さな女の子に目を向ける。娘の教育というのがよく分からないが、三人にはそれ以上に気になることがあった。

「君は――いや、あなたは本当に真祖の姫なのか……？」

フェンダーとキラも、ゴクリと唾を呑みこんで答えを待つ。

「そうよ。私は真祖一族の姫、アンジェリカ。あなたたちを治療したのは、そこにいるメイドのアリアよ」

目の前の存在が真祖であることを改めて理解し、緊張する三人。

「一族とはしばらく距離を置いているけどね。今はメイドのアリアと執事のフェルナンデス、娘のパールの四人で暮らしているわ」

こちらに向かって大きく手を振っているパールに、優しく手を振り返しながらアンジェリカは答えた。

「それよりも、あなたたちよくあの結界を破れたわね。Aランクの魔物でも破れない強度なのに」

「ああ。相当強力な結界だった。キラがいなけりゃここまで来られなかっただろう」

自分の名前を出されてドキッとするキラ。

「彼女はエルフと人間のハーフなんだ。いろいろな魔法を知っている」

なるほど。何となく一人だけ雰囲気が違うなと思っていたが、エルフとのハーフだったのか。

「えーと……。私の母がエルフなんです。私が子どものころ、何度かエルフの里に連れて行ってもらったことがあって。そこにも同じような結界が張ってあったんです」

「なるほどね……」

基本的にエルフは外界との接触を好まない。そのため、望まぬ来客がないよう集落の周りに結界を張ると耳にしたことがある。もう少し強力な結界にしなきゃいけないかしら……などと考えるアンジェリカであった。

「ところで、あなたたちはなぜここに来たのかしら？」

今さらな質問をアンジェリカが口にすると、三人はまたまた緊張した表情になった。

「……冒険者ギルドからの依頼だ。魔の森に住みついている吸血鬼を倒して拘束しろと」

フェンダーが重々しく口を開く。すでに依頼は失敗。目の前の少女がその気になれば、いつでも自分たちを瞬殺できると理解しているため隠すつもりもない。

「ふーん。依頼主は分かる？」

アンジェリカから微妙に漏れる剣呑な魔力にさらされ、三人の背中を嫌な汗が流れた。

「いや……それはわからない。そもそも真祖がいるなんて聞いていないんだ。もし知っていたらこんな依頼請けるはずがない」

彼らによると、今回の依頼はギルドマスター案件とのこと。依頼人について聞いてみたが、教えてもらえなかったようだ。まあ何となく予想はつくんだけどね。今回の件、おそらく黒幕は国王だろう。自分たちの関与がバレると私の怒りを買うため、たどり着けないよう何重にもわたる隠蔽工作をしているはずだ。それにしても、あれほど脅したにもかかわらずまた敵対するとは、どこまで頭が悪いのか。アンジェリカはため息をつく。

「それで、あなたたちはどうするの？　依頼を継続するつもりなら、お相手してもいいんだけど？」

その言葉を聞いた三人は同時に首を横に振る。

「あれほど格の違いを見せつけられて、あなたと敵対するなんて考えられません」

「そうだな。自慢のハンマーも一瞬で粉々にされたし、俺たちに勝ち目なんてねぇ」

ケトナーもフェンダーも一流のSランク冒険者である。一度相対すればある程度の力量は把握できる。

「そう。そちらのお嬢ちゃんは？」

実年齢は五十歳を超えているキラをお嬢ちゃんと呼ぶアンジェリカ。千年以上生きている彼女からすると、五十代なんてお嬢ちゃんでしかない。話を振られたキラは、目を伏せてしばらく考えたあと、アンジェリカの目をまっすぐ見つめた。

「アンジェリカさん……いえ、真祖の姫様。ひとつお願いがあります」

まさかお願いをされるとは思いもよらず、アンジェリカは目を丸くしてきょとんとしてしまった。

「私を……姫様の弟子にしてください!!」

思いもよらないことを言い出したキラに、ケトナーとフェンダーの表情が驚愕に染まる。驚いたのはアンジェリカも同じだ。なぜそうなった。

「……どういうことかしら？」

アンジェリカは必要以上に人間と関わるつもりはない。もちろんパールは別である。たしかに、過去には暇つぶしに人間を手助けしたり、弟子にしたりといったこともあった。だが、積極的にそのようなことをするつもりはない。

「私は今まで、魔法だけは誰にも負けないと思っていました。でも、姫様には私の魔法がまったく通じず、手加減した魔法であっさりと倒されてしまいました。こんなんでSランク冒険者なんて笑ってしまいます。……私はもっと強くなりたい。姫様なら、私が知らないような魔法もたくさん知っていると思うんです。お願いします！　私を弟子にしてくれませんか⁉」

ハーフエルフであるキラは、幼いころから混血と馬鹿にされてきた過去がある。エルフからも人間からも認められず、何度も悔しい思いをしてきた。そんな彼女が必死に打ち込んできたのが魔法の修練である。文字通り血反吐を吐くような修練を自らに課し続け、純血のエルフとも同等に戦えるようになった。自信をつけたキラはさらに修行を重ね、Sランク冒険者の地位まで上り詰めたのである。

よく語るお嬢ちゃんねー、と思いつつ話を聞いていたアンジェリカ。まあその志は立派だとは思うけど。正直、彼女を弟子にしてもまったくメリットがない。めんどくさいし断ろうと口を開きかけたが、ひとつの考えに思い至った。

パールは六歳になるまでずっとこの森で暮らしている。最近でこそ、アリアを伴って街にお出かけすることもあるが、基本的に人間との交流はほとんどない。もし、いつかパールが人間の世界で生活することになったとき、あの子は大丈夫なのだろうか。きちんとコミュニケーションがとれるのだろうか。

――アンジェリカは決断した。

「分かったわ」

「本当ですか⁉」

おそらくダメ元で口にしたのだろう。弟子入りを許可され、キラのほうが驚いたようだ。

「ええ。でも条件があるわ。私の娘と仲良くしてくれるかしら。あと、あの子にいろいろ教えてあげてくれるとうれしいわ」

「そんなことでいいんですか？　分かりました！」

「それと、あの子は私の本当の娘ではないわ。赤子のとき森に捨てられていたのを私が拾って、娘として育てているの」

六年前のことだが、昨日のことのように思い出す。

「あの子は人間だけど、私たち以外とのかかわりがほとんどないわ。いずれここを離れて外で暮らすようになるかもしれない。そのとき困ったことにならないよう、いろいろ教えてあげてほしいの」

過去にいくつもの国を滅ぼしてきた伝説上の吸血鬼が、人間の女の子を慈しんで育てている。その事実は冒険者たちを驚嘆させるのに十分であった。ケトナーにいたっては感動して涙まで流しているくらいだ。

「分かりました！　姫様……いえ、お師匠様！　私にお任せください！」

少し涙を浮かべた目で、キラははっきりと宣言するのであった。

第十四話　新たな住人

キラがアンジェリカに弟子入りして三日が経った。ギルドへの報告もあるため、ケトナーとフェンダーは王都へ帰っていき、キラはそのままアンジェリカの屋敷に留まることになった。その彼女は今、庭でパールと軽く模擬戦をしている。

「『炎矢《ファイアアロー》！』」

離れた場所から鋭い炎の矢がパールを襲う。

「『魔法盾《マジックシールド》！』」

パールは慌てることなく魔法盾を展開し炎の矢を防ぐ。

「すごいね！　パールちゃん！　でもこれならどう？」

魔力を練ったキラが両手を前に突き出し――。

「『炎矢』×三！」

詠唱に合わせて炎の矢が三本顕現し、それぞれが異なる軌道でパールを襲う。かろうじて二本の矢を魔法盾で防いだパールだったが、もう一本の矢は防ぎきれなかった。

「きゃんっ!!」

かわいらしい悲鳴をあげて倒れるパール。

「パールちゃん!!　大丈夫⁉」

威力は落としていたはずなのに、と焦ってパールのもとへ駆け寄ろうとするキラ。その様子を見守るアンジェリカはというと、まったく心配していなかった。

なぜなら――。

うつ伏せに倒れたままの姿勢で顔をあげたパールは、空中に三つの魔法陣を横並びに展開した。その顔にはしてやったり、といった表情が浮かんでいる。

「『展開《デプロイ》』」

三つの魔法陣から撃ち出された光の砲弾が一斉にキラへ襲いかかった。

「『魔導砲《キャノン》！』」

「嘘でしょ⁉」

まさかの反撃に思わず反応が遅れてしまう。魔法盾を展開するものの、魔力が高いパールの高出力魔導砲攻撃を同時に三発受けるのは簡単なことではない。何とか防ぎきったキラだが、魔力をほとんど使い果たしてしまったようだ。疲労も大きく、その場にへたりこんでしまうキラ。

「そこまでよ」

模擬戦の様子を見守っていたアンジェリカが口を開いた。

「二人ともいい動きじゃない」

微笑みながら二人をねぎらう。

「やったー！　死んだふり作戦成功ー！」

跳びはねながら喜ぶパールと違い、キラは唇を尖らせている。

「むうーー。まさかあんな手でやられるなんて……」

「だって普通に戦ってもキラちゃんには勝てそうにないんだもん」

「ケガさせちゃったかと思って焦ったよ。それにしても、パールちゃん本当に六歳なの？　強すぎというかしたたかというか……」

悔しさと同時に湧きあがる疑問。普通に考えて、Sランク冒険者と六歳児が互角に渡り合うなど考えられない。

「パールには私が直接魔法を指導してきたしね。死んだふりは教えていないけど……」

娘の意外としたたかな部分を目の当たりにし苦笑いするアンジェリカ。でも、その柔軟性やしたたかさはきっと彼女の人生に役立つだろう。多分……。

「今でもこんなに強いなら、将来は間違いなくSランク冒険者になれますよお師匠様」

「いや、冒険者になんて絶対させないし」

即座に否定する。かわいい娘に冒険者なんて危険な職業は断固却下だ。

「さて、模擬戦の評価だけど」

キラが真剣な表情になる。

「まず、キラについては私が言うことはほとんどないわ。高ランク冒険者としての経験も豊富だし、魔法の使い方も上手だと思う」

アンジェリカの言葉を聞いて、パァッと表情を明るくするキラ。

「問題は精神面かしらね。どんな状況でも決して油断しないこと。あとはもっといろいろな魔法を使えると戦い方の幅が広がると思うわ」

「はい！」

「次、パールだけど。ちゃんと成長しているようでうれしいわ。魔導砲の魔法陣も二つから三つに増えていたしね。ただ、魔法陣の展開から攻撃までに少し時間がかかっているから、そこを改善しましょう」

「むむー。分かった！」

素直なわが娘である。

「二人とも精進するように」

アンジェリカが少しまじめに言うと、二人は元気よく「はい！」と返事した。フフ、ちょっと師匠っぽいこと言ったかしら。

「ではお師匠様。私は少し森のなかで魔物退治をしてきます。自分の食い扶持くらい稼がないと！」

ここに住み始めてから、キラはときどき森に入って魔物を狩っている。魔物を倒して得た素材を売却し、そのお金をアンジェリカに献上したいと考えているようだ。

「別にそんなこと気にしなくていいのに」

「いえ、自分の訓練にもなりますから」

なるほど。たしかにこの森には強力な魔物が多いしね。

「パールはどうするの？」

「私はもう少しだけ魔法の練習しようかなー」

まじめな娘である。

「あまり無理しないでね」

そう伝えてアンジェリカは屋敷に戻っていった。

森のなかへ向かおうとするキラに、パールが駆けよった。

「キラちゃん、魔力ほとんど残っていないんじゃないの？」

キラは驚いて目を見開く。

「そんなことまで分かるの⁉」

「うん、何となくね。じゃあ……はいっ」

パールはキラの手を握り目を瞑《つぶ》った。キラは驚愕する。なんと、先ほどまでの疲労がすっかり抜け、しかも魔力まで回復したのだ。

「こ、これは――これはいったい……⁇」

キラはわけが分からない。疲労を回復させる魔法はまだしも、魔力を回復させる魔法など今まで一度も聞いたことがないのだ。そもそも、先ほどパールは魔力を使っていない。つまり、これは魔法ではないのだ。

「それじゃ気をつけてねー！」

手を振りながら戻っていくパールを唖然とした表情のまま見送るキラ。いくら考えても分からないものは分からない。今度師匠に聞いてみよう、と雑念を振り払い、キラは森のなかへ入っていくのであった。

――ジルジャン王国・王城――

執務室でゴードン卿と向き合う国王は、苦渋の表情を浮かべていた。きっとうまくいくと考えていた、Sランク冒険者三人によるアンジェリカ襲撃が失敗したとの報告を受けたためだ。

「くそっ！　役に立たん冒険者どもめ！」

怒り心頭に発してテーブルに拳を叩きつける。

「……私としても誤算でした。まさかSランク三人がかりでも失敗するなど……」

「……それよりも、余が襲撃を依頼したことは絶対バレないようになっているのだろうな？」

国王としては、襲撃が失敗したことよりもそちらのほうが心配であった。万が一、襲撃が国王の指示で行われたと真祖に知られると、国を焼き払われてしまうかもしれない。あのときの惨劇を思い出し、ぶるりと体を震わせる。

「その点に関してはご心配なく。絶対に陛下までたどり着けないよう手を尽くしてあります」

「……ならよいのだがな」

アンジェリカにはすべてお見通しであることを知らず、やや安心した国王であった。

「帝国との戦争は近い。早く何とかしないといけないのに、どうすればよいのだ……」

万策尽きたかに思えたが、この数日後、国王のもとへ思わぬ朗報が入ることになる。

第十五話　新たなるターゲット

「お師匠様。少しお話ししたいことがあるのですが」

自室で読書をしていたアンジェリカのもとに、キラがやってきた。

「どうしたの？」

「パールちゃんのことです」

「何かあったのかしら？」

「実は――」

先日、パールとの模擬戦でほとんどの魔力を使い果たしたキラだったが、パールに手を握られただけで疲労と魔力が回復した。キラは、あのときの出来事がずっと引っかかっていたのだ。キラはそのことをすべてアンジェリカに話した。普通は驚くべき内容だが、アンジェリカの表情は変わらない。

「キラ。そのことは他言無用よ」

「……お師匠様はご存じだったんですね」

アンジェリカは小さくため息をつく。

「ええ。今からする話も絶対に他言しないこと。約束できる？」

「もちろんです。お師匠様」

すでにアンジェリカに心酔しているキラが約束を反故にすることは絶対にない。

「あの子は……パールは聖女なのよ」

その言葉に、キラは目を見開いて驚く。聖女は人類にとって特別な存在であるためだ。聖女として生まれた者は人々を救済する役目を負い、ときに魔物や魔族に対抗する旗頭にもなる。そのとき、キラは思い出した。パールがいつも手袋を身につけていることを。聖女として生まれた者は、右手の甲に紋章が現れると伝わっている。おそらく、紋章を隠すためのものなのだろうとキラは納得した。

「では、先日のあれは聖女がもつ癒しの力……？」

「そうね。魔法ではない、聖女ならではの力だと思うわ」

なお、今この屋敷にパールはいない。今日はアリアと一緒に街へ買い物にお出かけしている。

「お師匠様。聖女のことについてパールちゃんには……？」

「詳しいことは話していないわ。あの子の出自についてもね」

森のなかに捨てられていた、憐れで哀しい、可愛いわが娘。そろそろ、一度きちんと話をしないといけないな、とアンジェリカは目を伏せる。

「まあ聖女だろうが何だろうが、私の大切な娘であることに違いないわ。あなたも今まで通り接してあげてね」

「もちろんです。お師匠様」

パールが聖女であることには驚いたが、それ以上にそんな大切なことを話してくれたことがキラは嬉しかった。

——王都オリエンタル——

「パール、次はこれを着てみましょう」

王都で一番大きな衣料品店で、パールはアリアの着せ替え人形と化していた。なんせ何を着せても似合うのである。お嬢様の気持ちが理解できた気がする、などと考えながら次々と服をパールのもとへ持っていくアリア。

「えーー。もう八着目だよお姉ちゃん」

楽しんでいるアリアとは対照的に、パールはうんざりしている。

「これだけ！　最後にこれだけ着てみましょ!?　ね!?」

アリアの必死な様子にやや引きつつも、「本当にこれで最後だからね」と応じてくれる優しいパール。結局、試着させた服のほとんどを購入し、二人は衣料品店をあとにした。

次に二人がやってきたのは王都で人気のカフェ。紅茶と甘味が人気のお店で、貴族がお忍びでやってくることもあるようだ。店内に入ると、丁寧な態度の店員が二人を席まで案内してくれた。アリアはメイド服だが、パールは立派なドレスを着用している。もしかすると、どこかの貴族の令嬢が来店したと思われたのかもしれない。実際には真祖の愛娘で聖女というツッコミどころ満載の盛り属性なのだが。テーブルに運ばれてきた一番人気のケーキをひと口ほおばると、アリアとパールは同時に「美味しい」と口にした。甘いものに弱いのはやはり女子である。

「お持ち帰りできるのかな？　ママとキラちゃんにもお土産で持って帰ってあげたいなー」

「そうね。店員に聞いてみましょうか」

「ママはあんなに強いのに、甘いもの大好きだもんね」

そう、過去にいくつもの国を滅ぼした国陥としの吸血姫は、甘いものが大好きという意外な一面があった。アリアが店員を呼んで質問すると、どうやら持ち帰りが可能なようなので、お土産として別に用意してもらうことにする。美味しい紅茶とケーキを味わいながら、存分に会話を楽しんだあと二人はお店をあとにした。

二人が店を出たあと、彼女たちが座っていたテーブルの近くにいた一人の男が席を立つ。その男は支払いを済ませたあと、そのまま王城の方角へ歩き始めた。


――王都・ジルジャン王城――


「陛下。街に放っていた密偵から報告が入っています」

少し前から、王都に真祖のメイドが現れる頻度が高くなったと報告があり、密偵の数を増やしていたのだ。アリアはこれまで何度か、アンジェリカの名代として王城に足を運んだことがあるため、現国王や重鎮たちにも顔を知られている。

「報告書をよこせ。執務室で読む」

国王は受け取った報告書を携え執務室に向かった。ソファーに座って報告書を開く。そこに書かれていた内容は、国王に希望を抱かせるに十分な内容であった。

・真祖のメイドが王都へ訪れる回数はたしかに増えている。
・単独ではなく小さな女の子を一人連れていることが多い。
・カフェでの会話において、少女は「ママ」と口にした。
・おそらく真祖の娘、もしくは深い関係にある者だと考えられる。

真祖に娘がいるといった話は聞いたことがない。ただ、正直真祖について分かっていることは少ないのが事実である。娘がいても不思議ではないだろう。もしこの報告が事実であるなら。真祖の娘でないにせよ、何かしら関係があるのなら。

「その娘をさらって人質にすれば、真祖を従属させられるのでは……」

短絡的な考えではあるものの、合理的でもある。真祖に真正面から挑んでも勝てないのだから、弱い者を人質にとって従属を迫るのは良案と言えるだろう。

「誰か！　ゴードン卿を呼べ！」

醜い笑みを張り付けて国王が叫んだ。

「これで今度こそ、真祖の小娘を従属させられるぞ。ククク……！」

いよいよ、王国滅亡へのカウントダウンが始まった。

第十六話　真実の告白と狙われた聖女

その日、アンジェリカは自室でパールと向き合っていた。彼女に伝えるべきことを伝えるためである。だが、アンジェリカはなかなか口を開くことができなかった。真実を知ったパールがどのような反応をするのか、どうしても不安が先走る。

もし嘘つきと罵られたら、本当の家族を捜しに行きたいと言い出したら。真実を知ったパールは自分のもとを去ってしまうかもしれない。怖い。そんなの嫌だ。でも、伝えないわけにはいかない。この子を拾って娘として育てた私の責任を果たさなくてはならない。どのような結果になっても、受け入れるしかないんだ。アンジェリカは膝の上で強く拳を握りしめた。

一方、アンジェリカのただならぬ様子にパールは戸惑いを隠せなかった。大好きな母親の顔に浮かぶ焦り、哀しみ、不安。今まで見せたことがない複雑な表情にパールは落ち着かなかった。

「ママ……何かあったの……？」

どこか重い空気に耐えられずパールが口を開く。

「パール。あなたに伝えなければならないことがあるわ。とても大切なことよ」

「……何？」

やや俯き加減で上目遣いにアンジェリカを見るパール。

「……六年前、私は森のなかで捨てられていた人間の赤ちゃんを見つけたわ。そのままでは魔物に食べられてしまうし、何より本当にかわいい赤ちゃんだったから私はその子を連れ帰った」

「…………」

「……その赤ちゃんがあなたよ。つまり、私はあなたの本当のママではないの」

パールは何も言わない。なぜか胸の奥がズキンと痛んだ気がした。

「私とあなたには血のつながりはない。でも、私はあなたのことを本当の娘として愛情を注いできたつもりよ」

パールは俯いたまま、膝の上に置いた両手を強く握りしめていた。

「今まで黙っていてごめんなさい。あなたが私を許せないのなら、それは仕方のないことだと思う」

アンジェリカが言葉を切った瞬間、パールはバッと顔を上げた。

「ママのこと許せないとか、そんなことあるわけない!!」

形のいい目からは大粒の涙がこぼれていた。

「私がママの本当の娘じゃないってこと、何となく分かってた。パパもいないし、何よりママやお姉ちゃんは吸血鬼で私は人間だし」

「…………」

「ママが私を本当の娘と思ってくれているように、私にとってもママは一人だよ。私に甘くてちょっと過保護だけど、とっても大切で大好きなママだよ……」

千年以上生きてきたなかで、これほどの幸福感を得られたことがあっただろうか。真実を知った

パールに受け入れてもらえたことが、アンジェリカには嬉しかった。

「……そう。ありがとうね。私もパールに会えて、あなたのママになれて幸せよ……。こっちいらっしゃい」

涙を拭いながら私のもとへ来たパールを膝の上にのせた。

「もう一つ、あなたに伝えることがあるわ」

「……何?」

「あなたは聖女なの」

「せいじょ?」

と首を傾げるパールに、聖女がどのような存在なのか説明した。

「私、どこかへ行かなきゃいけないの……?」

「本来は国や教会に連れていかれることが多いわね。でも、あなたは真祖である私の娘。自由に生きていいのよ」

「なら、ずっとママと一緒にいる!」

パールは迷わず答えた。

「そう。うれしいわ」

「うん!」

「でも、いつかあなたが私を退治しようとする日が来るのかもしれないわね」

意地の悪い笑みを浮かべるアンジェリカ。

「もーー！　ママの意地悪！　そんなこと絶対にないんだから！」

「はいはい。分かったわよ」

すっかり元通りになったパールに安堵する。ただ、一気にいろいろ伝えられたことで精神は疲弊しているかもしれない。

「午後からアリアに買い物をお願いしているから、パールも一緒に行ってくれれば？　気分転換になるかもよ」

「うん。そうしようかなー」

「今日はキラも王都に出かけてるから、もしかするとどこかで会えるかもね」

キラは王都で用事を済ませたあと、少し遊んでから帰ってくると言っていた。そう言えば、あの子Sランク冒険者なのに依頼とか受けなくていいのかしら。

「もしキラと会えたら、アリアの転移で一緒に連れ帰ってあげてちょうだい」


——王都オリエンタル——


「んーーっっクチュン!!」

盛大なくしゃみの主は、Sランク冒険者でありアンジェリカの弟子でもあるキラ。この日、彼女は冒険者ギルドに足を運んでいた。おそらくないであろうが依頼の確認をしにきたのと、なじみの冒険者たちの顔を見にきたのである。

「風邪ひいたのかしら……？」

気をつけなきゃね、などと思いつつギルドのなかを見回す。キラが知っている顔は少ないが、ギルド内にいるほとんどの冒険者が彼女を見ていた。真祖にはまったく歯が立たなかったものの、Sランク冒険者と言えば人類最強の象徴である。冒険者たちが羨望の眼差しを送るのは仕方のないことであろう。そんな視線を無視し、昔一緒にダンジョンへ潜ったことがある冒険者に声をかける。

「久しぶりね。元気してた?」

声をかけたスキンヘッドの男が屈託のない笑みを携えハイタッチを求める。

「そっちこそ元気そうだな。最近見かけなかったようだが」

「まあいろいろとね」

しばらく会話に花を咲かせてから男に別れを告げ、ギルドをあとにした。

「ケトナーやフェンダーはまだ町にいるのかしら? いるとしたら、あそこかな?」

心当たりがある店の方向へキラは歩き始めた。


――一時間後・王都オリエンタル――


「んー。やっぱりここのケーキは最高」

アリアとパールは、最近お気に入りのカフェでティータイムを楽しんでいた。

「そうね。すっかり虜になっちゃった」

アリアもほくほく顔だ。

「たまにはママとも一緒にお出かけしたいんだけどなー」

「ああ。お嬢様は昔から出不精というか……」

アリアは思わず苦笑いしてしまう。

「それにお嬢様はあの通り超絶美少女だから。人が多い場所では目立ってしまうのよ」

「そっかー……。うん、たしかにママはめっちゃ美人だもんね」

「パールもきっと美人になるわよ」

「……ママの本当の子どもじゃないのに？」

「ブフォッ!!」

思わず盛大にむせる。

「だ、大丈夫？　お姉ちゃん」

「大丈夫……、というよりパール、さっきの話……」

「うん、もうママから聞いてるよ」

そういうことは私にも言っておいてくださいよお嬢様、と小さくため息をつくアリア。

「……そう。ねえパール。お嬢様はあなたのことをそれはもう大切に育ててきたわ。それこそ本当の娘のように」

「うん、分かってるよ。ママもお姉ちゃんも、私のこと大事にしてくれてるなーって。だから、血がつながってないとか、そんなこと全然気にしてないよ」

実際、もうパールはまったく気にしてなかった。アンジェリカにもアリアにも、深い愛情のもと育てられたことは自身が一番理解している。

「パールはほんといい子ね。私もあなたを本当の妹だと思ってるわ」

恥ずかしそうに少し俯く様子がかわいらしい。

「マ、ママにお土産買って帰らなきゃね！　あ、ちょっとお手洗い行ってくる！」

照れているのを悟られたくないのか、その場から逃げようとするパール。もちろんアリアにはお見通しである。トイレに駆けて行くその背中を見ながらアリアは小さく微笑んだ。


「あ、そう言えばキラちゃん会わなかったなぁ。どこで遊んでるのかな」

用を足して手を洗いながら、どこにいるのか分からないキラに思いをはせる。

「まあキラちゃん空飛べるしいいか」

ハンカチで手を拭いて、手袋を嵌めようとしたとき、背後に気配を感じた。

「……‼」

声をあげようとしたが、布のようなものを口にあてられ声が出せない。何か変な臭いが――。

刹那、パールの視界は白く染まった。

第十七話　逆鱗に触れた代償

屋敷のテラスで紅茶を味わいつつ読書を楽しんでいたアンジェリカは、強い魔力の乱れを感じた。

アリアが転移で戻ってきた気配がするが、魔力の乱れが尋常ではない。嫌な予感がした。読みかけの本を閉じアリアのもとへ向かおうとすると、遠くから大きな足音が聞こえ……。

「お嬢様っ！！！」

テラスへ飛び込んできたアリアは顔面蒼白で激しく息切れをしている。

「パールが……、パールが！！！」

泣きそうな顔で何とか言葉を発するが、次が続かないためパールがどうしたのかさっぱり分からない。

「落ち着きなさい。パールがどうしたの？」

自身の焦りを押し殺し、とりあえずアリアを落ち着かせようとする。

「申し訳ありません!! パールが……いなくなりました……!!」

頭が真っ白になった。

「……どういうこと？　分かるように説明しなさい」

必死に冷静さを保ちつつ口を開く。アリアの話によると、カフェでトイレに行ったパールの戻りが遅かったため、見に行くと姿がなかったとのこと。慌てて周辺を捜したものの、どこにも見当たらなかったそうだ。さらに、アリアが手渡してきたものを見て、アンジェリカのなかの微かな希望は潰えた。それはパールがいつも身につけていた手袋。アンジェリカがエンチャントを施した品であり、身につけている者の魔力を感知できる代物だ。

パールが身につけていれば、魔力を感知してすぐにでも転移でそばに行けたのに……！

唇を噛むアンジェリカ。アリアの話では、トイレの洗面台にあったとのこと。

状況から考えられるのは、トイレで手袋を脱いでいるタイミングで何者かにさらわれた、といったところか。魔法で反撃した形跡もないとなれば、薬か何かで眠らされたのかもしれない。怒りで頭がどうにかなりそうだった。

いったい誰が何のために。王都には素行が悪い冒険者や人攫い、犯罪者も大勢いる。パールの見た目から、貴族の令嬢と勘違いされさらわれた可能性も否めない。もしくは、私との関係を知った国王が人質にするつもりで手にかけた可能性もある。ただ、今はそんなことはどうでもいい。一刻も早くパールの行方を捜さなければ。

とにかく情報がほしい。こんなとき、王都に詳しいキラがいれば情報収集もしやすかったのに――。

たしか、キラは今日王都にいるはずだ。冒険者ギルドに行けば居場所が分かるかもしれない。

「アリア、私は王都の冒険者ギルドに行くわ。あなたはもう一度カフェの近辺を探ってみて」

「お嬢様。どうか私も」

どこからともなく現れたフェルナンデスが同行を申し出る。

「いえ、可能性は限りなく低いけど、パールがここに戻ってくる可能性もあるわ。だからあなたはここに居てちょうだい」

そう告げるや否や、アンジェリカは王都へ転移した。

王都の人目につかない場所へ転移したアンジェリカは、小走りで冒険者らしい者を探した。それらしい二人組を見つけたので、ギルドの場所を聞くべく声をかける。

「ねえ、冒険者ギルドはどこ？」

一見貴族のように見える美少女に声をかけられ、一瞬驚きの表情を見せた冒険者たちだが、すぐに下卑た笑みを浮かべ始めた。

「へへへ……、お嬢ちゃんみたいな子が冒険者ギルドに何の用があるんだい？」

「それよりお兄さんたちと遊ばないか？　いい思いさせてやるか……ら……よ……？」

アンジェリカから漏れる刺すような殺気に、冒険者たちは言葉が続かなかった。

「質問に答えなさい。今の私は悠長にお喋りを楽しむ余裕がないの」

紅い瞳に強い殺気と魔力を込めると、冒険者たちは地面に崩れ落ち慌ててギルドの場所を教え始めた。ギルドの場所はそう遠くなかった。入り口のドアを勢いよく開けてなかへ飛び込み周りを見渡す。どうやらキラはいないようだ。冒険者たちが怪訝そうな視線を向けてくるが、アンジェリカはそれを無視してカウンターに向かい受付嬢に声をかけた。

「聞きたいことがあるの。Sランク冒険者、キラの居場所を知らない？」

冒険者ギルドには似つかわしくないゴシックドレスを纏った美少女に突拍子もない質問をされ、怪訝な表情を浮かべる受付嬢。

「ねえ、急いでるの。知ってるの、知らないの？」

一方的にまくしたてるアンジェリカに、受付嬢は不快そうに眉根を寄せる。

「申し訳ありませんが、冒険者の個人的な情報を伝えるわけにはいきません。お引き取りください」

　思わず舌打ちしそうになるのを堪え、アンジェリカはカウンターの後ろを振り返った。

「誰でもいいわ。Sランク冒険者のキラがどこにいるか知っている人はいない？」

　ギルドに入ってくるや否やわけの分からないことを問いかけてくる少女に対し、冒険者たちは冷たい視線を向ける。

「いきなり何言ってんだてめぇ」

「ここはてめぇみたいなガキが来る場所じゃねぇぞ！」

「とっとと帰りやがれってんだ！」

　冒険者たちが口々に叫び始めた刹那、アンジェリカから寒気がするような殺気が放たれた。

　小さな体からどす黒いオーラが立ちのぼり、一瞬のうちにギルドのなかは恐怖に支配される。先ほどまで口々に叫んでいた冒険者たちは腰を抜かして歯をガチガチと鳴らし、受付嬢にいたっては白目を剥いて気絶していた。追い打ちをかけるように、体のなかまで凍てつきそうな冷たい声でアンジェリカが口を開く。

「……私の名はアンジェリカ・ブラド・クインシー。あなたたちが国陥としと呼ぶ存在よ。今一度聞くわ。キラはどこ？」

　国陥としという言葉に冒険者たちが再度凍りつく。すなわちそれは、目の前の少女が真祖であることを意味する。その場にいる全員が死の足音を聞いたとき、一人の冒険者がおそるおそる手を挙げた。

「キ、キラなら多分南の通りにある酒場だ。今日道ですれ違ったとき、たしかその酒場へ行くと言っていた」

重要な情報を入手でき、アンジェリカは少しだけ安堵した。

「そう……ありがとう。助かったわ。ついでにそこの坊や、その酒場まで案内してくれるかしら？」

もはや冒険者たちに逆らう気力はない。

「あ、ああ。わかっ……分かりました」

重要な情報を提供してくれた冒険者を連れギルドを出たアンジェリカは、急いで件の酒場へ向かった。酒場は冒険者ギルドからほど近い場所にあった。なかへ入ると、さっそくガラが悪そうなチンピラが絡んできたが、アンジェリカが魔力を込めた視線を向けるとたちまち失神した。

店内を見渡すと――。

奥のテーブルに座っているキラを見つけた。このあいだ一緒だった、ケトナーとフェンダーもいる。

「キラ！」

アンジェリカが呼ぶと、キラは驚き椅子から跳び上がった。まさかこんなところにいるとは思っていないため当然であろう。

「お、お師匠様!?　いったいなぜこんなところに⁇」

Sランク冒険者が師匠と呼ぶ美少女に対し、一斉に視線が向く。

「街に来ていたパールが行方不明になったわ。状況からして、おそらくさらわれたんだと思う。犯人を見つけるためにも情報が必要なんだけど、私たちはこの街にゆかりがある者も協力者もいない。

だからキラ、あなたの力を借りたいの」

アンジェリカがどれほどパールを大切にしているのか、キラはよく理解している。気丈に振る舞ってはいるが、精神的にはかなりこたえていることも。

「そんな――パールちゃんが……!!　任せてくださいお師匠様。私のネットワークを使って今すぐに情報を集めます」

「おう、お姫さん。そんな事情なら俺たちも協力させてもらうぜ」

「ああ。無垢な子どもをさらうなど許せん」

ケトナーとフェンダーも協力を申し出てきた。

「ありがとう。感謝するわ」

その後の動きは速かった。ケトナーとフェンダーがまたたく間に情報を集め、キラとアンジェリカも足で犯人の痕跡を捜しまわった。三十分ほど経ったころ、アンジェリカが待ち望んでいた情報が一人の冒険者からもたらされる。

「キラさん！　気になる情報がありましたぜ！」

話を聞くと、パールがいなくなったカフェの近くで、同じ時間帯に怪しい連中を見たホームレスがいたとのこと。三人組の男で、一人は小さな子どもが入りそうな麻袋を抱えていたそうだ。しかも、三人は冒険者のような格好をしていたものの、動きは訓練された兵士のようだったと。また、相当周りを警戒しつつその場を去ったらしい。そして、三人が立ち去ったのは間違いなく王城の方角だと。

――決まりだ。

パールをさらったのは国王の手の者だ。必死に抑えていた殺気があふれ、近くにいる者は意識を保つだけで精一杯であった。

「キラ……。王城の近くにあなたの友人や知り合いはいるのかしら？　もしいるのなら、今すぐ避難させてちょうだい」

キラは直感的に理解した。もうこの国は終わりなのだと。決して怒らせてはいけない強者の逆鱗に触れてしまったのだと。それに触れたのなら代償を払わなければならない。

「あの子のためなら、私はためらいなく国でも世界でも焼くわ」

パールの平穏を脅かす輩は生かしておけない。アンジェリカは静かに王城の方角を睨みつけた。

第十八話　ジルジャン王国の終焉

アンジェリカは王城の前に立っていた。あのころは、まさかこれほど長く繁栄する王朝になるとは思ってもみなかった。奴隷の身から立ち上がり、ジルジャン王国を建国したハーバード一世。真祖である私に対し、誰もが安心して暮らせる世の中をつくりたいと涙ながらに訴えていた優しい青年。人間にしてはそこそこ強く戦場でも抜群の働きをしてたけど、寝顔は小さな子どものようだった。

「……悪いわね。ハーバード」

あなたは何も悪くない。でも、あなたの子孫は大きな過ちを犯した。

だから終わらせる――。

「今行くわ、パール」

アンジェリカは閉じていた目を開くと、片手を前方にかざし一気に魔力を放出した。耳をつんざく轟音とともに、巨大な城門が吹き飛ぶ。何事かと慌てて飛び出してくる衛兵の姿に目も向けず、アンジェリカは無人の野を行くが如く歩みを続けた。

「何者だ‼　そこで止まれ‼」

尋常ではない殺気と魔力を撒き散らしながら歩みを続けるアンジェリカを衛兵が取り囲む。

「止まらぬとただでは――！」

「うるさいわね」

言葉を遮り軽く手を振ると、たちまち数人の衛兵が消し飛んだ。現場はパニック状態になるが、さすが王城と言うべきか、次から次へと衛兵が溢れてくる。

「道を空けなさい。さもないと全員殺すわ」

アンジェリカの警告に対し、衛兵は怯えつつも一斉に攻撃を開始した。

「……愚かなことね」

小さくため息をつく。

「『展開《デプロイ》』」

アンジェリカを中心に巨大な魔法陣が地面に展開した。

「『炎帝《インペリアルファイア》』」

詠唱と同時に、魔法陣へ足を踏み入れた衛兵たちの体が一斉に燃え上がる。まさに阿鼻叫喚の光景であるが、アンジェリカは涼しい顔をして城のなかへ入ってゆく。城門での騒ぎが伝わったのか、騎士団や魔術師団も駆けつけてきたようだ。

「キリがないわね」

こんなところでもたもたしていられない。

「『アンジェリカ・ブラド・クインシーの名において命ずる。顕現せよ、我が下僕ども』」

アンジェリカの周りにいくつもの魔法陣が現れたかと思うと、次々に下級吸血鬼が姿を現す。

「道を塞ぐ者はすべて始末しなさい」

召喚された吸血鬼たちは、アンジェリカの言葉に恭しく頭を下げると、すぐさま敵と認識した者たちへと飛びかかった。下級とは言え吸血鬼は強力な種族である。騎士や魔術師はなすすべなくその手にかかった。城内の入口へ着くと、一人の貴族らしき男が待ち構えていた。どうやらアンジェリカを待っていたらしい。

「お待ちしておりました。謁見の間で陛下がお待ちです」

外での騒ぎがすでに伝わっているのだろう。貴族らしき男の顔色はよくなかった。

謁見の間では国王が玉座に鎮座し、その隣にはがっしりとした体格の男が立っている。アンジェリカは何も言わずに歩みを続け、少し離れた場所で立ち止まり王に冷えた視線を向けた。

「用件は分かっているわよね？」

「ああ。貴様から出向いてくれたおかげで、使いを出す手間が省けた」

殺気が交じったアンジェリカの言葉に、冷や汗をかきつつ王が答える。

「パールはどこ？」

「……おい。連れてこい」

国王が命じると、使用人らしき男が玉座近くの角からパールを伴い出てきた。魔法を警戒してか猿ぐつわを噛まされているが、どうやらケガもなさそうだ。アンジェリカは少し安堵する。

「真祖の姫よ。この娘を返してほしくば余に従属せよ。余の望みはそれだけだ」

「……誰に口を利いているの？　その気になればこちらは今すぐお前たちを皆殺しにできるのよ？」

そのとき、王の隣に立っていた貴族らしき男が、短剣を抜いてパールの首に刃をあてた。

「ククク、これでも先ほどと同じことを言えるのかな？」

「………………」

「貴様にはこれを身につけてもらう」

王は首輪のようなものを取り出した。

「……それは？」

「これは隷属の首輪と呼ばれる魔道具だ。余の魔力を登録してあるこの首輪を身につければ、貴様はもう余に逆らうことはできん」

そう言えば、昔そのような魔道具の話を耳にしたことがあった。

「さあ、真祖の姫よ。娘を無事返してほしくば、この首輪を装着するのだ」

使用人がアンジェリカのもとへ首輪を運んでくる。

「分かったわ」

アンジェリカは使用人から受け取った首輪を、自ら装着した。

「ク……クク……クァーッハッハッハッ!!　これで貴様は余の思い通りだ！　小生意気な小娘が！　貴様から受けた屈辱もしっかり返させてもらうからな!!　とりあえず貴様はそこから絶対に動くな！」

鬼の首を取ったかのように喜ぶ国王。魔道具によってアンジェリカを完全に無力化できたと勘違いしたのであろう。パールに短剣を突きつけていた男も、安心したのか剣を鞘に納めた……その瞬間――。

アンジェリカの姿が一瞬で消えたかと思うと、パールのすぐそばに現れた。そして、再びパールと一緒に姿が消え、もとの場所に戻った。短距離での転移である。

「な……ななっ……なっ……!!」

国王は驚きのあまり声が出ない。なんせ、魔道具がまったく効果を発揮していないのだから当たり前だ。

「なぜだ!!　隷属の首輪を装着したのに、なぜ私の命令に背ける!?」

アンジェリカは王の言葉を無視し、パールの猿ぐつわを外して頭を優しくなでた。

「パール、大丈夫だった？」

「うん……ママ、ごめんなさい……」

その目には涙が浮かんでいる。

「あなたが謝ることなんて何もないわ。用事が終わったら一緒に帰りましょう」

そう、まだやるべきことがある。アンジェリカは首にはめた隷属の首輪を外すと、魔力を込めて破壊する。

「なぜだ！　なぜ隷属の首輪の効果がない⁉」

「本当にこんな魔道具が真祖に通用すると思っていたの？　呆れて言葉もないわ」

「ぐ……ぐぬぬ……ぐぐぐ……‼」

王は顔を真っ赤にしてうなっている。

「娘も帰ってきたし、そろそろお暇するわ。ただ、あなたたちには全員死んでもらうけど」

アンジェリカの無情な宣告に、その場にいた全員が表情をなくす。

「愚かな王よ。お前は少しやりすぎたわ。私だけならまだしも、私の大切な娘にまで手を出したのだから。その罪を償うには命を捧げる以外ないわ」

黒い殺気を放つアンジェリカに、王をはじめその場にいる全員が腰を抜かした。

「わずかなあいだ、自らの愚かな行いを思い返して悔やみなさい」

そう告げると、アンジェリカはパールとともに謁見の間から姿を消した。


アンジェリカが転移した先は王城の上空。城の全体が見渡せる上空に浮かんだアンジェリカは、左手にパールを抱きかかえたまま魔法を唱えた。

「『増幅《ブースト》』」

顔のすぐ前に直径十センチほどの小さな魔法陣が現れる。入力したエネルギーを増幅させる魔法だ。アンジェリカとてむやみに人間を殺戮しようとは思わない。今回の件で、キラやケトナー、フェンダーなど冒険者をはじめ、町の人間にも協力してもらったため、できるだけ無関係な王都民の人死には出したくないと考えている。すっと息を吸い込み、アンジェリカは宣告を開始した。

『ジルジャン王国の民に告ぐ。我が名はアンジェリカ・ブラド・クインシー、真祖である。此度、この国の愚かな国王が我が娘を人質に取り、従属を迫るという暴挙に出た』

増幅されたアンジェリカの声が王都に響きわたる。

『このような暴挙を我は決して許さない。したがって、これより王城に攻撃を加え、愚かな国王とその愚かな行為を止められなかった者どもを誅殺する』

ちらりと町に目をやると、人々が慌てふためく様子が見てとれた。

『今から二十数えたのちに攻撃を開始する。我はむやみな殺戮は好まない。王城の近くにいる者は速やかに退避せよ』


「……ふぅ。やれやれ。慣れない言葉遣いで話すと疲れるわね」

「ママ、何かかっこよかったよ！」

なぜかキラキラした目でアンジェリカを見つめるパール。やだかわいい。

「さて……。そろそろかしら」

なるべくパールの前で教育によくないことはしたくないが、今回ばかりは仕方がない。アンジェリカは王城に目を向け魔力を練り始めた。

「『座標固定《ロックオン》』」

右手を王城に向けて差し出すと、城の外壁や屋根などいたるところに魔法陣が浮かび上がる。次いで右手を天にかざし、魔力を集中させるとアンジェリカの頭上に巨大な光の球体が顕現した。尋常ではない魔力が一箇所に集中することで、周囲には強風が吹き荒れる。そして――。

「『流星墜《スターフォール》』」

詠唱と同時にアンジェリカが腕を前方へ振ると、巨大な魔力の塊が勢いよく王城に向かって飛んでいく。その塊は途中でいくつもの球体に分裂し、王城に浮かび上がったすべての魔法陣へ吸い込まれていった。直後、大地と空気を揺るがすほどのとんでもない爆発音と衝撃波が発生する。パールを見ると、凄まじい音に驚いたのか耳を手で塞いでいた。とりあえず、衝撃波から逃れるため少し離れた小高い丘へ転移する。

「終わったわね」

爆風で巻き上げられた砂塵が去ると、そこには見る影もない王城の姿があった。一撃の魔法で巨大な王城はほぼ全壊し、いたるところから火の手が上がっている。おそらく、城にいた者は全員生きていないだろう。真祖の逆鱗に触れた国王と王侯貴族は塵と化し、五百年の栄華を誇ったジルジャン王国の歴史はこの日をもって幕を下ろしたのである。

第十九話　愚者の末路

「……くそっ!!　なぜこうなった!!」

街に放っていた密偵からの連絡で、真祖の娘らしい子どもとメイドがカフェにいることが分かった。このチャンスを逃す手はない。子どもをさらって人質にすれば、あの生意気な真祖の小娘を従属させられるだろう。すぐに指示を出して子どもをさらわせた。あとは、真祖の小娘にこの事実を伝え従属を迫れば万事うまくいくはずだった。

もちろん、小娘が素直に膝を屈するとは限らない。あの化け物が強行的な手段に出る可能性もある。隷属の首輪で小娘を奴隷にしてしまえばよい。そう進言してきたのはゴードン卿だった。良案だと思った。さっそく真祖に娘を預かっていると伝えようとしたのだが、その手間も省けた。どうやって調べたのかは分からないが、真祖が娘を取り返しに王城へやってきたのだ。城門で衛兵や騎士団を相手に戦闘を開始していると聞き、さっそくあの小娘を迎え入れる準備を始めた。謁見の間へ現れた真祖は、案の定というべきか怒り心頭に発したようだった。

「真祖の姫よ。この娘を返してほしくば余に従属せよ」

余の言葉を聞いた真祖は拒否しようとしたが、娘に刃を突きつけるとおとなしく隷属の首輪を受け入れた。勝った。余はあの真祖の小娘に勝ったのだ。一国の王を王とも思わぬクソ生意気な小娘を従属させた。この小娘は生意気な化け物だが、見た目だけは美しいからな。毎晩凌辱してやるのもいいだろう。

そんなことを考えているときが余にもあった。そこからの展開はあっという間だ。隷属の首輪を使っても真祖を従属させることはかなわず、人質にしていた娘もあっさりと奪い返された。

「娘も取り戻したし、そろそろお暇するわ。ただ、あなたたちには全員死んでもらうけど」

真祖の言葉に、余だけでなくその場にいた貴族や近衛兵、使用人たちすべてが震えあがった。こいつは本気だ。冗談ではなく、本気でこの国の王たる余を殺そうとしている。そう確信するのに十分な殺気が謁見の間に充満していた。

「わずかなあいだ、自らの愚かな行いを思い返して悔やみなさい」

そう言い残して、真祖とその娘は謁見の間から姿を消した。

「…………？」

余たちを殺すと言っていたのに、なぜそうしなかった？　まさか、ただの脅しだったのであろうか？

「ク……クク……！　驚かせおって……！」

余は内心大いに安堵した。全身から嫌な汗が噴き出している。だが、余は生き残ったのだ。ただ、王国を取り巻く状況は変わっていない。帝国との戦いが間近に迫っているにもかかわらず、強大な戦力と見込んでいた真祖を引きこめないどころか完全に敵対してしまった。ここからどう巻き返すか……。ちらと横を見ると、使用人がゴードン卿に何か報告をしていた。

「何かあったのか？」

「は……。それが、使用人の話によると、捕えてきた娘の手の甲に星形の紋章が浮かんでいたと……」

「……なに？」

まさか、それは聖女の紋章ではないのか？　真祖の娘が聖女？　悪い冗談だ。

「それはまことか？」

「どうやらそのようです」

もし真実であれば、あの子どもの価値は跳ね上がる。聖女は魔物に対抗できる数少ない存在だ。もしかすると、あの子どもは真祖と血のつながりはないのかもしれない。クク……。やはり天はまだ余を見放していなかった。何とか手を尽くして聖女をこちらに引き込むことができれば……。

そんなことを考えていると、外から何やら大きな声が聞こえてきた。頭のなかに直接響くような声である。

『愚かな国王とその愚かな行為を止めなかった者どもを誅殺する』

『二十数えたのちに攻撃する。王城の近くにいる者は速やかに退避せよ』

すべては聞き取れなかったが、おそらくこのようなことを言っていた。真祖の言葉を聞き、謁見の間にいた者どもは大いに慌て始めた。

「やはり真祖は逃げたのではない！　王侯貴族すべてを殺すつもりなのだ！」

「どうするのですか陛下！　ですから真祖と敵対するのはまずいとあれほど……！」

「いや、しかし攻撃すると言ってもいったい何をするつもりなのか……」

周りにいた者どもが口々に喚きだす。

「もしかして……。高位魔法でこの城ごと吹き飛ばすつもりなのでは……！」

まさか……。本当にそのようなことをするつもりなのか……？

いや、いくらなんでも……。

真祖は初代ハーバード王がこの国を建国するとき手を貸したと伝わっている。そのような国を、果たして本当に壊すつもりなのであろうか。

「陛下!!　外をご覧ください!!」

登城していた貴族の一人が慌てた様子でやってきた。謁見の間から中庭へ出ると、空に大きな光の塊が浮いている様子が目に入ってきた。よく目を凝らすと、ドレスを風になびかせながら真祖が天に手を掲げている。まさか、あの小娘の仕業なのか。

「陛下！　あれは間違いなく高位魔法のひとつですぞ！　真祖は本気で我々を抹殺するつもりです！」

ここにきてやっと、王は真祖を甘くみすぎていたことを認識した。そうだ。そもそも真祖ほどの強者にとって人間など地面を這っている虫のようなものだ。逃げなければ。早く、一刻も早く逃げなくては。城から少しでも離れれば助かるかもしれない。国王や側近たちは一斉にその場を離れ始める。

だがその瞬間――。

すさまじい魔力が近づくのを感じ、周りが真っ白な光に包まれた。死の足音が間近に迫ったと確信したとき、王はやっと己が愚かであったことに気づいた。

第二十話　混乱の後処理

王都オリエンタルで暮らす人々にとって、真祖による王城への攻撃はまさに青天の霹靂であった。おとぎ話で伝え聞く国陥としの吸血姫が現れただけでも驚きであるのに、王侯貴族を誅殺すると宣告し強大な魔法で王城を焼き払ったのだ。だが、人々がもっとも驚いたのは、国王が真祖の娘を人質にとって従属を迫ったという点である。

かつていくつもの国を滅ぼしてきたと伝わる真祖に対し、そのような行為と要求をするのは自殺行為だと誰でも分かる。あっさりと一線を越えてしまった国王に多くの人々は呆れてしまった。へたをすると、国そのものが地図から消えていた可能性があるのだ。短慮で愚かな王による統治がごく短い期間でよかった。国王の生存が絶望的であると確信した人々はそっと胸をなでおろした。

「パール。本当にどこにも痛いところはない？」

小高い丘の上から、いまだ燃え盛る王城を眺めていたアンジェリカがパールに問いかける。

「うん。大丈夫だよ」

今回はパールに怖い思いをさせてしまった。人質目的であったため危害は加えられていないが、もしそうでなかったと考えるとゾッとしてしまう。パールの安全を確保できる方法を何か考えなければ、と強く思ったアンジェリカであった。ふと背後に魔力の揺らぎを感じ、振り返るとアリアが転移でやってきたところだった。おそらく私とパールの魔力を感知したのだろう。

「パール!!」

「アリアお姉ちゃん！」

パールに駆け寄り抱きしめるアリア。

「大丈夫!? どこもケガしていない!? 何も変なことされてない!?」

「大丈夫だよー。ママがすぐ助けに来てくれたからね」

「そう……。本当にごめんね。私がついていたのに……」

アリアはパールがさらわれてしまったことにひどく責任を感じていた。無事を確認して自然と涙がこぼれ落ちる。

「ううん。お姉ちゃんのせいじゃないよ。それに、悪い人たちはママがやっつけてくれたしね！」

見る影もなくなった王城を指さし、満面の笑みを浮かべる。

「おお……。お嬢様、なかなか派手にやりましたね……」

「さすがに今回の件は捨て置けないからね。ただ、統治する者がいなくなったから、何とかしないと人々の生活が混乱してしまうわね」

パールの居場所を探るため、いろいろな人間に手助けしてもらった。私の行動によってその人たちの生活が立ち行かなくなるのは寝ざめが悪い。

「お嬢様が下等種の人間どもにそこまで配慮する必要はないのでは？」

「パールを助けるのを手伝ってもらったしね。そのおかげでパールをすぐに助けられたわけだし、それくらいはしてもいいでしょ」

ただ、現実問題どうするか。王族の血筋が絶え、城に詰めていた有力な貴族もいなくなったとなると……。私たちだけで考えていてもらちが明かないわね。

「とりあえず、キラたちに相談してみようかしらね」

目を閉じてキラの魔力をサーチすると、思いのほか近くにいるようだ。

「よし。行きましょう」

アンジェリカはパールの手を握り、アリアとともにキラのもとへ転移した。


巨大な魔力の塊により王城が蹂躙される様子を、キラたちは少し離れた場所から眺めていた。その凄まじさに見る者すべてが息を呑む。

「すごい……。これがお師匠様の本気……？」

「つくづく、あのとき本気で敵対しなくてよかったな……」

「ああ、まったくだ」

キラにケトナー、フェンダーの三人はぶるりと体を震わせた。そのまましばらく全壊した王城の様子を眺めていたのだが――。

「ちょっといいかしら？」

後ろからいきなりアンジェリカに声をかけられ、三人は跳びあがるほど驚いてしまった。

「お師匠様！　パールちゃんも！」

「キラちゃん！」

パールの元気そうな様子にキラは安堵する。

「キラ。それにあなたたち。パールを救い出す手助けをしてくれてありがとう。感謝しているわ」

国王はパールを人質にアンジェリカを呼び出すつもりであったため、いずれ犯人にたどり着いていたのだが、スムーズに救い出せたのは彼女たちの協力があったからだ。

「あと、これまでの経緯と、これからのことについて話をしたいと思うの」

アンジェリカはまずこれまでの経緯について話した。帝国との戦争に備えて従軍を要求されたこと、キラたちSランク冒険者に襲撃を依頼したのは国王であったこと。そして、今回の件も国王の謀略であったこと。これに関しては王城を攻撃する前に宣告したからおそらく理解していると思う。

「王族と主だった貴族がいなくなったことで、いろいろ問題が起きると思うの。それをどうしようかと考えているのよね」

「たしかに、このままでは何かと問題ですね。帝国もここぞとばかりに介入してくる可能性がある」

ケトナーが考え込むような仕草を見せる。

「町の治安が悪化する可能性もあるな」とフェンダー。

「では、冒険者ギルドのギルドマスターに相談してみませんか？」

少し思案したあとキラが口を開く。ほう。どういうことだろう？

「ギルドマスターはこの町の有力者であり、信頼できる人物でもあります。何かよいアイデアを提案してくれるかと」

なるほど。

「ではみんなで冒険者ギルドへ行きましょう」

疲れているパールをアリアが転移で屋敷に連れ帰り、アンジェリカたちは冒険者ギルドへと向かった。


――冒険者ギルド・執務室――


「大変なことになりましたね……」

冒険者ギルドのギルドマスターであるギブソンは、諜報員からの報告書に目を通しながらため息をついた。自分はその場にいなかったが、真祖を名乗る少女がギルドに訪れ、殺気だけで荒くれ者の冒険者たちを制圧した話はすでに聞いている。その少女は王侯貴族に対し攻撃の意思を宣告し、実際に王城を壊滅させたのである。

しかも、報告書によるとたった一撃の魔法で王城はほぼ全壊、炎に呑み込まれたという。おとぎ話で語られる真祖の力が誇張されたものでないことは、すでに疑いようがない。これからどうなるのか……と思案していると、職員からSランク冒険者が面会を求めていると伝えられた。

「ここへ通してくれ」

少ししてして部屋に入ってきたのは、Sランク冒険者のキラとケトナー、フェンダーの三人、そして紅い瞳が印象的な美少女だった。

「忙しいところすまない、ギルドマスター。少し相談があって来たんだ」

「問題ないですよ。ところで、そちらのお嬢さんは……？」

美しい黒髪と紅い瞳、優雅にゴシックドレスを着こなすその姿から想像するに、上級貴族の令嬢であろうか、などとギブソンは考える。

「この方は私のお師匠様です」

ギブソンはキラの言葉に首を傾げた。エルフとのハーフで実年齢五十代であるキラの師匠？　この少女が？　やや混乱していると、紅い瞳の少女が静かに口を開いた。

「私はアンジェリカ・ブラド・クインシー。真祖よ」

「…………え？」

一瞬思考が停止してしまったギブソン。

「ギルドマスター。この方が真祖であり国陥としの吸血姫であることは間違いないわ。そして今は私のお師匠様でもあるの」

キラの言葉を聞いても、まだギブソンは信じられなかった。目の前にいる美しい少女が、おとぎ話で伝えられるおそろしい国陥としの吸血姫とは。

「それからギルドマスター。以前あなたの案件で魔の森に住む吸血鬼の退治があっただろう？　その魔の森にいたのがこの方だ」

続くケトナーの言葉を聞いて、ギブソンの顔色がみるみる青くなる。

「そ、そんな……」

「ああ。そのことに関しては気にしていないわ。多分だけど、あなたは真の依頼者を知らず森に住んでいるのが私だとも知らなかったのでしょう？」

たしかにその通りだ。真祖の討伐と聞かされていたのなら、そのような依頼請けるはずがない。

「その話はもういいわ。それより、この国の未来についての話をしにきたの」

その言葉にギブソンの目が真剣になる。

「聞きましょう」

第二十一話　ギルドマスターの提案

冒険者ギルドの執務室には微妙に緊迫した空気が漂っていた。本来このような場所にいるはずがない、伝説の真祖がソファーに座っているのだから当然である。

「まず、今回の出来事については把握できているかしら？」

「はい。何でも娘さんを国王にさらわれたとか……」

「話が早いわね。そう。国王は私を従属させるため、娘をさらって人質にしようとした。あれはその報いよ」

悪意と敵意をもつ者にはいっさい容赦しない。おとぎ話で語られている通りだと、ギブソンは変に感動してしまった。

「その結果、王族や国の中枢にいた貴族たちが消えてしまったわけだけど、このままじゃこの国の人々が困るでしょ」

「そうですね……。帝国の動きもきなくさくなっていますし、何より統治者がいなくなったことで内乱が起きるかもしれません」

内乱など勃発したら、それこそ周辺諸国の思う壺だ。内乱で国力が低下した隙を突かれたらひとたまりもない。また、どちらかの勢力に肩入れして勝利へ導き、自分たちに都合のいい統治者を担ぎ上げる可能性もある。

「キラからあなたはこの町の有力者だと聞いたわ。貴族たちとも交流があると。これまでの王家に代わって国を治められるような人材に心当たりはないのかしら?」

「……一人だけ心当たりがあります。かつて帝国との戦争で大きな武勲をあげ、英雄と呼ばれたバッカス侯爵です」

聞くところによると、バッカスなる人間はもともと騎士爵家の六男だったが、いくつもの戦争で数々の武勲をあげ、侯爵にまで上り詰めたのだとか。戦場では激しい戦働きをするものの性格は温厚で、貴族だけでなく平民からの信頼も厚いという。

アンジェリカは遠くを見るような目つきになる。話を聞いているうちに、あの子を思い出したからだ。奴隷から身を起こし国を興したハーバード一世。今話題にのぼっているバッカス侯爵と、あの子の姿が何となく重なった。

「信頼できる人物なのね？」

「はい。それは保証します。彼ならきっとこの国をまとめられるでしょう」

よかった。時間がかかるかもしれないと思っていたが、意外とすんなり話が進みそうだ。

「私にもそれなりの人脈があるので、根回しをしておきましょう」

「ええ。それでお願いするわ」

「ただ、彼を統治者として立てたとしても、国としてまとまるには多少時間がかかります。それまでに帝国が侵攻してこないかどうか……。それだけが心配ですね」

たしかに、王家が滅亡した今は他国からすると絶好の侵略機会だ。

「ならそちらは私が何とかしておくわ」

「……それはどのように……？」

ギブソンは恐る恐る聞いた。

「聞かないほうがいいと思うわよ」

「……分かりました。では、そちらはアンジェリカ様にお任せします」

「ええ。この町は私の娘やメイドが気に入っているの。他国に侵略なんてされたら娘が悲しむからね」

実は、アンジェリカもパールがカフェのお土産で買ってきてくれるケーキを気に入っているため、この町が戦火に巻き込まれるのは避けたいと考えていたが、それは内緒の話。

「じゃあそういうことであとは任せて私は帰るわね。キラ、あなたももう帰るのなら転移魔法で連れ帰ってあげるけど、どうする？」

「あ、お願いします！　じゃあギルドマスターにケトナー、フェンダー、また！」

軽く挨拶し、キラとアンジェリカは執務室から姿を消した。


「――ふぅっ……!!」

アンジェリカが姿を消し、ギルドマスターは思わず息を吐く。自然に会話していたようであったが、実は相当緊張していたのだ。

「いやはや、まさか伝説の国陥としと話をする日が来ようとは……。人生何があるか分かりませんね」

かつてA級冒険者パーティーの魔法使いとして活動していたギブソンは、やや白髪が交じった髪の毛をかき上げながら苦笑いした。ただそこに座っているだけなのに尋常ではない存在感。魔法使いだからこそ、アンジェリカの底知れぬ魔力に畏敬の念を抱かずにいられなかった。

「それにしても、真祖があれほど人間に対して配慮してくれるとは、思ってもいませんでした」

「ああ。おとぎ話では強さや怖さばかり強調されているから余計にそう思えるな」

ケトナーは初めてアンジェリカと相まみえたときのことを思い出した。

「拾った人間の子どもを娘として育てるような姫さんだからな。その辺のへたな人間よりずっと人間らしいのかもな」

「へえ……。それはそうと、キラさんはアンジェリカ様と一緒に住んでいるんですか？」

「彼女に手も足も出ずに負け、感動してそのまま弟子入りしたのさ。まあ手も足も出なかったのは俺たちもだが……。今は魔の森にある姫様の屋敷に居候しながら修行をつけてもらっているようだ」

「なんともすごい話ですね……。Sランク冒険者が手も足も出ないというのにも驚きですが……」

「まあギルドへの報告はそこまで詳しくしていないしな」

ケトナーとフェンダーは苦笑いする。

「ギルドマスター、とりあえず先ほどの件よろしく頼む。行動が早いほうが混乱も少なくなる」

「ええ。さっそく動くことにしますよ」


――魔の森・アンジェリカの屋敷――


リビングのソファーでは、アンジェリカがパールを膝にのせてくつろいでいた。ふんわりとしたブロンドの髪の毛を撫でたり頬ずりしたりと、思う存分パール成分を補充している。

「ねえパール。本当に痛いところや違和感があるところはない？」

先ほどから三分に一度くらいの間隔で同じことを聞いているため、パールはやや辟易としているようだ。

「んもう。ママ、大丈夫だって何度も言ってるよね？」

「だってこんなこと初めてだし、心配になるに決まっているじゃない」

アンジェリカも引かない。

「本当に大丈夫だから！　ママは過保護すぎるんだよー」

「うう……」

屋敷に戻ってからというもの、アンジェリカはパールにべったりだった。アンジェリカだけでなく……。

「パール、一緒にお風呂入りましょ」

「パールちゃんケーキ食べる？」

「お嬢、面白い本を読んであげましょうか」

アリアにキラ、フェルナンデスまでやたらとパールを甘やかそうとするのだ。それだけみんなに愛されている証しではあるのだが。しばらくこんな日が続きそうだなぁ……。パールはうれしいような恥ずかしいような、何とも言えない気持ちで小さくため息をついた。

第二十二話　新たな国としての始まり

王城が廃墟と化し、王族や王侯貴族もいなくなったが、人々に大きな混乱はなかった。元王都を中心にやや治安の悪化が見られたものの、冒険者ギルドが主導して治安維持に努めたため、現在では落ち着いている。冒険者ギルドのギルドマスターは、アンジェリカと顔を合わせたあと迅速に行動を開始した。

彼はまず、戦争の英雄であるバッカス侯爵と会談し、人々のために立ってくれるよう説得した。

自分にそのような器はない、と最初は辞退していた侯爵だったが、このままでは帝国をはじめとした周辺諸国に侵略を受ける可能性があることを訴えた結果、重い腰をあげてくれたのであった。ただ、侯爵は自身が王として君臨することは明確に辞退した。そして、他の貴族や有力者とも協議した結果、侯爵を代表者とした合議制を敷く国として再出発することが決まったのである。

国が落ち着くまではバッカス侯爵が代表を務めるが、それ以降は国民による入れ札で代表者を決めることになった。新たな国の名前はランドール共和国。ランドールとは、はるか昔におけるこの地方の名称である。

――バッカス侯爵邸――

「何とか国としての形はまとまりそうだが、帝国の動向が気になるところであるな。ギブソン殿」

数々の武勲を打ち立てた戦争の英雄、バッカス侯爵は今、自宅の客間で冒険者ギルドのギルドマスターと向き合っている。

「そうですね。ただ、おそらくそちらは問題ないかと思います」

「む、それはどういう意味だ？」

あのとき、冒険者ギルドに現れた真祖は帝国の侵攻を懸念するギブソンに対し、「それについては私が何とかする」と明言した。

あの方が何とかすると口にした以上、きっと何とかなるのであろう、とギブソンは確信している。

「そちらに関してはアンジェリカ様が手を打ってくれるとのことですので」

「む、例の真祖か」

「ええ。あの方は信頼できます。圧倒的な強者であるのは事実ですが、人間の子どもを娘として育てたり、冒険者を弟子にしたりと、人間に悪感情も抱いてないようですし」

「ほう。おとぎ話で伝え聞く話とはずいぶん違うのだな」

「まあ、悪意と敵意をもつ者に対して容赦ないのはおとぎ話の通りですね。実際に魔法の一撃で王城は壊滅、王族の血脈も絶えたわけですし」

そう、アンジェリカは人間に特別悪感情は抱いていない。ただ、明確な悪意や敵意を向ける者は例外である。

「凄まじいものだな。私もいつか会ってみたいものだ」

恐怖の対象として語り継がれる真祖に会ってみたいとは、さすが歴戦の猛者である。

「もしまたお会いすることがあればお伝えしておきますよ」

会う予定はまったくないが、また必ず会えるはずとの予感がギブソンにはあった。


――セイビアン帝国――


帝国軍の総司令官として長きにわたり戦場で生きてきたジャミア将軍は、目の前で起きていることが理解できなかった。この日ジャミアは、統治者を失った元王国に軍を送って実効支配すべく、将校を集めて軍議を開いていた。そこへ突然、目の前にいるメイドが現れたのである。

「帝国軍の将軍と上級将校の皆様ごきげんよう。お嬢様の命令によりあなた方を排除しに来ました」

男を惑わすのに十分な魅力ある体つきをした、十代後半にしか見えないメイドはそう口にすると、またたく間に将校全員の首を手刀で刎ねたのだ。

「ああ汚い」

そう言いながらメイドは返り血を拭う。

「派手にやりすぎないようにとのことだったけど、やっぱり魔法使えばよかったわ」

美しい顔立ちをしたメイドは、自身の腕に付着した将校の血を拭いつつ忌々しげに呟いた。

「き……貴様はいったい……！」

人間とはいえ歴戦の将軍である。眼前のメイドが人外であると認識しつつも冷静さを失わぬよう努めていた。

「あなたが知る必要はないわ」

メイドは冷たく言い放ちジャミアのほうへ歩みを向けた。メイドが間合いに入ったら斬る、と剣の柄に手をかけていたジャミアであったが……。

「つが――!!」

突然目の前からメイドが消えたかと思うと、背中から何かを突き刺されたような痛みが走る。恐る恐る視線を下へ落とすと、自身の胸から細い腕が生えていた。いつの間にかジャミアの背後に周ったメイドが貫手で体を貫いたのだ。

「こ……こんなことが……！」

剣を交わすことすらかなわず蹂躙された歴戦の将軍は、そのまま床に投げ捨てられ輝かしい生涯の幕を閉じた。

「ああもうっ。ほんっとうに汚い！」

真祖アンジェリカの忠実なメイドであり眷属でもあるアリアは、一人の将校が着ていた衣服をはぎ取ると、腕についた血を丁寧に拭い始める。アンジェリカはフェルナンデスが集めた情報により、この日帝国軍の幹部が一堂に会することを掴んでいた。とりあえず総司令や将校を潰しておけば、少なくとも帝国の侵攻計画は潰えるか遅れるであろう、と考えたアンジェリカがアリアに暗殺を命じたのである。

「早く帰ってお風呂に入りたいわ」

簡単に仕事を終えたアリアはそう呟くと転移でその場を去り、部屋には無残に処分された将軍と将校の亡骸だけが残された。

アンジェリカの暗躍によって、帝国は軍の主要人物をほとんど失った。多くの兵を擁しているとはいえ、軍を指揮できる者がいなければとても戦争などできない。元王国は驚くほど迅速に立て直しを図り、すでに新たな国として運営が始まっている。このような状況でさすがに侵攻は難しい、と判断した帝国の皇帝は計画を白紙に戻し、軍部の立て直しに注力するのであった。

――アンジェリカの屋敷――

「ねぇママ。今度私と一緒に街へ行こうよ」

テラスでティータイムを楽しんでいると、突如パールがそのようなことを言い出した。

「そうねぇ。そういえばパールと一緒にお出かけしたことってほとんどなかったわね」

「そうだよー。たまにはママと一緒に買い物とかカフェでお茶とかしたいなー」

やだかわいい。

愛娘からのお誘いちょっとうれしいかも。でも人が多いところに行くとジロジロ見られるから嫌なのよね……。しかもこのあいだの一件でかなり目立っちゃったし。

「ねえ、ダメ?」

上目遣いでアンジェリカにおねだりするパール。

「うっ。そんなお願いの仕方ずるいわよ」

そんなあざとい技、いったいどこで覚えたんだ。まあでも、私自身パールと一緒にお出かけしてみたい気持ちはある。

「じゃあ、もう少し町が落ち着いたら一緒にお出かけしましょうか」

「ほんと!?　やったーーーー!」

……ふぅ。やっぱり変装とかしたほうがいいのかしら?　そんなことを考えるアンジェリカであった。

閑話1　遥か彼方の思い出

森のなかは少し朝靄がかかっていたが、散策するにはちょうどいい気温だった。新芽の香りに季節の移り変わりを感じつつ、アンジェリカはのんびりと歩を進める。真祖の怒りを買い王家の血脈が途絶えたジルジャン王国は、ランドール共和国として新たに生まれ変わった。

五百年続いた国も滅びるときは一瞬ね。

どこか他人事のようにここ最近のことに思いをはせる。

でも、あれほど愚かな王の統治では遅かれ早かれ潰れていたと思うけど。

しばらく歩くと少し開けた場所に出た。大きな岩の上に腰をかけ、アンジェリカは目を閉じる。

五百年も昔のことなのに、目を閉じると鮮明にあの子の姿を思い出せる。

ジルジャン王国を建国したハーバード一世。

王家の血脈を力ずくで絶えさせた私を見て、あの子は何と言うだろう。民に不利益をもたらしかねない王家など潰れたほうがいい、聡明なあの子ならそう言ってくれそうな気がした。

——約五百年前——

「アンジェリカ。僕はこの国を変えたい。奴隷制度をなくし、誰もが幸せに暮らせる国を造りたい。

だから僕に協力してくれないか」

長身で逞しい身体、精悍な顔つきのハーバードは真剣な眼差しで私にそう訴えた。出会ったとき、彼は魔物のエサだった。森へ魔物退治に訪れた貴族の盾として、奴隷の彼は連れてこられていたのだ。ただ、この森にいる魔物は基本的に強い。このままでは殺されると直感した貴族は、手枷をしたままの彼を囮にして一目散に逃げたのである。

私は上空からその様子を見ていた。人間は弱い生き物だ。あの程度の魔物にでもあっさり殺されて胃袋に収まるだろう。だが、囮にされた青年は諦めていなかった。目には闘志が宿り、生きようと必死に魔物の猛攻をかわしていた。その姿に何となく興味を惹かれ、私は彼を助けた。完全に気まぐれだ。

それから約一年、彼は私の屋敷で暮らした。アリアにはいい顔をされなかったが、私の客人ということで納得してもらった。彼はもともと地方領主の息子だったが、父親が冤罪で処刑され、親族はすべて奴隷にされたとのこと。奴隷に身を落としたあとは貴族に買われ、ずいぶんと酷い扱いをされていたようだ。彼は子どものころにまともな教育を受けていたこともあり、頭もよかった。

今の王国では人々は幸せになれない。自分のように奴隷として苦しんでいる人もたくさんいる。この状況を何とかしたい。彼は本気でそう考えているようだった。私の屋敷で生活しつつも、ときどき町へ足を運んで打倒王国の同志をどんどん集めていった。幸いというべきか、王国が圧政を敷いていたこともあり、国に反感を抱く者は大勢いたようだ。

「どうだろうアンジェリカ。僕たちの勢力はそれなりに大きくなった。だが、それでもまだ王国を倒せるほどの戦力はない。情けない話だけど、君に頼りたいんだ……」

ベッドの上、一糸まとわぬ姿でハーバードは私にそう訴える。

「そうねぇ……。さて、どうしようかしら」

裸体で彼の上にまたがり、見下ろすようにして軽く微笑んだ。

「まあ考えておいてあげるわ……」

そう呟き、私はまた快楽の波に溺れていった。


それから半年後、彼は仲間たちを率いて反乱軍を起こした。国軍の規模に比べるとはるかに小さく、通常であれば簡単に鎮圧されたであろうが、そうはならなかった。なぜなら、その前に私が王国の力を大幅に削っていたから。眷属を使って軍の指揮官を片っ端から暗殺し、有力貴族のもとへは私が直接足を運んで反乱軍への協力をお願い（？）した。

その結果、終始反乱軍が戦いを優位に進め、遂に王城は陥落したのだ。王族や主要な貴族を処刑し、彼はジルジャン王国の初代国王としてその座についた。

「妃として城に入ってくれないか」

まさか真祖に対し求婚する人間がいるとは思わなかったので、思わず思考停止してしまったが、もちろん断った。私は悠久のときを生きる吸血鬼であり彼は人間。彼は間違いなく私よりも早くこの世を去ってしまう。あのめくるめく甘美で幸福だった時間は思い出として長く楽しめばいい。

建国後、しばらく彼は忙しくしていたが、時折時間を見つけては私のもとへ足を運んでくれた。

しかし、彼が正妃を娶り、子どもが生まれてからは会う頻度も少なくなった。彼がこの世を去る二十年ほど前からはまったく会わなくなったが、ときどき鳥を使って手紙を届けてくれた。

あるとき届いた手紙には、病にかかりもう長くないといったことが書かれていた。ああ。人間とは何と短命な種族なのだろう。特に悲しみや哀れみの感情はなかったが、なぜか虚しさが押し寄せてきた。


ただの勘だが、おそらく今日彼は死ぬだろう。そう感じた。だから、最期にひと目会いたいと思った。夜、こっそり王城に入り込み彼の寝室へ忍び込んだ。大きなベッドで眠るハーバード。枕元に立つと、彼が目を開けた。私が来るのを分かっていたように笑顔を見せる。

「やあ。来てくれたんだね。アンジェリカ」

頬はこけて目も落ち窪み、あのころの面影はほとんどない。でも、声はたしかにハーバードのものだった。

「ええ。おそらく今日だと思ってね」

「ああ。どうやらそのようだ」

どうやら彼も覚悟をしているらしい。

「それにしてもアンジェリカ。君は昔からまったく変わらないね。相変わらず美しい」

「フフ、ありがとう。あなたは変わりすぎね」

思わず二人で笑ってしまった。

「アンジェリカ。君に会えて本当によかった。何もかも君のおかげだ。感謝してもしきれない」

「私もあなたに会えて楽しかったわよ」

「もう会えなくなるのは寂しいものだ……。もし生まれ変わりなどが本当にあるのなら、今度こそ君と離れず一緒にいたいな」

「そうね。そういうときがいつか来ればいいわね」

ハーバードの呼吸が乱れる。

「残念だが……そろそろ時間のようだ。愛しているよ、アンジェリカ……」

「……私もよ」

わずかな時間のあと、彼は息を引き取った。

「……さようなら、ハーバード」

私は踵を返して彼のもとから立ち去った。


「懐かしい思い出ね……」

岩の上に腰掛けたまま、アンジェリカはそっと息を吐いた。彼と一緒に過ごした数年のあいだ、たしかに私は幸せだったと思う。でも、今はもっと幸せだ。なぜなら……。

「マーーーーマーーーーーー!!」

パールがブロンドの髪を揺らしながらこちらへ走ってくる。

「ちょっとパール。結界の外に出ちゃダメって言ったでしょ?」

「大丈夫だよ！　ときどき一人でこの辺に来るけど、あまり強い魔物いないし」

こっそりそんなことしてたのか。

「パール、帰ったらお説教ね。おやつも抜きにしようかしら」

途端に慌て始めるが、これも教育上必要なことだ。

「うう……今度から気をつけるから……！」

「ほんとに？」

「うん！」

「ならおやつ抜きだけは勘弁してあげるわ」

「お説教はするんだ……」

唇を尖らせる様子が愛らしい。

この子も人間だからいずれ別れは来るだろう。幸せが大きい分、別れが来たときのことを考えると少々怖い。そのときが来ても後悔しないよう、たっぷり愛情をかけて育てよう。そんなことを考えつつ、パールのかわいらしい手を握って屋敷へ向けて歩き出すアンジェリカであった。

第二章

小さな冒険者の奮闘

第二十三話　冒険者パール誕生？

旧ジルジャン王国の王都オリエンタルは、ランドール共和国へと再編されたのを機にリンドルと町の名称を変更した。その首都リンドルにある冒険者ギルドは普段から喧騒に包まれているが、今は少し変わったざわめきが広がっていた。原因は、受付カウンターで手続きを進めている三人の冒険者と一人の子ども。

三人の正体はキラとケトナー、フェンダーのSランク冒険者である。ただでさえSランク冒険者は畏怖される存在であるうえに、三人はいずれも二つ名持ちだ。ギルド内の注目が集まるのは当然だが、今日は違う意味で思いっきり注目の的になっている。

「ええと……冒険者登録とパーティーの申請、ということで間違いないでしょうか……？」

受付嬢は戸惑いを隠すことなく言葉を発した。目の前にいる小さな女の子が冒険者登録を希望し、しかも著名なSランク冒険者三人とパーティーを組むと言うのだ。突っ込みどころが満載すぎて意味が分からない。そんな受付嬢の戸惑いを知ってか知らずか、パールは元気よく「はい!!」と返事をするのであった。

時は五日前に遡る。

アンジェリカは屋敷のリビングでくつろぎながら、パールの安全を強化できる方法を考えていた。

あの愚王にパールをさらわれたのは私にも責任がある。真祖である私に直接手を出せない以上、弱点を狙ってくるのはある意味当然だ。今後二度とあの子を危険な目に遭わせないためにはどうするべきか。

ただ危険から遠ざけるだけなら、外出を許さず箱入り娘にしてしまえばいいのだが、それは間違いなくパールの反感を買うだろう。いくら良案でもパールに嫌われるようなことは絶対にしたくない。パールをもっと鍛える……？　いや、すでにパールは十分強い。条件次第ではSランク冒険者のキラとも互角に戦える。六歳にしては驚異的な強さだ。それでもパールは愚王の手に落ちた。戦闘力の問題ではなく経験が足りないのだ。外部との接触がほとんどなかったため、人間の悪意にも気づきにくいのかもしれない。

「はぁ……。どうすればいいのかしら」

頭を抱えていると、お風呂上がりのキラがリビングに入ってきた。

「お師匠様、頭抱えてどうしたんですか？」

「うん、ちょっとね……」

アンジェリカが悩んでいたことをキラに話したところ……。

「それなら冒険者として経験を積ませてみたらどうですか？」

「……本気で言ってるの？」

思わず眉間にシワを寄せるアンジェリカに、キラは慌てて説明を始める。

「せ、戦闘も含めていろいろな経験を積むなら冒険者が一番だと思うんです。簡単な案件なら危険も少ないですし。何なら私がパールちゃんと一緒にパーティー組みますし」

ふむ。なるほど。

「でも冒険者か……。うーん……」

今ひとつ決心がつかない。

「ひとまず、パールちゃんにも聞いてみてはどうですか？」

「……そうね」

結論から言うと、パールはこの話にノリノリだった。まさに親の心子知らずである。あまり反対しても、また過保護だの過干渉だの言われるし……。まあパールがいろいろな経験を積めるのはたしかにいいことだとは思う。でも保護者としてはどうしても不安が拭えないのだ。うーん、悩ましい。

翌日、ケトナーとフェンダーが私とキラを訪ねてきた。彼らはときどき町の様子を伝えに足を運んでくれている。会話のなかで昨夜のことを話すと、なぜか彼らもノリノリになってしまった。

「それなら姫様、私たちもパールちゃんと一緒にパーティー組みますよ」

「ああ。何か面白そうだ！　パール嬢と冒険するのも楽しそうだしな！」

……まあそんなわけで、パールは六歳でありながらSランク冒険者三人とパーティーを組むことになったのである。そして話は冒頭に戻る。

「えーと、お嬢ちゃん年はいくつ？」

「六歳です！」

困ったようにキラたちへ視線を向ける受付嬢。

「大丈夫よ。六歳だけど強力な魔法の使い手だし、条件次第では私とも互角に戦えるくらい強いから」

キラが苦笑いしながら口にした言葉に、受付嬢だけでなくギルドにいた冒険者たちも驚きの表情を浮かべた。

「マジかよ、六歳でSランクと互角？」

「いや、いくらなんでもそれはないだろ」

「かわいい」

あちこちからさまざまな声があがる。なかにはやや不穏なものも交じっているが。

「わ、分かりました。とりあえずパールさんの冒険者登録ですが、試験を受けてもらいます。試験に合格できたらパーティーを組む手続きを進めましょう」

「はい！　お願いします！」

元気いっぱいに答えるパールであった。冒険者ギルドに冒険者として登録するには試験に合格しなくてはならない。戦闘力を見極めランクを決めるためである。ランクは最下位のFから最上位のSまであり、通常はD〜Fあたりに認定されるケースが多い。なお、試験は実戦形式だ。

「では、パールさんの試験官は……」

「おう、俺がやってやる」

受付嬢の話を遮るように、一人の男が名乗りをあげた。屈強な身体に鋭い目つき。剣を携えているところを見るに剣士のようだ。

「ふ、副ギルドマスター⁉」

「俺じゃ不満か？　ああ？」

目つきだけでなく口も悪そうだ。

「シェクター、わざわざお前がやってくれるのか？」

受付嬢に副ギルドマスターと呼ばれた男がケトナーに目を向ける。

「おお、久しぶりだなケトナー。何か面白そうなことになってたからな。お前らSランクが認めるお嬢ちゃんの試験なんて楽しそうなこと、ほかの奴に任せてられるかよ」

凄みのある笑みを浮かべるシェクター。

「ちょっと副ギルドマスター！　試験官やってくれるのはいいんですけど、相手は小さな女の子なんですからね！　絶対ケガさせちゃダメですよ⁉」

焦る受付嬢の忠告に対し手をひらひらと振り、シェクターは「ついてきな」とパールに声をかけギルドの訓練場へ足を向けた。Sランク冒険者が認める六歳の新人に対し、副ギルドマスターが直々に実戦試験をするという。このような楽しいイベントを無視する者はこの場にいなかった。訓練場の周りには大勢の冒険者が集まり、試験が始まるのを今か今かと待っていた。

「さてお嬢ちゃん、やることは簡単だ。本気で俺にかかってこい」

「はい！」

ぎゅっと手を握り気合いを入れるパール。

「パールちゃん！　いつも通り落ち着いてやれば大丈夫よ！」

キラからの声援に対しニコリと笑顔を返す。


「では、始め!!」

受付嬢が開始の合図をし、戦いの火蓋が切って落とされた。先手を取ったのは……。

「『風刃《ウインドブレード》』×二！」

パールが放った二つの風の刃が異なる軌道を描きつつシェクターに襲いかかった。

「ほう。やるじゃねぇか」

無駄のない動きで魔法をかわすシェクター。かつてはAランク冒険者として名を馳せた男である。さすがの動きで魔法をかわすと一気にパールとの距離を詰めにきた。

「この間合いじゃ魔法は使えないだろ！」

パールに接近すると上段から鋭い斬撃を繰り出す。なお、万が一を考えて使っているのは真剣でなく木剣だ。誰もが終わったと思ったのだが――。

「『魔法盾《マジックシールド》！』」

堅固な盾が顕現し、シェクターの斬撃を弾き返した。

「……ちょっと驚いたぜ」

パールへの印象が変わったようだ。そのパールはと言うと、斬撃を防御して素早くシェクターとの距離をとっていた。

そして――。

「『展開《デプロイ》』」

パールの背後に五十センチ前後の魔法陣が横並びに五つ顕現する。

「『魔導砲《キャノン》！』」

詠唱と同時にすべての魔法陣から一斉砲撃が開始された。

「な、なんだと⁉」

経験したことがない魔法を目の当たりにしシェクターは驚愕する。魔導砲はアンジェリカの独自魔法であるため、シェクターが知らないのも無理はない。何とか必死にかわそうとするが、魔法陣から放たれた光の砲弾はシェクターの動きに合わせて軌道を変えどこまでも追尾する。

「ぐはっ‼」

魔法を防ぐ手段を持たないシェクターは、すべての砲弾を受ける羽目になった。

「あ。やば」

ついキラとの模擬戦感覚でやってしまった。まさか死んでないよね？　と心配しつつ慌ててシェクターのもとへ駆け寄りケガの様子を確認する。よかった。命に別状はなさそう。胸をなでおろし、パールはシェクターにそっと手を触れる。よし、何とか回復した。あとは大人に任せよう。

「そ、そこまで！　勝者パールさん！」

まさかの展開に呆然としていた受付嬢が、慌てて終了を宣言した。こうして、割とあっさりパールは冒険者ギルドの試験をクリアしたのであった。

「すげぇ……あんな魔法見たことねぇ」

「本当に六歳なのか？」

「高名な魔法使いの弟子とか……？」

見物人たちがざわめくなか、タンカにのせられたシェクターが運ばれてゆく。

「お疲れ様でした！　副ギルドマスターを歯牙にもかけなかったことから、パールさんはBランクで登録させていただきます！　こんなの前代未聞ですよ、すごい！」

受付嬢は異様に興奮している。

パールは、試験を無事クリアできた嬉しさをかみしめていた。

「それにしてもパールさん、めちゃくちゃ強いですね。ほんとに六歳ですか？」

「ふふ。パールちゃんは私のお師匠様のご息女だからな。強いに決まっている」

なぜか得意げな表情のキラ。

「へぇ！　そうなんですね。もしかして有名な冒険者とか……？」

「ああ……。まあ……」

苦笑いを浮かべながらごまかそうとするキラだったが……。

「ママは真祖だよ！」

満面の笑みでパールがそう口にすると、ギルドは水を打ったように静かになった。

「へ……？　ママが真祖……？」

驚きと戸惑いで口をパクパクさせる受付嬢。ギルドに居合わせた冒険者たちのあいだにも少しずつざわめきが広がっていく。と、そこへ入り口からギルドマスターのギブソンが入ってきた。ギブソンはギルドの雰囲気に違和感を抱いたものの、すぐにその原因を把握したようだ。まっすぐパールのもとへ近づくと、彼女の前でいきなり跪いたのでギルドのなかに一層大きなざわめきが広がる。

「はじめまして。真祖アンジェリカ・ブラド・クインシー様のご息女であられるパール様ですね?」

「は、はい」

驚くパールにギブソンはにっこりと優しい笑みを浮かべる。

「私はギルドマスターのギブソンと申します。先日キラさんからお話は伺っていました。アンジェリカ様からもお手紙をいただいています」

なるほどー。ていうかママそんなことしてたのね。相変わらず心配性だなぁ……。パールは少し恥ずかしそうな表情を浮かべた。ギブソンはスッと立ち上がると背後を振り向き、ギルド全体を見回した。

「みんな、聞いての通りだ。彼女は真祖アンジェリカ様のご息女である。特別扱いは必要ないが、決して無礼な言動をしないように」

まだ驚きから抜け出せない冒険者たちの視線が一気にパールへ集まる。

「あんなにかわいいのに吸血鬼なのか……?」

「いや、だって真祖もめちゃくちゃ美少女だったぞ……」

先日、アンジェリカがギルドで騒ぎを起こしたときに居合わせた冒険者もいるようだ。

「なお、パール様はアンジェリカ様の養女なので人間だ」

冒険者たちの疑問に答えるようにギブソンが言葉を発すると、ちらりとパールに目を向けた。

「あ、パールです！　よ……よろしくお願いします!!」

真祖の娘と聞きやや警戒していた冒険者たちだったが、上目遣いでかわいらしく挨拶する様子にすっかりメロメロになってしまった。そしてここに、新人冒険者パールが誕生したのである。

第二十四話　入門レベルの初依頼

無事に冒険者として登録できたパールは、そのまま続けてパーティー申請の手続きに移った。と言っても、ほとんどキラやケトナーがやってくれたのだが。

「はい、これで手続きは終わりです。お疲れ様でした」

「ありがとうございました！」

あー、無事終わってよかったとほっとする一方、それはそうとあの副ギルドマスターが大丈夫か心配になるパール。『力』を使ったからケガは全部治ってると思うけど……。気になって受付嬢に聞いてみた。

「あの、さっきの副ギルドマスターさんは大丈夫でしょうか？」

「ええ、大丈夫ですよ。あれでも元Aランクの冒険者ですからね。本人はまさかああも見事に負けることは思ってなかったでしょうけどね」

受付嬢はなぜか嬉しそうだ。大丈夫そうならよかったとパールは安心した。

「パールちゃん、とりあえず今日の目的は達成したけどどうする？　実戦試験もあったし、依頼は明日から受けようか？」

うーん、と悩みながら、アンジェリカにも今日は手続きに行くとしか言ってなかったことを思い出す。今から依頼を受けて帰りが遅くなれば怒られるのは間違いない。その時、ふと気づく。ん？依頼は置いておくとして、私どうやって帰るんだ？

「パールちゃん？」

「あ、キラちゃんごめんなさい！　そうだね、でもどんな依頼あるのか見てみたいかな」

「じゃあ向こうに行ってみよう。あそこに依頼が貼り出されるんだよ」

ふむふむと後ろをついていき、壁のボードに貼り出された依頼書に目を通す。この町だけでなく、いろいろな村や都市からの依頼があるようだ。村に出るゴブリンの退治、希少な薬草の採取、盗賊の討伐……。

「いろんな依頼があるんだね」

感心したようにパールが呟く。

「そうだね。ここのギルドは国で一番大きいしね。依頼の種類も量も多いと思うよ」

なるほどとうなずきながら、何か面白そうな依頼はないかを探していたところ、見つけたのはワイバーンの群れの退治。ワイバーンってあれだよね、ドラゴンのちっちゃいやつだよね、と思いな

がら、

「ねえキラちゃん、このワイバーン退治……」

「ダメよそんな危険な依頼」

急に聞き慣れた声でピシャリと却下されたので驚き振り返ると――。

「ママ⁉」

「お師匠様⁉」

なんとママだった。なぜだ。

「な、何でここにいるの⁇」

「あなた帰りどうするつもりだったのよ。キラは魔法で空飛べるけど、さすがにパールを連れて飛ぶのは難しいでしょ」

「う……」

実際にさっきまで帰りはどうしようかと考えていたパールは、さすがママだと感心した。そこでふと、何となく視線がアンジェリカに集まっていることに気づく。

「お、おい、あれってもしかして……」

「バカ！　目合わすんじゃねぇっ！」

「あれが国陥としの吸血姫……」

あからさまに怖がられているアンジェリカ。一体前にギルドで何をしたのか、パールは訝しんだ。

「それはそうと、冒険者登録はできたの？」

「うん！　実戦試験にも合格して、いきなりBランクで登録してもらったんだよ！」

「そうなの。凄いじゃない」

アンジェリカに頭をなでられて、うれしそうに目を細めるパール。

「しかもお師匠様。パールちゃんの相手副ギルドマスターだったんですよ。元Aランク冒険者ですよ」

「それは見てみたかったわ。でもさすが私の娘ね」

アンジェリカがうれしそうにしてくれたことに、パールもうれしさを感じていた。どうやって戦ったのか詳しく話していると、ケトナーとフェンダー、ギルドマスターがやってきた。

「ア、アンジェリカ様！　今日はいったいどのようなご用で……？」

パールはギルドマスターが緊張していることに気づいた。

「ごきげんよう。娘のお迎えに来ただけだからすぐに帰るわ」

「そうなのですね。パール様から試験のことはお聞きしましたか？」

「ええ。頑張ったみたいで母として鼻が高いわ」

えへへ、と褒められて得意そうになるパール。

「とりあえず今日は疲れてるだろうし連れて帰るわ。明日からよろしくね。ケトナーとフェンダーも今日はありがとう」

明日の約束をしたあと、パールとキラは一緒にアンジェリカの転移で帰宅した。


――翌日――

アンジェリカの転移でリンドルまで送ってもらったパールとキラは、そのまま冒険者ギルドに向かった。まだ時間が早いこともあり冒険者の数は少ない。

「おはようございまーす！」

元気よく挨拶するパールに、強面の冒険者たちも思わず頬が緩んだ。無垢でかわいい少女は最強なのである。

「おはよう嬢ちゃん。早いな」

「よう嬢ちゃん」

「お、おはようございますお嬢！」

「お嬢、ちーーっす！」

思った以上にパールは冒険者たちに受け入れられているようだ。もちろんアンジェリカの威光もあるのだが。パールはニコニコ顔で冒険者たちに会釈しつつ、依頼書が貼り出された一角に向かう。

二人で気になる依頼書を選んでいると、ケトナーとフェンダーもやってきた。

「おはようパールちゃん」

「いよいよ冒険者デビューだな嬢ちゃん！」

フェンダーがガハハと豪快に笑いながらパールの頭をポンポンする。

「はい！　頑張ります！」

「ねえみんな、この依頼はどう？」

キラがめぼしい依頼を見つけたようだった。依頼書の内容にみんなで目を通す。リンドルから十キロほど離れたところにある小さな村の村長からの依頼だ。毎日のように村へやってくるゴブリンを何とかしてほしいとのこと。何でも、村の者が倒しても倒しても連日やってくるとのことだ。おそらく近くの森に巣があるのだろう。難易度も低いし入門向けだ。個体単位では脆弱なゴブリンだが、それなりの数がいるとなると面倒ではある。

「うん、パールちゃんのデビュー戦にちょうどよさそうだな」

「ああ。経験を積むにはいい案件だ」

ケトナーとフェンダーも同意する。

「……ならそれでお願いします！」

というわけで、パールのデビュー戦はゴブリンの討伐になった。


乗り合い馬車に揺られること約三十分。問題の村に着いた。……が。何やら騒がしい。耳障りな奇声と悲鳴のような叫び声が聞こえる。どうやら、今まさにゴブリンの襲撃を受けているようだった。

「行くよ！　パールちゃん！」

「うん！」

パールを先頭に村のなかへ突入する。ケトナーとフェンダーはすでに愛用の武器を手に携えている。さすがSランク冒険者、気持ちの切り替えと対応が早い。村は複数のゴブリンに襲われており、武器を手にした村人たちと戦闘を繰り広げていた。すでに何人かは倒れて血を流している。

「パールちゃん！　魔法で蹴散らして！」

「分かった！」

パールは指示に従い魔法を放つ準備をする。

「『炎矢《ファイアアロー》』×五！」

風を巻きながら炎の矢がゴブリンたちに襲いかかる。ゴブリンは突然魔法で攻撃されたことに戸惑っているように見えた。その隙を逃さず、ケトナーとフェンダーがゴブリンたちのなかへ斬り込み一気にかたをつけた。ゴブリンがSランク冒険者の相手になるはずもなく、あっさりと斬り伏せられていく。六匹いたゴブリンをすべて倒したあと、パールは倒れていた村人に駆け寄り聖女の力を使った。

「う……」

傷を負った村人たちが目を覚ます。幸い全員傷は深くなかった。これなら大丈夫だろう。

「あ、あの、あなたたちは……?」

恐る恐る尋ねる村人に対し、ギルドへの依頼でやってきたことをキラが伝える。そしてパールたちは依頼主である村長のもとへ案内してもらうことになった。

第二十五話　大魔法使いの片鱗

パールたちがやってきた村は規模こそそれほど大きくないものの、建物は整然と立ち並び道も歩きやすく整備されていた。暮らしている人の数もそれなりに多そうだ。ただ、依頼にあったようにここ最近は頻繁にゴブリンの襲撃を受けているらしく、人々の顔にはやや疲れた表情が浮かんでいる。

「ようこそおいでくださいました」

村人に案内された村長宅で、パールたちは依頼主である村長と向き合っていた。キラやケトナーがSランク冒険者だと伝えると、まさかギルドの最高戦力が来てくれると思ってもいなかった村長は涙を浮かべて喜んだ。最初はどう見てもただの小さな子どもにしか見えないパールを訝しんでいたが、キラが凄腕の魔法使いであると説明して納得したようだ。パール自身は凄腕と紹介されてちょっと自慢げな顔をしている。

「村長、詳しい話を聞かせてもらえるだろうか」

ケトナーが話を切り出すと、村長はここ最近の出来事を詳しく説明してくれた。ゴブリンが出没し始めたのは一ヶ月ほど前らしい。最初は一、二匹がときどきやってくる程度だったので、村人が協力して倒していたようだが、次第に襲撃の頻度と数が増えてきたとのことだ。ゴブリンとの戦闘

で重傷を負う者が増え始め、不安を覚える村人も増えてきたため冒険者ギルドへ依頼したとのこと。

「話を聞く限りでは、村の近くにゴブリンの巣がありそうだな」

「そうね。巣を叩いて殲滅しないことには状況は変わらないでしょうね」

ゴブリンって巣を作るんだ。鳥さんみたい、などと考えつつ出されたお茶を飲むパール。

「村長、ゴブリンがやってくる方角は分かるだろうか？　あと巣の場所に心当たりがある村人がいれば紹介してほしい」

「それでしたら、木こりのハンスに協力させましょう」

村長の話では、最初にゴブリンを発見したのもハンスという村人らしい。森のなかで仕事中、数匹のゴブリンが徘徊しているのを見かけ、その数日後から村が襲撃されるようになったのだとか。

そのハンスさんは、先日ゴブリンとの戦闘でケガを負い、今は自宅で療養中とのことだ。村長の案内で住まいを訪ねると、手や足に包帯を巻いた痛々しい姿の青年が出迎えてくれた。

「私たちは村長の依頼でゴブリン退治に来た冒険者だ。君は森でゴブリンを見たそうだが、巣の在処に心当たりはないか？」

ハンスは少し考え込むようにしたあと口を開いた。

「巣があるのかどうかは分かりませんが、私が見たときあいつらは野うさぎや鳥を手にして森の奥へ戻っていきました。食料を持って戻ったと考えると、森の奥に巣があるのかもしれません」

ケトナーとフェンダーが顔を見合わせて頷く。

「その可能性は高いだろう。もし君に問題なければ、ゴブリンを見たところまで案内してくれないか？」

喜んで協力させてもらうという返事をもらったので、パールたちはさっそく森へ向かうことにした。

「君もゴブリンと戦うのかい？」

森へ向かう道中、かわいい少女にしか見えないパールにハンスがおずおずと質問する。

「もちろんです！」

弾けるような笑顔で返事をしたパールに、ハンスは心配そうな顔を向けた。

「やつらはそこまで強くないけど、数が多いと厄介だよ。君のような可憐な女の子は真っ先にさらおうとするかもしれない……」

やだこわい。

どうやらハンスは本気で心配してくれているようだ。元Aランク冒険者を歯牙にもかけず、条件次第ではSランクとも互角に戦える真祖の娘で聖女なBランク冒険者なんですが。

「ふふ、その子はそう見えても魔法使いでBランクの冒険者でもあるのよ」

キラの言葉に、ハンスはまさかと大きく目を見開く。こんな小さな女の子がBランクの冒険者？冗談じゃなくて？　とでも言いたそうな顔だ。

「まあ、そんな感じなので大丈夫です！」

パールの自信ありげな言葉を聞いてもまだ半信半疑なハンスであったが、それが事実であったことを彼はこのあと嫌というほど思い知ることになる。

森に入りしばらく進むと、耳につく不快な声が聞こえてきた。多分ゴブリンだ。ハンスを先頭に歩いていた四人は警戒しつつ木のそばに身を隠す。そっと覗いたところ、棒切れを手にした二匹のゴブリンが目に入った。ゴブリンたちは不快な声で会話しながら森の奥へ進んでいく。

「……このまま見つからないように尾行しよう」

小さな声でそう伝えてくるケトナーに対し、全員が静かに頷く。一定の距離をあけつつ尾行を続けると、少し開けた場所の先に洞窟が見えてきた。きっとあれが巣だ。

「やつらの巣は見つけたが、なかにどれくらいいるかが分からないな」

巣から少し離れたところまで戻った四人は作戦会議を始める。

「まあ殲滅するだけなら簡単なんだけどね」

キラが含みのある言い方をする。

「俺たちが手を出しすぎては意味がない」

「うむ。そもそもこの依頼を受けたのはパール嬢に経験を積ませるためだからな！」

だからこそ、キラたち三人は判断に迷った。何せ相手の数が分からないのだ。明らかに少数であればパールに任せて問題ないのだが、予想外に多いと彼女を危険に晒すかもしれない。

「じゃあこうしましょ。まず私が巣のなかに威力を抑えた魔法を撃ち込む。洞窟からやつらが飛び出してきたら、待ち構えていたパールちゃんが魔法で殲滅する。私たちは少し離れて待機するから、数が多すぎるときは救援に入る。これでどう？」

おお。まさかのソロ討伐。でも魔の森でオークも相手してたしゴブリンなんて目じゃないよね！

「私はそれで大丈夫だよ！」

「よし、その作戦でいこう」

小さな女の子一人にゴブリンを殲滅させる作戦を立て、本人を含め全員がそれに納得している様子にハンスは唖然としてしまう。

「いやいや、こんな小さな女の子に一人で戦わせるんですか？　いくらなんでも……」

正しい大人の反応である。

「まあまあ、心配せずおとなしく見てろって兄ちゃん。ぶったまげるからよ」

フェンダーはハンスにニカッと笑顔を向ける。ハンスもそれ以上は何も言わず、作戦を見守ることにした。


「さて、パールちゃん準備はいい？　私は魔法を放ったら一度後ろに下がるからね」

「うん！　いつでもどうぞ！」

パールは洞窟から十五メートルほど離れた位置に立ち魔力を練り始める。キラはパールより少し前に出て、威力を抑えた爆破系の魔法を洞窟のなかに向けて放った。威力を抑えたとはいえSランク冒険者の魔法である。あたりに大きな爆音が轟き、洞窟のなかからモクモクと粉塵が流れ出てくる。と、洞窟からパニック状態に陥ったゴブリンがわらわらと出てきた。おそらく二十匹前後だ。

洞窟から出てきたゴブリンたちは、魔力を練っていたパールを見つけると不快な声で叫びながら襲いかかった。パールが巣を攻撃したと勘違いしたのだろう。怒り心頭に発して突進してくるゴブリンたちに対し、パールは笑顔で魔法を放つ。

「いっくよーー！　『炎矢《ファイアアロー》』×十！」

いくつもの炎の矢が次々とゴブリンを貫いていく。

「えいっ、『風刃《ウインドブレード》』×十！」

ただでさえパニックになっているゴブリンがさらに混乱に陥った。人間の子どもが放った魔法に、仲間たちがなすすべなく殺されていくのだから当然だ。

「まだまだいっくよーー！　『展開《デプロイ》！』……『……魔導砲《キャノン》！！！！』」

一瞬で展開した五つの魔法陣から凄まじい速さで光弾が撃ち出され、縦横無尽にゴブリンたちを追い回す。光弾は一体のゴブリンを貫いても勢いを落とすことなく、次々と逃げ惑うゴブリンに襲いかかる。またたく間に現場は血の海に変わった。結局、三分も経たないうちに二十四以上いたゴブリンは殲滅されたのである。

「す、す、凄い……」

パールがゴブリンの集団を壊滅させる様子を、ハンスは離れた場所から呆然と眺めていた。ケガをしている身ではあるが、危なくなったらすぐにでも飛び込んで助けようと考えていたものの、その必要はまったくなかった。Bランク冒険者で魔法使いとは聞いていたものの、まさかこれほどまでとは思っていなかったハンスは心から驚き、そして尊敬の念を抱いたのである。

「やったねパールちゃん！」

キラがパールに駆け寄り抱き上げる。

「えへへー。うまく退治できてよかったよ」

「ほんと凄いよパールちゃん！　あんなに魔力たくさん使っても平気なんだね！　さすがお師匠様の娘！」

何せ炎矢や風刃を一度に十も放つというのは、相当な魔力がないと無理なのだ。しかも数だけでなく威力も伴っている。キラはパールに頬ずりしつつ彼女の圧倒的な勝利を祝った。

「いや、ほんと俺たちまったく出る幕なかったな」

「ああ！　さすが嬢ちゃんだ」

ケトナーとフェンダーも、先ほどのパールの戦いぶりに舌を巻いていた。

「これは本当に、将来は大魔法使いになるのかもしれないな……」

相手がゴブリンとはいえ、パールの見事な戦いぶりと圧倒的な戦闘力は冒険者たちにそう思わせるのに十分だった。

「あ。念のために巣も潰しておこうか」

キラが洞窟に向けて魔法を放つと内部から音を立てて洞窟が崩れ、入り口も塞がれた。これで再び巣として使われることはないだろう。無事にゴブリンの殲滅と巣の排除が終わったので、村長へ報告するため五人は村へ戻ることにしたのだった。

「フフ……。見事な戦いぶりだったわよ、パール」

戦いの様子を上空から眺めていたアンジェリカは、愛娘の成長と戦いぶりを素直な気持ちで褒めると姿を消した。何だか師匠っぽいことを言っているが、ただ心配で見にきただけである。まだまだ子離れはできそうにないアンジェリカであった。

第二十六話　気づかれた存在

依頼を無事に完遂したパールたちは村に戻り村長に報告した。わずかな時間でゴブリンを退治し、巣も潰したとの朗報に村長は目に涙を溜めて感謝の言葉を述べる。早期に解決したお礼に村の馬車でリンドルまで送ってくれるとのことなので、好意に甘えることにした。

「はい、これで大丈夫ですよ」

村にはゴブリンの襲撃で大ケガを負った人もいたので、パールは聖女の力で治療してあげた。なお、村の人たちはパールのことを凄腕の魔法使いと説明されていたので、聖女の力ではなくただの治癒魔法だと思っている。そんなこんなでケガが酷い人を中心に治療を続け、村人たちから深く感謝されつつパールたちは村を去るのであった。

ギルドに戻ったパールたちは、さっそくカウンターへ向かい受付嬢に依頼完了の報告をした。

「お疲れ様でした！　やっぱりSランク冒険者が三人もいると一瞬ですね。パールさんは初の依頼だったけどどうだった？　怖くなかった？」

むむ。一応Bランク冒険者なのですが。

「何言ってんだ。ゴブリンの群れは嬢ちゃん一人で殲滅したんだぞ」

憮然とした表情のフェンダーから指摘され驚く受付嬢。

「ええ⁉　本当ですか？　二十匹以上のゴブリンをパールさん一人で⁉」

えっへん、凄いでしょ。

「ああ。間違いない」

「いつでも手助けできるよう準備してたけど、まったく必要なかったわよね」

ケトナーとキラも、フェンダーの言葉が真実であることを保証する。

「そ、そうですか……。パールさん凄いですね。そんなちっちゃいのに」

む。すぐ大っきくなるんだから。感嘆する受付嬢の言葉を素直に受け止められないパールであった。


「パールちゃん、今日はアリアが迎えに来てくれるんだよね？」

「うん。でもまだ少し時間が早いね」

「お！　じゃあ久々にそこの酒場でも行くか！」

ガハハと笑うフェンダー。いや、酒場って子どもが行ってもいいの？

「パールちゃん連れて酒場なんて行けるわけないでしょ。教育に厳しいお師匠様にバレたらあんたたち消し炭にされちゃうわよ」

ママそこまで短気じゃないと思うけど。多分……。

「私はここでお姉ちゃん待たなきゃだから、キラちゃんケトナーさんたちと行ってきたら？」

このギルドに出入りしてる冒険者さんのほとんどは、私が真祖の娘って知ってるし変なちょっかい出してこないよね。

「うーん、パールちゃん残して行くのは心配だなぁ……。何かあったら怖いし」

Bランク冒険者で強いとはいえ、パールはまだ六歳の子どもだ。キラが心配するのも当然である。

「うん、やっぱり心配だからアリアが来るまで私も一緒にいるよ。そのあとで飲みに行こうかな。あ、お師匠様に今日はリンドルに泊まるって言っといてね」

「なら俺も一緒に待とう」

「俺も待つぞ」

おお。ここにも過保護が。なんてこったい。

「……ありがとう」

その気持ちはうれしいので、パールは素直にお礼の言葉を口にした。


「おい。そこに村があるから少し休ませてもらおう」

白い鎧を着て馬にまたがる男は仲間に視線を巡らせた。同じ白い鎧を着用した者が八人。彼らはランドール共和国と国境を接する聖デュゼンバーグ王国の聖騎士たちである。同国が国教とするエルミア教の教会、その総本山に所属する彼らは、教皇からの親書を携えランドールへ向かっていた。

馬に騎乗したままの長旅はつらい。ブロンドの髪をオールバックになでつけた教会聖騎士団副団長のエドワードは、遠目に見えてきた村で休憩をとらせてもらおうと考えた。

村に着いたエドワードは、目についた村人に声をかけ休憩をとりたい旨を伝えた。少しすると村長がやってきて、村の集会所を使用する許可を貰えたため馬も連れて移動する。全員が疲労困憊なので、ゆっくりと足を伸ばせる場所を提供してもらえるのはありがたい。それから、村長は聖騎士団副団長と名乗ったエドワードを自宅に招待してくれた。

「大したもてなしもできずに申し訳ない限りです」

「いや、休める場所を提供してもらっただけで十分だ。感謝する」

エドワードは簡潔に答えた。

「つい最近までゴブリンの襲撃が酷くてですね。いろいろと大変だったんですよ」

「ほう。それは大変だったな。その問題はもう解決したのか？」

ゴブリンは弱い魔物だが群れをなすと厄介だ。いまだ標的にされているのなら、滞在中に戦闘が発生する可能性がある。そう懸念していたのだが……。

「ええ。冒険者ギルドに依頼を出したところ、とても強い冒険者のパーティーが来てくれまして。すっかり解決しましたよ」

「ほう。それは何よりだ」

どうやら余計な戦闘はしなくてよさそうだ。

「ゴブリンに襲われて重傷を負った村人もいたんですけどね。小さな女の子の冒険者があっという間に治してくれたんですよ。ありがたい話です」

なかなか興味深い話だ。高位治癒魔法の使い手か何かだろうか。

「不思議なものでしてね。あの子がケガをしてる村人にそっと手を触れると、それだけであっという間に治ってしまったんですよ。魔法ってほんと凄いですね」

村長の言葉を聞いたエドワードは凍りついた。そっと触れるだけで重傷が治った？　そんな魔法は聞いたことがない。そんなことができるのは……。

「まさか聖女様なのか……？」

気がつくとエドワードの体は小刻みに震えていた。

「そ、その女の子は治療するとき何か魔法を唱えていたか？」

焦りで思わず声が裏返りそうになる。

「いえ、何も言っていませんでしたよ」

「手の甲に何か模様のようなものは？」

「うーん、そう言えばずっと手袋をしたままでしたね」

……間違いない。聖女様だ。もちろん、治癒魔法を無詠唱で使用することは可能だ。ただ、それは遥か高みにのぼった一部の魔法使いのみなしえることである。それを踏まえて考えると、やはり聖女様としか思えない。

「村長。この村に来た冒険者とその女の子についてもっと詳しく教えてくれ」

もし本当に聖女様なら、一刻も早く保護しなくては。エドワードの目が冷たい光を帯びた。

――アンジェリカの屋敷――

「ックション!!」

屋敷に戻ったパールは、リビングでアンジェリカやアリアとのんびりくつろいでいた。

「パール、もしかして風邪?」

アリアが心配そうにパールの額に手をのせる。

「熱はなさそうだけど……」

「パール、どこか調子が悪いんじゃないの?　依頼で無理しすぎてない?　大丈夫?」

アンジェリカの表情が曇る。

「んーん。ちょっと鼻がむずむずしただけだよ」

「ほんとに?　無理しちゃダメよ?」

んもう。相変わらずママもお姉ちゃんも過保護だなぁ。

「大丈夫だよ。心配かけてごめんねママ、お姉ちゃん」

パールの言葉にデレるアンジェリカとアリア。似た者主従である。

「あ、ママ。明日は依頼受けないけど、ギルドの講習に出席するね」

「あら。そんなのあるのね」

冒険者ギルドでは、冒険者向けにさまざまな講習を実施している。パールはBランクとはいえ初心者であることに違いはない。ギルドマスターからも勧められたので、参加することに決めたのだ。

「私も明日はリンドルに用事があるから送っていくわね」

「うん！　ありがとうママ」

「じゃあ今日は早めに寝なさい。魔力たくさん使って疲れてるでしょ？　ゆっくり休まなきゃダメよ？」

「うん。分かったー。じゃあおやすみなさい、ママ、お姉ちゃん」

たしかに今日はちょっと疲れたなー。でも思う存分魔法使えて楽しかった。また早く依頼受けたいな。ん？　そう言えばママはどうして私がたくさん魔力使ったこと知ってたんだろ？　…………まあいっか。

ゴブリンとの戦闘をアンジェリカが空の上から見ていたとは思いもよらぬパールであった。

第二十七話　聖騎士の来訪

首都リンドルの冒険者ギルドには、若い冒険者を中心に十数人が集まっていた。本日はギルド主催の初心者及び低ランク向け講習が開催される。パールはBランクなので立ち場的には高ランクに位置するが、まだ六歳であり冒険者としても初心者であるため講習への参加を勧められたようだ。

「それじゃパール、講習頑張ってね」

転移でパールを送ってくれたアンジェリカが頭をなでる。

「うん。ママも街で用事があるんだっけ？」

「ええ。ちょっと人に会いにね」

答えるアンジェリカは苦笑いを浮かべている。

「だから今日はおめかししてるの？」

そう、今日のアンジェリカはいつもと装いが大きく異なっていた。いつものゴシックドレスではなく清楚なワンピースに身を包み、つばの広い帽子をかぶっている。超がつく美少女のアンジェリカは基本的にどのような装いも似合うのだが、本人はお洒落のつもりでこのような格好をしているのではない。

「……変装よ」

「へ？」

パールから気の抜けた声が漏れる。

「街を歩いてるとジロジロ見られるから変装してるのよ」

「ああ……。ママ目立つもんね」

服装を替えたところで素材が良すぎるためいずれにしても目立つのだが。

「じゃあそろそろ行くわね。パールの講習が終わるころにまた迎えに来るから」

「はーい」

アンジェリカと別れたパールがギルドに入ると、すでにたくさんの冒険者が集まっていた。やはり若い人が中心だ。

「おはようございまーす！」

元気いっぱいに挨拶するパールを怪訝な目で見る冒険者がちらほらいる。特に十代とおぼしき冒険者は、「なぜ子どもが？」といった視線をパールへ向けている。真祖の小さな娘が冒険者として活動していることを知らない層が一定数いるようだ。

えーと、まず講習参加の受付をしなきゃいけないんだよね。

パールはカウンターへ向かおうとするのだが……。

「おい！　ガキがこんなとこチョロチョロするんじゃねぇよ!!」

十六〜十八歳くらいだろうか。赤い髪を逆立てた男の冒険者がパールを忌々しそうな目で睨みつけながら怒鳴った。

「あ、ごめんな――」

謝ろうとしたパールだったが、その前に顔なじみのベテラン冒険者が赤髪の少年を殴り飛ばした。

「ぐはぁっっ!!」

勢いよく吹っ飛ぶ少年。いやいや、大丈夫？

「こら小僧。てめぇお嬢に何て口きいてんだ、あ？　ぶっ殺されてぇのか？」

殴られた少年は、ワケが分からないといった表情をしている。うん、ちょっとかわいそうかも。

「お、お嬢って……？」

「この方はなぁ、真祖アンジェリカ様のご息女でBランクの冒険者、パール嬢だ!!」

驚くべき事実を告げられた赤髪の少年は一瞬呆けた顔をしたが、ハッと我に返ると……。

「こ、このガ……女の子が⁉　し、失礼しましたぁぁぁ‼」

思わず笑えてくるほどの手のひら返しをする少年。うん。ある意味すがすがしいよ。

「いえ。気にしていないので大丈夫ですよ」

「てめぇ、お嬢に感謝しろよ？　お嬢がその気になったらてめぇなんぞ一瞬でミンチにされちまうからな？」

いや、そんなことしないし。ママじゃないし。赤髪のお兄さんには申し訳ないけど、これでもう変に絡まれることもないよね。

事実、若い冒険者たちのパールを見る目にも変化が見てとれた。Bランクって聞いて尊敬してくれたのかな？　と思ったが、どうやらそれ以上に恐ろしい真祖の娘として認識されたようだ。

やっぱり真祖って怖い存在なんだなぁ。私の前ではただの過保護で美人で優しいママなのに。

そんなことを思いつつ、助けてくれたおじさんと赤髪のお兄さんにペコリと挨拶して受付カウンターへ向かう。

さあ。講習頑張るぞ‼


――バッカス元侯爵邸――

パールと別れたアンジェリカは変装した姿で少し街のなかを散策したあと、バッカス元侯爵邸に足を向けた。以前、ギルドマスターのギブソンから、バッカス元侯爵が会いたがっているから会ってもらえないか、と打診されていたのだ。パールがお世話になっているギブソンも同席するとのことだったので、とりあえず会ってみることにしたのである。

「パールはまじめに講習受けているかしら」

「パール様は素直でまじめな方ですから問題はないでしょう」

メイドに案内されたバッカス邸の客間で、アンジェリカの隣に座るギブソンが答えた。

「素直なのは間違いないのだけどね。割と言うこと聞かなかったり突拍子のないことしたりといったことも多いのよ」

屋敷の周りに張ってある結界から勝手に飛び出し、魔物が徘徊する魔の森を散策していたパールのことを思い出す。初めてパールが屋敷からいなくなったときは跳びあがるほど驚いた。大慌てでアリアとフェルナンデスとで捜しまわったのよね。見つけて連れ戻したあときつく説教したら泣いて反省してたっけ。でも翌日には何事もなかったかのようにまた結界から抜け出して森を散策していたのだけれど。子育ての苦労を思い出し苦笑いを浮かべる。と、そこへ……。

「遅くなって申し訳ない」

バッカス元侯爵が軽く謝罪しながら客間に入ってきた。戦争で数々の武勲を打ち立て、一代で侯爵にまでのぼり詰めただけあり、強者の雰囲気を醸し出している。なお、王家が滅亡し爵位を与える存在がいなくなったため、すでにバッカスは侯爵ではない。国が生まれ変わったことで階級制度も大きく変化した。

「バッカス様、お疲れ様です。今日は、真祖であられるアンジェリカ様をお連れしました」

バッカスはまっすぐな目でアンジェリカを見る。

「アンジェリカ・ブラド・クインシーよ」

「バッカス・ローランドだ。わざわざ足を運んでいただき申し訳ない」

ふむ。たしかに元貴族というよりは武人、といった感じね。嫌いじゃないわ。

「おとぎ話で伝え聞く真祖にお会いできて光栄だ。ギブソンから聞いてはいたが、たしかに強者としての風格と存在感がある」

「フフ、お世辞は結構よ坊や」

十代の美少女にしか見えないアンジェリカに坊やと呼ばれ、バッカスは思わず苦笑いしてしまった。

「さっそくだが、アンジェリカ殿にはこの国を危機から救ってくれたお礼を言いたい。本当に感謝している」

ん？　危機から救った？　ヘタすると国ごと地図上から消える可能性があったのに？　何かしたかしら……と考えを巡らすアンジェリカ。

「帝国の将軍や将校が何者かに討たれ、軍部が機能しなくなったことは聞いている。そして、それを実行したのがアンジェリカ殿、貴殿であると我々は考えている」

ああ、あれのことか。あれなら実際は私ではなくアリアがやったんだけど。

「気にしなくていいわ。何とかすると言ったのは私だしね」

「おかげでこの国は侵略を受けることなく、立て直すことができた。本当にありがとう」

そのあとも会談は和やかな雰囲気のまま進み、建国当時のことや初代王のことなど、アンジェリカはさまざまなことをバッカスとギブソンに聞かせてあげたのだった。

――冒険者ギルド――


「ふわぁ～……終わったぁ……」

三部構成の講習が終わり、ギルドの多目的室から出てきたパールは大きく伸びをする。座りっぱなしで疲れたけど、薬草に関する知識を学べたのは良かったかも。などと考えつつ一階への階段を下りようとすると――。

「よ、よう……」

声をかけられ振り返ると、講習前に一悶着あった赤髪のお兄さんが何か言いたげな顔で立っていた。

「あ、あのさ。さっきはすまなかっ――いや、悪かっ……申し訳なかったです」

何とか頑張って丁寧に話そうとしていた。申し訳ないけどびっくりするくらい不自然。

「あ、いえ。大丈夫ですよ。あと、話し方も普通でいいです」

そう言ってあげると、赤髪の冒険者、ダダリオの表情が少し和らいだ。

「そっか、助かるよ。本当にごめんな。俺、最近冒険者になったばかりでさ」

「へえ。そうなんですね」

最初は怖いお兄さんかと思ったけど、会話してみると意外に話しやすい。二人で今日の講習のこととかいろいろ話しながら階段を下りて行くと……。

何かずいぶんと騒がしい。受付カウンターの前に白い鎧を着た人が何人かいて、受付嬢のお姉さんと揉めているようだ。

「ここのギルドに登録しているはずだ！　早く教えろ！　教会と敵対するつもりか!?」

「ですから、冒険者の個人的なことについては教えられないと……あ！　パールちゃん！」

ん？　私？　お姉さんが私の名前を呼ぶと同時に、騎士みたいな人たちが一斉にこちらを向く。

そして――。

「おお！　あなたが聖女様ですね!?」

あ。嫌な予感がする。

「何のことですか？」

ここは全力でとぼけよう。

「あなたがゴブリン退治に訪れた村で、重傷を負った村人を癒しの力で治療したことは調べがついています」

なんてこったい。でも認めるとめんどくさいことになるよね、きっと。

「いや、よく分かんないです」

冒険者たちも、何だ何だどうしたと周りを取り囲んで様子を見守っている。

「聖女様、失礼します」

突然一人の騎士が私に近づくと、腕を掴んで手袋を外した。右手の甲にはっきりと浮かぶ星形の紋章。

「やはり！　やはり聖女様！」

パールが聖女であったことに冒険者たちも驚いたが、真祖の娘だったことに比べると衝撃が少なかったのか、そこまで驚いていないように見える。

「さあ！　我々と一緒に行きましょう！　あなたには人々を救う義務があるのです！」

いや、意味分かんない。

「お断りします」

ピシャリと言い放つパールに、騎士の顔から表情が消えた。

「……何を言っているのですか？　あなたは聖女なのですよ？」

「関係ないです。私は大好きなママの娘でただのBランク冒険者です」

騎士の目をまっすぐ見て言い放つ。

「なるほど。問題は母親だったのですか。聖女の存在を国にも教会にも知らせないとは何と愚かな。きっと信心もないのでしょう。そのような愚かで罰当たりな女はあなたの母親に相応しくありません！」

教会聖騎士は一気にまくしたてた。何なのこいつ。ママは人間じゃないのに私を拾って大切に育ててくれた。誰であってもママのことを悪く言う資格なんてない。

「……ママのこと……」

「は？」

パールは自分より遥かに大きい聖騎士を見上げると、怒気を込めた瞳で睨みつけた。

「──ママのことを悪く言うな！」

怒りと悔しさのあまり、パールの瞳には涙が浮かんでいた。しかし、聖騎士がそれを意に介す様子はない。

「とにかく。あなたは我々と一緒に来てもらいます。それがあなたのためでもある。多少手荒な手を使っても連れていきます」

その言葉に冒険者たちも黙っていなかった。

「おうおう！　てめぇら勝手なことばかり言ってんじゃねぇぞ！」

「おうよ！　お嬢を連れていかせるもんかよ！」

冒険者が聖騎士たちに掴みかかり……。

「お嬢！　早く逃げろ！」

「行け！　嬢ちゃん！」

少し悩んだパールだったが、みんなの気持ちを無駄にできないと思い、後ろ髪を引かれながらも混乱から逃れようとした。しかし、そこに一人の騎士がパールを捕らえようと突っ込んできた。捕まる、と思った瞬間、誰かが横から騎士に体当たりを食らわした。赤髪の冒険者ダダリオだった。

「嬢ちゃん今だ！　行け！」

ダダリオは、必死にパールを逃がそうと騎士を押さえつけた。

「き、貴様っ！　邪魔をするなあああ!!」

騎士は剣を抜き、ダダリオに斬りつけた。瞬間、血しぶきをあげてパールの目の前で倒れるダダリオ。

なにこれ。

なんで？

どうして？

こんな理不尽なことが許されていいの？

刹那、パールからとてつもない殺気が漏れ出す。怒りで我を忘れたパールはそこがギルドのなかであるにもかかわらず、尋常でない量の魔力を練り始めた。その魔力で魔法を放てば間違いなくギルドは消し飛ぶ。冒険者も騎士も誰もがそう確信したそのとき――。

「いったい何をしているの？」

殺伐としたギルドの空間にアンジェリカの声が響いた。

第二十八話　愚かな聖騎士への警告

「いったい何をしているの？」

アンジェリカは静かに口を開くと、周りに視線を巡らせ何となく状況を推測する。今にも高出力の魔法を放たんとしていたパールだったが、アンジェリカの姿を見て冷静さを取り戻した。

「ママ！」

聖騎士たちの視線が一斉にアンジェリカへ集まる。アンジェリカはまったく気にすることなくパールのもとへ近づくと、倒れている少年に目を向けた。

「パール、その子死んじゃうんじゃない？」

倒れている赤髪の少年はかなり出血しているようだ。

「そうだ！　治さなきゃ！」

パールは赤髪の少年に両手で触れる。

「……うっ……！」

「うん……これで多分大丈夫」

肩から斜めに斬撃を受けた少年だったが、癒しの力で傷は塞がり意識も戻った。

「おお……やはり聖女様だ！」

教会聖騎士団副団長のエドワードが興奮したように叫ぶ。聖女の力を目の当たりにし、彼は何としても連れて帰らねばと改めて決意する。

「それであなたたち。うちの娘に何か用かしら？」

アンジェリカはスッと目を据えて聖騎士たちを睥睨する。目の前で起きた奇跡のため、エドワードはすっかりアンジェリカのことを忘れていた。改めてよく見るととんでもない美少女である。だがどう見てもまだ十代後半の少女だ。とてもこの歳の子どもがいるとは思えない。

「ふん。お前が聖女様の母親だと？」

「血はつながっていないけど、赤ん坊のころからこの子を育てたのは私よ」

「ほう。話は分かった。我々は聖デュゼンバーグ王国の教会聖騎士である。とりあえず聖女様は我々が連れていく。文句はあるまい……な……？」

――ギルド内の温度が一気に下がった気がした。アンジェリカは凍てつくような鋭い視線をエドワードに向ける。

「パールを連れていく？　笑えない冗談だわ」

少女から広がる食い殺されそうな殺気にあてられ、聖騎士も冒険者も腰を抜かした。聖騎士のなかには失禁した者や泣きながら祈りを捧げている者もいる。何とか我慢していたエドワードも、アンジェリカが一歩近づくとあっさり地に崩れ落ちた。

「き、貴様はいったい何者だ……!?」

殺気ひとつで屈強な十数人の男を制圧するなど人間とは思えない。

「私はアンジェリカ・ブラド・クインシー。真祖一族の姫よ。国陥としの吸血姫と言ったほうがあなたたちには分かりやすいかしら」

その言葉に聖騎士たちは呆然とした表情になる。おとぎ話で語られる伝説の真祖を名乗る少女が目の前にいるのだ。証拠はない。だが、その堂々たる風格と圧倒的強者のみが纏う空気によって、その場にいる誰もが彼女の言葉を信じた。

「ば、ばかな……！　なぜ真祖が聖女様の母親になど――、はっ！　さては貴様、聖女様を使って何か企んでいるのではないだろうな!?」

「黙れ下郎」

紅い瞳に怒気と殺意をこめてエドワードを睨みつける。それだけで下品な口を塞ぐのに十分であった。

「それ以上の言葉は私と娘を侮辱していると受け取る。その愚かな頭でよく考えて言葉を口にせよ。貴様の一言で国が滅びるかもしれないのだぞ」

以前の彼女であれば、決してこのような暴言は許さず即座に殺してしまったであろう。それをしないのは、ひとえにパールの教育のためだ。なるべく娘の目の前でそのようなことはしない、と決めている。と言いつつ魔法で城もろとも葬ることもあったが。真っ青になっているエドワードへさらに言葉を続ける。

「真祖である私にとって貴様らはその辺の虫と変わらない。踏み潰されたくなければ発する言葉の一つひとつに注意することだ」

顔色は真っ青だがどこか忌々しげな表情を浮かべるエドワードへ、アンジェリカはくっつきそうなほどに顔を近づける。

「今すぐ国へ帰れ。そして貴様の飼い主に伝えるのだ。聖女であろうが何であろうがパールは私の愛する娘。いかなる理由であれ手を出そうとするのならそれなりの代償を支払うことになると」

震えながら小さく何度も頷くエドワード。

「じゃあ帰りましょうか、パール」

こちらの意に沿わぬ干渉は絶対に許さぬと念押ししたアンジェリカは、パールを振り返り何事もなかったかのように言葉をかけた。

「うん。あ、ちょっと待ってママ」

パールは赤髪の少年に小さく駆け寄る。

「私のせいでごめんなさい。助けてくれてありがとうお兄さん」

「あ、ああ。こっちこそ治療してくれてありがとうな！」

パールに上目遣いで謝罪とお礼の言葉を伝えられ、少年は頬を赤く染める。

「冒険者の皆さんもありがとうございました！」

聖騎士にはまったく目を向けず冒険者たちにそう伝えると、パールはアンジェリカとともにその場から姿を消した。なお、パールたちが転移してすぐに、キラとケトナー、フェンダー三人のSランク冒険者がギルドを訪れた。何が起きたのかを聞いたキラとケトナーは激怒して聖騎士たちを殴り倒し、そのあとフェンダーが全員をギルドの外へ投げ飛ばしたらしい。結局、教会聖騎士の一行はボロ雑巾のようになって国へ帰ってゆくのだった。


――アンジェリカの屋敷――

リビングではアンジェリカがパールを膝にのせて話をしていた。

「パール、今日は大変だったわね」

「……うん」

パールは少し元気がない。自分のせいで冒険者たちを危険に晒したからだ。あの赤髪のお兄さんは、もしかしたら死んでいたかもしれない。

「あなたのせいじゃないわ。冒険者の人たちは自分の意思であなたを守ろうとしたのよ。あなたはみんなに愛されているの」

「うん」

「それよりもパール。感情的になりすぎるのはよくないわ。あそこであなたが高威力の魔法を使っていたら、冒険者たちも巻き添えになっていたわよ？」

「はい……」

目に涙を浮かべるパールをぎゅっと抱きしめた。

「きちんとコントロールできるようにしようね。またママも練習に付き合ってあげるから」

こくりと頷いたパールは、そのままアンジェリカの体にもたれて目を閉じた。

「さて、デュゼンバーグと教会の連中はどう出るかしらね」

まあ、敵意や悪意を向けるようであれば教会も国も消してしまえばいいだけの話だ。パールを抱いたまま、アンジェリカは不敵な笑みを浮かべるのであった。

第二十九話　馬鹿につける薬はない

聖デュゼンバーグ王国はエルミア教を国教とする宗教国家である。大勢の信者を擁するエルミア教の教会本部は王城のすぐそばにあり、王族や国民の生活とも密接に関わりあっていた。エルミア教は創造神エルミアを唯一神とする一神教である。布教をはじめとしたあらゆる宗教活動を統括するのが教会本部であり、頂点には教皇が君臨する。信者や教会関係者にとって教皇は敬いの対象であるが、この国においてはそれだけではない。この国において、教皇は国王に匹敵する権力を有するのだ。それがこの国におけるひとつの特殊性である。

「おもてをあげよ」

教会本部の最奥にある教皇の間。限られた一部の者しか立ち入りを許されない厳かな空間に凛とした女性の声が響く。教会聖騎士団の副団長、エドワードは御簾の向こうに座する教皇の許しを得て顔をあげた。

「枢機卿から大まかに話は聞いた。聖女様に関するそちからの報告、真実であろうな？」

「は！　間違いなく真実です。我々は聖女様を発見したため連れ帰るべく行動を起こしました。しかし、あの忌々しい真祖が邪魔をしたのです！」

「…………」

「真祖は自らを聖女の母と称し、我々の要求を拒否しました。しかも！　我々教会を敵に回しても構わぬとばかりの発言をしたのです！　これは許されることではないでしょう⁉」

「……うるさい。静かに必要なことのみを述べよ」

御簾の向こうから不快そうな教皇の声が届き、エドワードはたちまち緊張した。それからもエドワードの一方的な主張が続く。やがて、「もうよい。さがれ」との指示でエドワードはその場をあとにした。

「はぁ……。本当にあの馬鹿の話を聞くのは苛々するわ」

教皇が苛々した様子で口を開くと、近くに控えていた枢機卿がクスリと笑う。

「まあ、親のコネだけで聖騎士団の副団長になったような男ですからね」

「いっそのこと国外で死んでくれたらよかったんだがな」

二十五歳と若くしてエルミア教の教皇に抜擢されたソフィアは、不快な感情を隠そうとせず言い放つと懐から一枚の手紙を取り出す。ランドール共和国の最高議長、バッカスから早馬で送られてきた手紙である。連名でギブソンと署名されている。冒険者ギルドのギルドマスターだ。ソフィアはすでに読み終わっている手紙をもう一度開いて目を通す。

そこには、教会の聖騎士がギルドに登録している女の子を強引に連れ去ろうとしたこと、その子は真祖の娘であること、現場に臨場した真祖が怒り心頭に発していたこと、聖騎士が冒険者に斬りかかりケガを負わせたことなどが記載されていた。半分以上はデュゼンバーグと教会に抗議する内容だ。そして、手紙の最後には真祖に敵と認定されたら間違いなく国が滅びる、それを理解したうえで行動されたしとの旨が記されていた。旧ジルジャン王国の王族と貴族、騎士たちが真祖によって城ごと滅ぼされたことは伝え聞いている。脅しでもなんでもなく、本気で警告してくれているのであろう。

「バッカスが記した内容だ。嘘偽りはなく真実であろうな」

「そうですね。彼は誠実で愚直な人ですから」

年齢は三十代後半、女性らしい柔和な顔立ちをした枢機卿が同意する。二人は以前からバッカスと交流があった。

「エドワードの大馬鹿者め。大切なことは何ひとつ報告していないではないか。しかも他国の冒険者にケガをさせるなど……」

ソフィアは忌々しそうに吐き捨てた。

「しかも真祖の怒りを買うなど愚の極みだ。国陥としの吸血姫の言い伝えを知らぬわけでもあるまいに」

「へたするとデュゼンバーグが地図から消えちゃうかもですね」

いたずらっぽい笑顔を浮かべる枢機卿。教皇と幼馴染でもある彼女は意外とお茶目な一面があった。

「笑い事じゃないわよジル。とりあえず、あの馬鹿が聖女様のことを言いふらさないよう監視して。このことはひとまず秘匿するわ」

フランクな口調で指示を出すソフィア。

「分かりました。バッカスを通して真祖と交渉することも考えないとですね」

教皇と枢機卿は二人してため息をついた。

「クソ！　なぜ教皇猊下と枢機卿は聖女様を迎えに行こうとしないのだ！」

聖女のことに関しては箝口令が敷かれ、教会として表立った行動を起こすことはなかった。聖女を最初に発見したエドワードはそれに強烈な不満を抱いていたのだ。

「たとえ真祖であろうと、全聖騎士と国軍を動かせば何とでもなるであろうに！」

この愚かな男はいまだにアンジェリカの力を見極められていなかった。こうなったら私一人で聖女様を……。そうすれば猊下も私を認めてくれるだろう。聖騎士団団長を任せられるのも夢ではないかもしれない。愚かなエドワードはアンジェリカに脅されたことなどすっかり忘れていた。

「よし。そうと決まればさっそく行動だ」

パールの一件から数日が経ち、リンドルの冒険者ギルドは落ち着きを取り戻していた。

「うーん。難易度低すぎるか高すぎる依頼しかないなぁ」

依頼が貼られたボードを、パールは背伸びしながら確認して小さくため息をついた。

「そうだね。今日は休業かな」

依頼のひとつひとつに目を通しながらキラが返事をする。めぼしい依頼がなかったので、ケトナーとフェンダーはその足で酒場へ向かった。二人ともお酒ばっか飲んで大丈夫なの？　とパールは少し心配になる。ママが迎えに来るまで時間があるし、甘いもの食べに行こうよとキラを誘うと賛成してくれた。もちろんいつものカフェだ。甘いもの食べると幸せな気持ちになるよねー、と二人はガールズトークを交わしつつギルドをあとにした。

冒険者ギルドの目と鼻の先にある路地裏。そこにローブを着た複数の男が集まっていた。教会聖騎士のエドワードたちである。彼らは聖女が一人きりになったときを狙ってさらおうと昨日から機会を狙っていたのだ。昨日は屈強な冒険者が二人一緒だったので諦めた。今日こそはとギルドのほうを窺っていると、聖女が女性冒険者を伴って出てきた。こちらには六人いる。この人数ならきっと……。それに今日は魔力封じの魔道具も持参している。聖女の魔力も抑えられるはずだ。エドワードは静かに仲間へ合図を出し、その場から飛び出そうとした。のだが――。

「ごきげんよう」

不意に声をかけられ全員が驚いて振り向くと、そこには美しいメイドが不自然なほどの笑顔を浮かべて立っていた。惨劇の始まりである。

第三十話　教皇の受難

聖デュゼンバーグ王国の教会本部、教皇の間。エルミア教の教皇であるソフィアと枢機卿のジルコニアは、目の前の状況に恐怖と絶望感を抱かずにいられなかった。彼女たちの目の前には五つの遺体が無造作に転がされ、両腕を切断されたエドワードが正座させられている。

教会本部に狼藉者が出現したと枢機卿から報告があったのはつい先ほどのこと。一年に数回はこのようなことがある。いつものように聖騎士たちが問題なく対処するだろうとソフィアは考えていた。ところが、報告からわずか数分後。教皇の間へ一人の女性が現れた。肩まである綺麗な茶髪と大きな胸が印象的な、若く美しい顔立ちをしたメイドだ。白いメイド服にはいくつもの返り血を浴びており、彼女が報告にあった狼藉者だとソフィアは直感した。

状況から考えるに聖騎士たちでは対処しきれなかったのであろう。つまり、目の前にいるのは人ならざる者だ。ジルコニアがソフィアを庇うように前へ出る。いったいこのメイドの目的は何なのか、そう考えていたところ彼女が口を開いた。

「ごきげんよう。教皇猊下と枢機卿で間違いないかしら?」

メイドはにっこりと微笑みながら質問してきた。

「……ええ。あなたは何者なのかしら?」

恐怖を押し殺し何とか言葉を絞り出す。

「これは失礼。私は真祖アンジェリカ・ブラド・クインシー様の忠実な眷属でメイド、アリア・バートンと申します」

ソフィアたちが驚愕したのは言うまでもない。

「アンジェリカ様から届け物を承っております。そのうえで、そちらの真意を知りたいとのことです」

ソフィアとジルコニアはワケが分からず顔を見合わせた。すると、メイドは何もない空間に手を入れ何かを取り出した。おそらくアイテムボックスだろう。アリアは何かを取り出すと二人の前にそれを投げ捨てた。ソフィアとジルコニアの顔が恐怖と驚愕に染まる。それは五つの遺体だった。それと……。

「ああ。一番肝心なものを忘れてました」

メイドはアイテムボックスからもう一つ何かを取り出す。それは男だった。また遺体かと思ったが、意識があるようだ。だが、両腕を切断されている。その男の顔を見て、ソフィアとジルコニアは目眩を起こしそうになった。男はつい先日この場所で言葉を交わした教会聖騎士、エドワードに間違いなかった。メイドは空間から引きずり出したエドワードを乱暴に正座させた。

「うぅ……猊下……」

すがるような目を教皇に向けるエドワード。きっとこの馬鹿が何かしでかしたのだ。ソフィアはすぐにでも目の前の男を絞め殺したい衝動に駆られた。

「この六人は先日、アンジェリカ様のご息女を強引に連れ去ろうとしました。それだけでは飽き足らず、今日も徒党を組んでご息女をさらおうとしていたのです」

ソフィアは卒倒しそうになった。馬鹿だとは思っていたが、まさかそのような行動に出ようとは。明らかに真祖に対する敵対行為だ。

「アンジェリカ様から伝言です。先日警告したにもかかわらず此度の行動、これはデュゼンバーグもしくは教会の意思なのか。そうであれば早急に行動を起こしデュゼンバーグを更地に変える、とのことです」

メイドの言葉に心臓が激しく脈打つ一方、ソフィアはわずかながらの希望を見出した。そもそも、いきなり攻撃をせず使いをよこすということは、交渉の余地があると考えられる。ソフィアは大きく息を吸い込み深呼吸するとその場に平伏した。

「私がエルミア教の教皇、ソフィア・ラインハルトです。此度の件、まことに申し訳ございませんでした。我々に真祖様へ敵対する意思はまったくありません。すべて、彼らが独断でしたことです」

自分たちをまったく庇ってくれないことに、驚きと悲しみ、怒りの表情を隠さないエドワード。

「もしよろしければ、私に真祖様へ申し開きをさせていただけませんでしょうか？　与り知らぬことはいえ、教会に属する者が愚かな行為に及んだことも謝罪させていただきたいと思います」

ソフィアは平伏したまま必死の思いで言葉を紡ぐ。ここで対応を誤ると、教会どころか国がなくなってしまうかもしれないのだ。

「なるほど、いいでしょう。では、明日あなたをアンジェリカ様のもとへ案内します。同じ時間に迎えにくるので準備しておいてください」

そう言い残すとメイドは教皇の間から姿を消した。


「何とか首の皮一枚つながった……」

少しばかり安堵したソフィアは立ち上がろうとするが、恐怖と緊張のあまり力が入らない。ジルコニアに手を借りて立ち上がると、正座したままのエドワードへ怒気を込めた視線を送る。

「げ、猊下……私はこの国と教会、ひいては猊下のことを考えて……」

「黙れっ！　貴様の軽率な行動がこの国と人々を滅亡の危機にさらしたことが理解できぬのか!!」

「ひっ……！」

ソフィアから怒りの感情をぶつけられ、恐怖に顔を引きつらせるエドワード。

「ジルコニア。町の衛兵に使いを出してちょうだい。牢屋にぶち込んでもらうわ」

怒りのあまり言葉遣いが荒くなる。しばらくして衛兵が教会に到着し、エドワードは身柄を拘束された。

「くそっ!!　なぜこうなる！　なぜだ！」

衛兵に連行されながら、エドワードは呪詛のように言葉を吐き続けた。聖女をさらおうと一緒にリンドルへ赴いた仲間はすべて殺され、自身も両腕を失った。それもこれも、真祖とあのメイドのせいだ。あのとき――。

聖女をさらおうと路地裏から飛び出そうとしたとき、背後から美しいメイドに声をかけられた。メイドは訝しむエドワードたちに音もなく近づくと、一瞬で五人を殺害した。一人は胸に風穴を開けられ、またある者は首の骨を折られ、こめかみから脳に指を刺された者もいた。エドワードは剣を抜き反撃を試みたが、まったく手も足も出ず手刀で両腕を切断された。その場で殺されなかったのは、エドワードが集団の取りまとめ役に見えたためであろう。激痛に悶えるエドワードに、メイドは死なない程度の回復魔法をかけるとアイテムボックスのなかに閉じ込めた。

わずかな時間がすぎたあと、エドワードはアイテムボックスから引きずり出された。そこは先ほどとはまったく別の場所で、彼の目の前には真祖がいた。

「お嬢様。ギルド周辺に配備していた下級吸血鬼から、ギルドを窺う怪しい者たちがいると報告を受けました。とりあえずこの者は取りまとめ役のようでしたので生かしたまま捕えたのですが、どうしましょう？」

つまり、私たちの動きは監視されていたということか。

「あら。あなた先日ギルドで会ったわね。あれだけ警告したのにまたパールを連れて行こうとするなんて、デュゼンバーグは私と戦争でもしたいのかしら」

アンジェリカはため息をつきながら、呆れたような視線をエドワードに向けた。

「アリア。あなたこいつを連れてデュゼンバーグの教会へ行ってくれる？　こいつらの独断なのか、それとも国や教会が関わっているのか知りたいわ」

私はパールのお迎えがあるからお願いね、と真祖が口にするとメイドは再びエドワードをアイテムボックスに閉じ込めた。あとは知っての通りだ。エドワードは教皇の怒りを買い教会からも見放された。いや、見放されずともこの腕ではもう聖騎士としては生きていけない。そう、真祖に明確な敵対の意思を向けたエドワードは、生きたまま完全に殺されてしまったのだ。

――アンジェリカの屋敷――

「んー。やっぱりあのお店のケーキは最高ね」

パールが買っておいてくれたケーキを口に運びご満悦のアンジェリカ。アンジェリカが冒険者ギルドへパールを迎えに行くと、お土産を携えたパールがキラと一緒に待っていた。どうやら今日はめぼしい依頼がなかったらしい。

「あれ？　そういえばアリアお姉ちゃんは？」

かわいらしくコクリと首を傾げるパール。やだかわいい。

「フフ。アリアはちょっと私のお使いで贈り物を届けに行っているわ」

さて。教皇は喜んでくれたかしら？　アンジェリカは楽しそうにしつつ、再びフォークでケーキを口に運んだ。

第三十一話　真祖への謁見

かつて世界の半分を支配したと言われる真祖の一族。圧倒的な戦闘力と高い知性を有し、吸血鬼の頂点として君臨し続けた恐怖の対象である。そのなかでも真祖一族の姫はおとぎ話として長く語り続けられてきた。

単独でいくつもの国を滅ぼした「国陥としの吸血姫」。

敵対する魔族の国を攻めて支配下に置いた、無礼な態度をとった人間の国を魔法一つで更地に変えた、降伏を申し出た国を笑いながら焼き払ったなど、伝説は数えきれない。エルミア教の教皇であるソフィアも、幼いころから国陥としの吸血姫のおとぎ話を何度も聞きながら育った。何者も歯牙にかけない絶対的な強さと誰もが膝を屈する覇気を併せもった動く災厄。そんな神話級の存在と彼女は今、オシャレなウッドデッキのテラスで一緒に紅茶を飲んでいる。なぜこうなった。

「甘いものは嫌い？　そのケーキ美味しいわよ」

アンジェリカは向かいに座るソフィアへケーキを薦める。自身もお気に入りのケーキである。二人がいるのはアンジェリカの屋敷にあるテラスだ。アリアに転移で連れてこられたばかりのとき、彼女は緊張なのか顔色が悪く目はうつろ、呼吸もやや乱れていた。何となく見てられないと思ったアンジェリカが、テラスでのティータイムを提案したのである。

「あ、甘いもの好きです。いただきますです」

まだ言葉遣いがおかしい。そんなに緊張しなくても。アリアから教皇が若い女性とは聞いていたが、思った以上に若くてかわいいお嬢ちゃんだったことにアンジェリカは少し驚いていた。白く美しい髪が太陽の光によってより魅力的に煌めいている。ケーキと紅茶を交互に味わい、彼女の緊張もややほぐれたように見えた。

「アリアからすでに聞いているわ。パールを連れ去ろうとしたのは彼らの独断だったらしいわね」

アンジェリカが本題を切り出すと、緊張がほぐれかけていたソフィアの顔色が再び青くなる。

「そ、そうです！　その節はまことに申し訳ございませんでした！　主犯の男は親のコネで聖騎士団の副団長に納まったような男で常に功を急ぐような男でした。ただ我々の与り知らぬこととはいえ教会に属していた男が真祖様とご息女様に迷惑をかけたことには違いありません。どのようにすればお許しいただけるのか分かりませんがどうか寛大なご処分を……!!」

一気に早口でまくし立てるように伝えると、ソフィアは椅子に座ったままアンジェリカに深く頭を下げた。

「そう。教会や国があの子をさらうよう指示したわけじゃないのね？」

「はい、それは間違いなく！　私たちに真祖様に敵対するような意思はいっさいありません！」

若干涙目になって訴えるソフィアが少しかわいそうに感じるアンジェリカ。まあ組織が大きくなれば下の者の行動に目が届かなくなるのは分かるけど。

「それでですね……真祖様に私の誠意を分かっていただきたくて、こちらを用意してきました」

ソフィアは持参した紙袋から一つのガラス瓶を取り出した。水なら一リットルは入りそうだ。なかには茶色っぽい液体が入っている。アンジェリカはその色に見覚えがあった。猛烈に嫌な予感がする。

「ねえソフィア。もしかしてそれ……」

「はい。私の血です。どうかお納めください!!」

やっぱりか。

「その分量を一度に抜いたの？」

「はい。瓶がいっぱいになるころには意識が朦朧としていました」

当たり前だ。吸血鬼だってそこまで血吸うことないわよ。いや、この子本当に教皇なの？　何かぶっ飛びすぎじゃない？　ちょっと怖いんだけど。

最強の真祖に怖いと思わせるエルミア教の教皇、大物である。

「悪いんだけど、血なんてもらっても使い道ないわよ」

「へ？」

間抜けな声を出すソフィア。

「一般的な吸血鬼はともかく、真祖は血なんて飲まなくても問題ないのよ」

「そ、そうなのですか……？」

ソフィアにとってこの情報は衝撃的だったようだ。

「まあ……せっかく持参してくれたんだし、下僕たちにあげようかしらね」

「つ、使い道があるのならよかったです」

そもそもアンジェリカは血など好きではない。そのため、よっぽどのことがない限り吸血もしないのだ。

「聖女のことはもういいの？」

「ええ……そうですね……」

「……？　何かあるの？」

ソフィアは少し目を伏せたあと、デュゼンバーグの現状について静かに語り始めた。


――ランドール国境近くの峡谷――

ソフィアがアンジェリカの屋敷へ訪れる約二時間前。

「キラ！　そっち行ったぞ！」

「任せて！　パールちゃん、援護するからとどめはお願い！」

「分かったー！」

パールたちのパーティーは、ギルドの依頼で国境近くの峡谷へ魔物退治に来ていた。最近、この近くにワイバーンの群れが棲みついたらしい。相当危険な依頼ではあったが、このメンバーなら何とかなるだろうということで足を運んだのである。

「『炎矢《ファイアアロー》』×五！」

キラが放った炎矢がワイバーンを強襲する。だが、ワイバーンの表皮は硬度が高いうえに魔法への耐性もあるため、ダメージを与えるのは容易ではない。

「いっくよー！　『展開《デプロイ》！』」

パールは魔導砲の準備に入る。いつもは自身の背後に魔法陣を展開させるが、今回は違う。宙に静止するワイバーンに向けてパールが両手を伸ばす。すると、ワイバーンを囲むように五つの魔法陣が展開した。

「よし！　『魔導砲《キャノン》！』」

ワイバーンを取り囲む魔法陣から一斉に砲撃が開始される。ただでさえ威力が強いパールの魔導砲を近距離で受け、ワイバーンも無傷とはいかなかったようだ。ダメージを受けたワイバーンが少しずつ高度を下げ始めたとき、ケトナーとフェンダーが得物を振り上げ襲いかかる。

「グギャアアァアアァァッッッ!!」

断末魔の悲鳴をあげてワイバーンは血の海に沈んだ。

「やった！　パールちゃん偉い！」

「ガハハハッ！　やるな嬢ちゃん！」

「油断するな！　もう一匹来るぞ！」

そんなこんなでワイバーンと激戦を続け、最終的には六匹のワイバーンを退治したのであった。

「いやー、大猟だな。素材だけでも相当な稼ぎだぞこれ」

「だね。しばらく遊んで暮らせるわ」

へえー、ワイバーンの素材って高く売れるんだ、なんて思いつつパールはワイバーンの死体をまじまじと眺める。

それにしても、ワイバーンって頑丈なんだなー。魔法もたくさん使ったから疲れたよ。

普通の魔法使いならとっくに魔力切れになるほど、今日のパールは魔法を連発していた。

「パール嬢も今日は疲れただろうから、早くワイバーンを仕舞って帰ろう」

ケトナーの提案にキラとフェンダーが頷き、マジックバッグを用意する。

アイテムボックスの魔道具版だ。

「よし。ギルドへ帰還だ！」


──アンジェリカの屋敷──

「なるほど。そのような理由があったのね」

「はい……もちろんそれだけが理由ではありませんが、聖女様がいれば状況はかなり改善されると考える者は少なくないでしょう」

「そうね……ただ申し訳ないけど、私はあの子には自由に望みのまま生きてほしいと考えているわ」

「そうですよね……」

何となく重い空気が漂い始めた……そのとき――。

「たっだいまーー！」

パールがアリアと一緒に帰ってきた。

「おかえり、パール」

「あれ？　お客さん？」

かわいらしくコテンと首を傾げたパール。

「ええ、この人は……」

アンジェリカが説明を始める前に、ソフィアは椅子から飛び降りウッドデッキの上でパールに平伏した。

「え？　え？　何？」

驚くパール。当然である。

「聖女様！　私はエルミア教の教皇ソフィア・ラインハルトです！　先日は大変ご迷惑をおかけしまして申し訳ありませんでした！」

パールは茫然としつつ、アンジェリカのほうへ視線を向けた。

「聞いての通りよ。この女性はエルミア教の教皇で、先日あなたをさらおうとした聖騎士たちの頂点にいる人よ」

「そ、そうなんだ……。でもどうしてここに？」

「はい！　私の目が行き届かないばかりに聖女様や真祖様へご迷惑をかけてしまいました。本日はそのことを謝罪に来た所存です！」

「ああ……まあ分かりました。私はいいんですけど、あの人たち冒険者さんに酷いことしたんですよ？　そこは反省してほしいです」

パールは少し唇を尖らせて抗議する。

「もちろんです！　あの者どもには重い罰を与えていますので！」

実際には大半の実行犯がアリアによって殺されているのだが。

「ならもういいです。あと、私は聖女かもしれないけどそれ以前にママの娘です。だからママのそばを離れる気はいっさいありません」

「はい……！　それも理解しております」

ソフィアからデュゼンバーグの状況を聞いたアンジェリカは、少し複雑な表情を浮かべる。だが、それはここで考えても仕方がない。

「それはそうとパール。今日はずいぶん疲れているみたいね？　大変な依頼だったの？」

「うん！　ワイバーンの群れを退治しに行ったの！」

「……ワイバーンの群れ？」

アンジェリカの声が少し低くなる。

あ、やば。そういえば、以前ママに「そんな危険な依頼はダメ」って言われてたんだった……。

「パール、あとでゆっくりお話ししましょうか」

その夜、パールは約一時間にわたりアンジェリカからお説教を受ける羽目になった。

そして翌日。なぜかまたソフィアがやってきた。

第三十二話　教皇ソフィア・極度の緊張

美しいメイドが真祖からの贈り物を届けにきた翌日。約束通りの時間に彼女は現れた。真祖へ直接申し開きしたいと訴える私の願いを聞き入れ、迎えに来てくれたのだ。昨夜は緊張のあまり眠れなかった。何せ、あの国陥としの吸血姫に会いにいくのだから当然である。正直体調もあまり良くない。真祖に私の誠意を示すため、贈り物を用意したからだ。

「猊下、本当に一人で行くおつもりですか？」

ジルコニア枢機卿が心配そうな表情を浮かべる。

「ジルも連れて行きたいところだけど、教会のトップが二人一緒にいなくなるのはまずいでしょ」

教会における最高位の意思決定者であるソフィアより、さまざまな実務を取り仕切るジルコニアのほうが遥かに忙しいのだ。そのような存在が教会を留守にするのはまずい。しかも、今のデュゼンバーグは厄介な問題も抱えている。

「大丈夫よ。いきなり殺されたりしないはず……多分」

害をなすつもりならわざわざ会おうなどとしないはずである。真祖の力をもってすれば、国一つくらいわけなく消し去れるのだから。

「じゃあ行ってくるわね」

私は教会内の自室を出て、教皇の間へつながる廊下を歩いていく。

「お待たせしました。アリア様」

昨日も思ったが、何て美しいメイドだろう。それに男なら誰もが振り向かずにはいられないであろう見事な体つきは、同じ女性から見ても魅力を感じる。

「大丈夫ですよ。では参りましょうか」

メイドが白くしなやかな手で私の手を握ると——。

一瞬で周りの景色が変わった。森……のなか？　木々に囲まれた空間に広々とした敷地が広がり、貴族が住むような立派な屋敷が建っている。

「ここはランドールの国境近くに広がる魔の森です」

メイドの説明に思わず頬を引き攣らせる。魔の森と言えば、討伐難易度Aランクの魔物が跋扈する危険地帯だ。メイドに案内してもらい屋敷のなかへ入る。荘厳なドアの向こうには、初老の執事が待っていた。おそらくこの執事も只者ではないのだろう。案内された客間で真祖を待つあいだ、益々気分が悪くなった。この上ない緊張と不安で意識が遠のきそうだ。そのとき、ドアが開き、一人の少女が入ってきた。メイドよりも若い、十六歳くらいに見える女の子だ。

「きれい……」

あまりの美しさに、思わず無意識に言葉が漏れ出る。ハッとして口を押さえた。

「フフ、ありがとう。私がアンジェリカ・ブラド・クインシーよ」

そうであろうとは思ったが、名乗られると尚更実感が湧いた。この美少女が、過去にいくつもの国を滅ぼしてきた国陥としの吸血姫……。想像していたより遥かに幼く、美しく、そして圧倒的な存在感の持ち主だった。

「お、お初にお目にかかります！　エルミア教で教皇を務めています、ソフィア・ラインハルトなのです！」

しまった、緊張のあまり言葉遣いがおかしなことに。あ、何か心臓の動悸が激しくなって呼吸も……。

「今日は天気もいいし外の空気も美味しいわ。せっかくだからテラスでお茶でもいかがかしら？」

密閉された空間で真祖と二人きりになるよりはそのほうが精神的に楽かもしれない。私はその提案をありがたく受け入れた。

真祖は特に高圧的な言動をするでもなく、ごく普通に接してくれた。おとぎ話で伝え聞く恐ろしい感じはしない。まあ、だからこそ怖い気もするのだが。体調不良の原因となった血を献上しようとすると、若干引いていた気がする。吸血鬼の頂点に君臨する真祖が血を飲まないとは驚きだった。あと、アンジェリカ様が本当にご息女を大切に考えていることも伝わってきた。話を聞いて少し感動してしまった。

その聖女様ともお会いできた。とても可愛らしい女の子で、アンジェリカ様のことをとても慕っていたのが印象的だった。まだ小さな女の子なのに、人生勉強のために冒険者として活動しているらしい。アンジェリカ様が魔法の英才教育を施しているとのことで、魔法の腕は相当なものなのだとか。今日ここへ連れてきてもらってよかった。謝罪も受け入れてもらえたし……。もうここへ来ることは多分ないんだろうな。一応、帰り際に屋敷が魔の森のどのあたりにあるのかアリア様に確認したあと、私は転移で教会へ送り届けてもらった。

教会内部にある自室へ戻った私は、アンジェリカ様とすごした時間を思い返していた。同性から見ても息を呑むような美しい顔立ち。印象的な紅い瞳。見た目に反する落ち着きある佇まい。伝説の真祖とすごした夢のような時間を反芻する。ソファーから立ち上がり、本棚から一冊の本を手に取った。真祖について書かれている文献。そこには、紅い瞳の真祖が過去に滅ぼした国の話や、真祖がいかに恐ろしい存在なのかが書かれていた。

「ふふ。いい加減なものね」

実際にお会いしたアンジェリカ様は、恐ろしいどころかとても優しい方だった。これを書いた人物をアンジェリカ様に会わせてやりたいわ。はぁ、でもどうしようかな。この国が今困ったことになっているのは事実。聖女様のお力を借りることはできなくなったけど、何か手は打たなければならない。あ、そうだ！　それなら、アンジェリカ様にお願いすればいいのでは⁉　よし、そうと決まればさっそく明日にでもアンジェリカ様へお願いしに行こう。うん、そうしよう。

第三十三話　重なり合う声

「ねえ。エルミア教の教皇って暇なの？」

二日連続でしかも突然訪問したソフィアにアンジェリカはジト目で辛辣な言葉を投げかける。

「うっ……。決して暇ではないのです。今日はアンジェリカ様に提案というか、聞いてほしいことがありまして……」

しどろもどろになりながら答えるソフィア。驚くべきことに、彼女は魔の森を通ってここまで足を運んでいた。もちろん一人ではない。彼女の隣には白い鎧を着た女性の聖騎士が寄り添っていた。特徴的な耳を見るに、どうやらエルフらしい。

なるほど。あっさり結界を通れたのはそういうことね。他種族との接触を好まないエルフは、里の周りを独自の結界で囲っていると聞く。エルフとのハーフであるキラでも破れたんだもんね。純血のエルフなら通るのは難しくなかっただろう。

「あ、この子は教会聖騎士団の団長を務めているレベッカです。私の護衛もしています」

レベッカと呼ばれた女性は外見だけなら二十代前半に見える。だがエルフは長寿種だ。見た目で年齢は判断できない。その点はアンジェリカも同様だが。

「お初にお目にかかります。真祖であり聖女様の御母堂様、私は聖騎士団団長のレベッカです。どうかお見知りおきを」

凛とした空気を纏うレベッカは、深く腰を折って一礼した。

「先日は、我が騎士団の者が独断で愚かな真似をして大変申し訳ございませんでした」

「その件に関してはソフィアから謝罪も受け取ったしもう気にしていないわ」

アンジェリカがそう気遣うが、レベッカはどこかやりきれないような表情を浮かべている。同じ聖騎士団に属する者の愚かな行為を止められなかったことに、責任を感じているのかもしれない。

「それでソフィア。今日は何の用？」

「あ、はい。昨日アンジェリカ様に我が国の状況はお伝えしたと思います」

ソフィアが真剣なまなざしを向けながら本題を切り出す。

「アンジェリカ様。どうかデュゼンバーグの聖騎士団を鍛えてもらえないでしょうか？」


――リンドルの冒険者ギルド――


「よう。元気か嬢ちゃん」

めぼしい依頼がなかったためギルドのなかでなじみの冒険者たちとお喋りしていたパールに、赤い髪の少年が話しかけてきた。

「はい、元気です！　ダダリオさん、あれから体は何も問題ないですか？」

赤髪の少年ダダリオは、先日ギルドでパールを連れ去ろうとした教会聖騎士に斬りかかられ大ケガを負ったのだ。すぐに癒しの力で回復したとはいえ、パールとしては気になっていた。

「ああ。まったく問題ないよ。聖女様のおかげでな」

いたずらっぽく笑うダダリオに、パールはジト目を向ける。

「その呼び方やめてください。私はただの真祖の娘パールです」

「真祖の娘はただの娘じゃないと思うけどな……」

苦笑いを浮かべるダダリオ。まあたしかにそうかもしれないけど。最近の出来事などをダダリオと話していると、ギルドマスターのギブソンがパールのもとへやってきた。

「パール様。少しご相談したいことがあるのですがお時間よろしいでしょうか？」

「ギルドマスターこんにちは。はい、大丈夫ですよ」

パールは「じゃあまた」とダダリオに伝え、ギルドマスターについて執務室へ向かう。ソファーにちょこんと座ると、受付嬢のお姉さんがお茶を持ってきてくれた。

「ギルドマスターさん、それで相談って何ですか？」

「はい。実は現在、当ギルドの高ランク冒険者の多くが依頼で国外へ出ています。うちにはＳランクのキラやケトナーもいますが、どうしても大幅な戦力の低下は否めません」

へえー。初めて知ったかも。

「このような状況で、討伐難易度Ａランクや S ランクの魔物が現れたら、ギルドとしては対処しきれません」

まあそうだと思う。キラちゃんたちがいつも対応できるとは限らないしね。

「そこで、ギルドとしては既存戦力の強化を図ることにしました」

ふむふむ。

「パール様。あなたはBランクではあるものの実力的にはAランクに匹敵します。キラさんとも互角に戦えることがあるようですし」

「ああ……はい」

どこか気の抜けた返事をしてしまうパール。

「ギルドとして依頼します。冒険者たちの強さを底上げするため、実技講習の講師を受けていただけませんか」

「……はあああああああああっ!!⁉」

ギルド内にパールの声が響き渡り、ホールは一時騒然となった。奇しくも、最強の真祖である母と冒険者で聖女たる娘、母娘そろって指導者の要請を受けたのであった。

「「いったいどういうこと?」」

お互い離れた場所で母娘二人の声が重なったのは言うまでもない。

閑話2　アリア・バートン

あらゆる種族から畏怖される存在、それが真祖である。吸血鬼の頂点に君臨する真祖一族に仕え、いったいどれくらいの時が流れただろうか。

私の名前はアリア・バートン。真祖一族の姫、アンジェリカ様の忠実なる眷属でありメイドだ。

私はもともと、ヘルガ・ブラド・クインシー様付きのメイドだった。真祖一族における皇子の一人であり、アンジェリカ様の兄上だ。お嬢様が幼少のころ、ヘルガ様は執務でよく城を空けていた。

そのため、手が空いた私は頻繁にお嬢様の遊び相手をしていたのだ。やがてお嬢様はすっかり私に懐き、諦めたヘルガ様が私をお嬢様に付けてくれた。

それから私とお嬢様は悠久のときを共に過ごしてきた。お嬢様と一緒に魔族の国を殲滅したり、人間の国を滅ぼしたりもしたものだ。ただ、ここしばらくは私もお嬢様も少し退屈していたような気がする。永遠に繰り返されるかのような日々のなかで、私たちは終わりのない時を生きていた。

ある日、そんな日々が突然終わった。森のなかを散策していたお嬢様が、人間の赤ん坊を拾ってきたのだ。しかも聖女の紋章をもつ者を。お嬢様はかわいいから育てると言ったが、私はあまり乗り気ではなかった。もちろん、お嬢様に逆らう気など毛頭ない。私はただただ人間という脆弱な種族が嫌いだったのだ。でも、お嬢様が拾ってきたその赤ん坊はたしかに愛らしい子だった。寝顔を見ているだけでなぜか幸せな気持ちになり、言葉を話したときは嬉しくて涙が出たものだ。

もちろん苦労はあった。そもそも、私は赤ん坊になど一度も触ったことがないし育てた経験などあるはずもない。お嬢様がいないときは私が世話をしていたけど、当初はおむつを替えるのも苦労したものだ。あと、突然泣き出したときはとにかく困った。抱っこしたまま庭を歩き回ったり、生まれて初めて変顔であやしたりもした。あれ？　私って誇り高き真祖の眷属だよね？　なぜこんなことしているんだろうって何度も思ったわよ。

でも、あるときパールが何かもにょもにょ言葉を話していたから、顔を近づけると「おねえたん」って。お姉ちゃんですよ～、とあやしていたから覚えてくれたみたい。正直、あのときの衝撃は忘れない。あまりにも嬉しくて、お嬢様へ報告に行こうとして滑って転んだのを思い出す。私があまりにもはしゃぐからお嬢様も呆れていたっけ。

お嬢様がパールと名付けた赤ん坊は、私にとってもかけがえのない存在になった。今ではお嬢様と同じくらい大切なかわいい妹と胸を張って言える。

ある日、パールが何者かにさらわれた。しかも、私と外出しているときにだ。私は激しく動揺した。必死になって周辺を捜したが姿は見つからず途方に暮れた。嫌だ。パールを失うなんて考えられない。私は屋敷に転移しお嬢様に事の次第を報告した。あのときのお嬢様の顔と声色は今でも忘れられない。国陥としの吸血姫と呼ばれて久しいが、あのころのお嬢様の姿が鮮明に脳裏へ甦った。

結局、主犯であった国王とその他諸々はお嬢様の怒りを買い消し炭に変えられた。正直なところ、国王とパールをさらった実行犯は私の手で八つ裂きにしてやりたかったが。とりあえず無事に帰ってきてくれたのは安心したし嬉しかった。ここ数百年で一番嬉しかったたし、久しぶりに涙を流した。

最近のパールは冒険者として活動を始めた。いろいろな経験を積ませるためだとお嬢様からは聞かされていたが、正直私は心配で堪らなかった。だから、ときどきお嬢様に内緒でこっそりパールの冒険者活動を観察している。先日、ゴブリンの群れを退治したときも、実はこっそりパールの戦いぶりを覗いていた。お嬢様から直接魔法の指導を受けているため、ゴブリン程度ではパールの相手にはならなかった。ただ、それなりに数が多かったのでそれだけは心配だったけど。

二十数匹のゴブリンを魔法であっさり殲滅したときは思わず拳をぐっと握って喜んだ。頑張ったね、偉いね、強いね、よくやったね、と心で叫びながら、何となく左方に目をやると、何とお嬢様も私と同じく空からパールを見守っていた。幸いお嬢様はパールからまったく目を離さなかったので、その隙に転移して自宅に戻り、何食わぬ顔でお嬢様を出迎えた。あのときは本当に焦ったわ。

ああ。最近はデュゼンバーグの教会にも行ったっけ。パールが聖女と気づいた教会の聖騎士がギルドに押しかけて、パールを強引に連れ去ろうとした。そのときはお嬢様が何とかしたけど、愚かなあいつらはまたパールに手を出そうとした。あの手の馬鹿はきっとまた手を出すと確信していた私は、ギルド周辺に下級吸血鬼を配備しパールを護衛していた。案の定、馬鹿が引っかかったので頭目らしいやつ以外はその場で全員殺してやった。

そのあと、お嬢様の命を受けてデュゼンバーグの教会へ行き、教皇に真意を確かめた。途中、私を止めようと騎士が斬りかかってきたからみんな殺してしまったけど。教皇は思いのほか若くかわいい女の子だった。間違いなくお嬢様好みだ。現に今、お嬢様は謝罪に訪れた教皇をテラスに招いて楽しくお茶を飲んでいる。お嬢様は昔からかわいいものに目がないのだ。

「はい、お姉ちゃんにあげる」

その日、ギルドへ迎えに行った私にパールが手渡したのはワイバーンの鱗だった。

「キレイでしょ？　お姉ちゃんにあげようと思って！　それ一枚でも結構高いらしいよー」

パールからの贈り物なら何でも嬉しいけど、まさか六歳の女の子からワイバーンの鱗を贈られるとは。苦笑いしつつ頭を撫でてあげると嬉しそうにはにかんだ。でも、お嬢様にバレたらきっと怒られるわね。案の定、ワイバーン退治に赴いたことを自らバラしてしまったパールは、その夜長いお説教を受ける羽目になったのであった。強くなっても中身はやっぱり子どもね。お嬢様の怒りが少しでも和らぐよう、私は美味しい紅茶を淹れてお嬢様とパールのもとへ運ぶのであった。

第三十四話　デュゼンバーグが抱える問題

先日、アンジェリカのもとへ訪れた教皇ソフィアは、アンジェリカやパールの意思を尊重すると口にした。だが、口ではそう言いつつも、どこか聖女を諦めきれないような表情を浮かべていたのをアンジェリカは見逃さなかった。その理由をソフィアから聞いたとき、アンジェリカはなるほどと納得した。

——昨日——

「デュゼンバーグは今、獣人族とのあいだに問題を抱えています」

俯き加減のソフィアが口を開く。

「どういうことかしら？」

話によると、デュゼンバーグ国内には獣人族が実効支配する地域があるらしい。デュゼンバーグの人々ともある程度良好な関係を保ってきたが、近年関係が悪化したとのこと。原因は教会聖騎士との諍いだ。聖騎士の一部には人族こそ至上であると考え、獣人を認めない者がいたという。その者たちが獣人と直接的な争いを起こし、関係が大いに悪化したらしい。その結果、まったく関係がない一般人や聖騎士まで獣人から襲われるようになった。しかも、襲撃の規模こそ小さいものの、頻度が多いため日に日に怪我人が増えていくという。

「なるほど。パールがいれば状況が改善すると言っていたのはそういう理由ね」

聖女の力に魔力は関係ない。パールがいれば怪我人が大勢いても治療は容易だろう。

「はい。でもそれだけではありません。聖女の存在は獣人族にとっても大きなものです。我が国が聖女を迎えたとなれば、彼らも矛を収めるだろうと考えていました」

「……話は分かったけど、それほど大きな問題かしら？　獣人族が支配する地域があると言っても、それほど大勢はいないんでしょう？　なら国軍を送りこんで殲滅すれば問題は解決するじゃない」

まるで脳筋の発想である。

「それができれば簡単なのですが、現実的には難しいでしょう」

「なぜ？」

「デュゼンバーグ第二王子に嫁いでいる側室の一人が獣人族なんです」

なるほど。さすがにそれでは難しいか。

「ですから聖女様に怪我人を治療してもらいつつ、穏やかに状況が改善するのを待てば、と考えていたのです」

「でもそれって根本的な解決にはならないわよね。きっとまた同じことは起きるわよ」

「やっぱりそうですよね～……」

と、ここまでが昨日のやり取りである。そして今日、突然やってきたかと思えば聖騎士を鍛えてほしいと意味不明なことを口にするソフィア。

「……いったいどういうことかしら？」

一瞬ぽかんとしてしまったアンジェリカだったが、何とか意識をたぐり寄せる。

「単純な話です。聖騎士が強くなれば襲われても怪我をしなくなりますし、何より獣人たちに認めさせられます」

獣人族は強い者に従う、これは常識だ。たしかに良案かもしれないが。

「それでどうして私が聖騎士を鍛えるなんて話になるのよ」

「それはアンジェリカ様がお強いからです！」

うん。分かりやすい。でも……。

「悪いけど興味ないわ。それに、いきなり真祖がやってきて今からあなたたちを鍛えます、なんて言って聖騎士が素直に従うと思う？」

「そこは私とレベッカが何とかします！　何ならアンジェリカ様が最初にガツンとぶちかましてくれたら、きっと素直になりますよ！」

いや、この子本当に教皇なの？　私騙されてるんじゃないよね？　聖職者とは思えない発言をするソフィアに若干引き気味のアンジェリカ。でも、聖女は渡しません、その母親もいっさい協力しません、というのは何となく外聞が悪いような気もする。それに、最近ただでさえパールからママは出不精だの引きこもりだの言われているし。そして何より私は暇を持て余している。

「……分かったわ。協力しましょう」

聖騎士たちを恐怖に陥れる鬼教官の誕生である。


――リンドル冒険者ギルド――

実技講習の講師をしてほしい。ギルドマスターからそう依頼されたパールは驚きのあまり大絶叫してしまった。あまりの大声に、ホールで雑談していたキラやケトナーが心配して執務室に飛び込んできたほどである。

「いったいどういうことでしょうか？」

キラとケトナーに挟まれるような形で座り直したパールは、一つ深呼吸をしてから質問した。

「私が先ほど話したことがすべてです。戦力の底上げにパール様のお力を貸してほしいのです」

「いや、だからなぜ私なのでしょうか？」

六歳児になんてこと頼むのよ。

「それはパール様がお強いからです！」

うん。分かりやすい。でも……。

「申し訳ないんですけど、お断りします……。私みたいな子どもにそんな大役は難しいと思います。そもそも、冒険者さんたちがこんな子どもの言うこと素直に聞いてくれると思います？」

「そこは私やキラさんたちが何とかします！　何ならパールさんが最初にガツンとぶちかましてくれたら、きっと素直になりますよ！」

やだ脳筋怖い。ギルドマスターとしてその発言はどうなのよ。でも、よく考えたらギルドマスターにはいつもお世話になっている。せっかくこうして依頼してくれてるのに断るのは申し訳ない気も……。それに、最近ただでさえママからパールはもっと経験が必要とか感情と魔力をうまく調整しなさいとかいろいろ言われているし……。

「……分かりました。その話お引き受けします」

冒険者たちの心をへし折る小さな鬼講師の誕生である。

ギルドマスターにもう少し詳しく話を聞くと、どうやらパールがアンジェリカ直伝の不思議な魔法を使えるというのも、講師をしてほしい理由のようだった。新たな体験をさせることで、冒険者たちの対応力を向上させたいらしい。

ギルドマスターさんはいろいろと考えているんだなー。あ。引き受けたもののママは許可してくれるのかな？　帰ってからきちんと説明しなきゃ。

アンジェリカも同じような状況に陥っているなど知る由もないパールであった。

第三十五話　聖騎士レベッカの実力

「猊下、御母堂様。一つ私のお願いを聞いていただけないでしょうか？」

それまで静かに話を聞いていた聖騎士団の団長レベッカが突然口を開いた。アンジェリカとソフィアが顔を見合わせる。

「どうしたの？」

尋ねるソフィアに対しレベッカは神妙な顔を向ける。

「はい。ぜひとも御母堂様とお手合わせしたく」

必要最小限のことしか口にしないあたり、武人らしいと感じるアンジェリカ。

「……本気で言っているの？　レベッカ」

ソフィアの鋭い視線がレベッカを射貫く。わずかにだが怒っているようにも見える。

「はい。おとぎ話で伝わる伝説の国陥とし。武人であればその力量に興味を抱いて当然です」

「控えよレベッカ。アンジェリカ様に無礼であるぞ」

ソフィアが叱責したことよりも、教皇らしい威厳ある言葉遣いをしたことにアンジェリカは驚いてしまう。そういう言葉遣いできるのね。私の前では変な話し方だったしおどおどしてたし意外な一面を見た気分。

「は。申し訳ありませんでした猊下、御母堂様」

「私は別にいいわよ」

指導を任された身として、聖騎士団をまとめる者がどれほどの使い手なのか把握しておきたい。

「ア、アンジェリカ様⁉」

「別に減るものではないしね。それに純血のエルフがどれくらい強いのか興味があるわ」

わずかに口角が上がる。あれ？　私こんなに好戦的だったかしら？

「アンジェリカ様がいいと仰るのなら……よかったわね、レベッカ」

おそらくソフィアも本気で叱ったわけではないのだろう。私に配慮したってことかしら。

「じゃあ庭に行きましょう」

アンジェリカ邸の敷地は広い。パールとキラがのびのびと模擬戦をするくらいの広さはある。まあ森のなかだし。ゴシックドレスを翻して庭へ向かうアンジェリカの後ろを、緊張した面持ちでついていくレベッカ。

「さて。始めましょうか」

アンジェリカとレベッカは五メートルほど距離をとって向き合った。

「御母堂様。よろしくお願いいたします」

そう口にした瞬間、レベッカは風を巻いて一気にアンジェリカとの距離を詰め、横なぎに鋭い斬撃を放つ。

「!!!?」

驚いたのはレベッカである。何せ、アンジェリカは最初に立っていた場所から一歩も動いていない。何の回避行動もしようとしないことを訝しみつつ、高速の斬撃をアンジェリカの小さな体に叩き込んだ。

が――。

レベッカの手には何の手ごたえもない。若いころからともに在り続けた愛剣はアンジェリカの体に当たってはいるものの、そこから先に進まないのだ。

「やるじゃない。結界が二枚も破られたのは三百年ぶりくらいよ」

事も無げに言い放つアンジェリカ。彼女の体は常に五枚の対物理結界で守られている。そのため、たとえ不意打ちであったとしても、一度に五枚の結界を切り裂かなければダメージは与えられない。

「……っ!!」

さすがに予想外すぎたのか、驚愕の表情を浮かべ、すぐさま距離をとるレベッカ。

「レベッカ。エルフなら魔法も得意なのではなくて？　ここでは遠慮しなくていいのよ」

「いいえ。御母堂様は魔法を無効化するとおとぎ話で伝え聞いていますので」

あら。純血エルフの魔法少し見たかったのに。

「そう。なら私も魔法は使わないわ」

対峙するレベッカと見守るソフィア、双方の表情が驚きで固まる。なぜなら、魔法こそ真祖の真骨頂であることを理解しているからだ。そんな二人の驚きを無視し、アンジェリカはアイテムボックスから何かを取り出した。

「特別よ。剣で相手してあげるわ」

彼女が取り出したのは一振りの剣。レベッカの剣に比べてやや細い造りではあるが、尋常な剣でないことは誰の目にも明らかであった。

「これは風切りの剣。かつてドワーフの名工が打ったものよ」

口にするなり、アンジェリカは神速とも言える速さでレベッカに接近した。反応が遅れたレベッカは回避行動に移ろうとするが、その隙を見逃さずアンジェリカは強烈な蹴りを腹に見舞った。

「ぐはっっ!!」

衝撃で転がるレベッカに再び近づき、頭上から斬撃を見舞う。何とか逃れるレベッカだったが、今度は剣の柄で頭を殴られた。なお、アンジェリカが思いっきり攻撃すると即死してしまうので、手加減しているのは言うまでもない。レベッカはそれでも諦めず斬りかかろうとするが、今度は剣を指で挟んで止められ、その隙に剣を喉元に突きつけられた。

あら？　ほとんど剣使わなかったわね……。

「……参りました」

肩で息をしているレベッカに対し、アンジェリカは汗ひとつかいていない。全力で挑んだにもかかわらず、まったく歯が立たなかったことに悔しさを隠せないレベッカ。目には涙も浮かんでいた。

「うん。斬撃の速さも威力も相当なものね。ただ、動きに無駄が多いわ。そこを改善したらもっと強くなれるんじゃないかしら」

結界を二枚も破られるなんて、昔ドラゴンと戦ったとき以来だしね。

「……感謝します、御母堂様。自らの不甲斐なさがよく理解できました。今後、よろしくご指導ください」

レベッカはそう口にすると、深々と腰を折って一礼した。

「凄かったです！　やっぱりアンジェリカ様はお強いのです！」

また変な言葉遣いに戻ったソフィアが駆けよってきて騒ぎ始めた。

「剣を使うのなんて数百年ぶりだから腕が疲れたわよ」

「それであの動き！　さすが真祖ですね！」

「いや、あなた私よりもレベッカを労ってあげなさいよ」

大丈夫かこの教皇。

「あ、そうでした。レベッカも頑張ったわね！」

「は。ありがとうございます。さらに精進します」

まじめか。いや、武人か。

とりあえず模擬戦？　も無事に終わり、今後のことを少し話してからソフィアたちは戻っていった。いきなりアンジェリカが行くと混乱する可能性があるため、事前にいろいろと根回ししておくそうだ。まあ国王に匹敵する権力者だし、何とでもなるんでしょうね。

夕方になって、アリアがキラとパールを伴って屋敷へ戻ってきた。何となく曇った表情のパールに複雑な顔つきのキラ、どや顔のアリアと三者三様である。

「ママただいまー」

「おかえりパール。何かあったの？　もしかしてギルドで苛められたんじゃないでしょうね？」

もしそうなら地獄を見せてやらねばならない。

「違うよー。実はねー」


パールから聞かされた話は驚くべき内容ではあったが、愛娘が認められたような気がして少しうれしく感じたアンジェリカであった。また、アンジェリカが聖騎士の指導をすることになったとパールに話したところ、やはり盛大に驚かれたが。

「じゃあ、私とママ、どっちが生徒を強くできるのか勝負だね」

片方の口角を少し上げて冗談っぽくアンジェリカを挑発するパール。やだかわいい。娘に負けたとあっては立つ瀬がない。こうなったら、聖騎士の連中には死ぬ気で頑張ってもらおう。アンジェリカのやる気がわずかながら上がったことで、聖騎士の命の危険度がより高まったのであった。

第三十六話　目立つ集団

ランドール共和国の首都リンドル。さまざまな建物が整然と立ち並ぶ街の中心部で歩を進める四人の女性。真祖アンジェリカに娘のパール、メイドのアリア、ハーフエルフの冒険者キラである。あまりにも目立つ四人の姿に道行く人々の多くの目が釘づけになってしまった。

今、四人はパールたち御用達のカフェへ向かうところである。パールやキラがときどきお店のお菓子をお土産に買ってきてくれるが、アンジェリカが足を運ぶのは今日が初めてであった。もう少しすると冒険者ギルドの集中実技講習が始まり、教会聖騎士への特訓も始まる。アンジェリカやパールが忙しくなる前に、四人でお茶をしようということでやってきたのだった。

「ママ、あそこだよ！」

パールが指さす先にはレンガ造りのカフェが立っている。そこそこ規模も大きそうだ。

「パール、走っちゃダメよ」

アンジェリカとの初カフェがよほど嬉しいのか、今日のパールはずっとこんな感じだ。こんなに喜んでくれるならもっと早く一緒に来てあげればよかったわね。

「いやー、私もお師匠様と一緒にここに来れて嬉しいですよー」

「私も右に同じくです」

キラとアリアも喜んでくれているらしい。

「フフ。私もみんなと足を運べて嬉しいわ」

これは本音である。アンジェリカは外出も誰かと出かけることにも拒否感はない。ただ、人間からジロジロと不躾な視線を向けられるのが嫌なだけだ。そのせいで外出が少なくなり、パールからは出不精や引きこもりと言われる羽目になったのだが。

カフェのドアを開き店内に入る。清掃が行き届いた店内は白を基調としたインテリアでまとめられ清潔感があった。入り口近くからはよく見えないが、壁にはいくつか絵画も飾られている。この店は入店して好きな席へ座ると、店員が注文をとりにくる形式らしい。パールがお気に入りだというテラス席へ案内してもらう。

店内を少し進んだところで、何やら騒ぎが起きていることに気づく。女性客が店員に苦情を伝えているようだ。一人の男性店員が複数の女性に囲まれあたふたとしている。女性たちの姿を見るに、どうやら貴族くずれの子女らしい。ランドールが共和国になったことで貴族制度が廃止され、貴族の子女たちも平民になった。だが、かつての栄華を忘れられないのか、平民となった今でも豪奢なドレスを身に纏う者が多いこと多いこと。それ自体も、店員に苦情を訴えるのも問題ないが、道をふさぐのはいただけない。彼女たちが通路をふさいでいるせいで、アンジェリカたちはテラス席にたどり着けないのだ。

「まったく！　どうなっているのよ！」

「そうよ！　事前に聞いていた値段と違うじゃない！」

「もう二度と来ないわよ!?　困るなら安くしなさいよ！」

貴族くずれにしては言うことがみみっちい。いや、貴族くずれだからこそか。キャンキャンと犬のように姦しい女性たちに若干イライラが募るアンジェリカ一行。そのまま女性たちに近づくと……。

「邪魔よ。道をあけなさい」

アンジェリカの言葉に「はぁ!?」と怒りに満ちた目を向ける女性たちだったが――。

そこで彼女たちが見たものは、美人で巨乳なメイドとハーフエルフ、大人になればきっと美女になるであろう少女、ゴシックドレスを纏った紅い瞳が印象的な超絶美少女の四人であった。

「…………」

何もかも敵わないと悟った女性たちは途端におとなしくなり、そそくさと道を空け始める。アンジェリカの恰好や言葉遣いから、やんごとなき人物と勘違いしたのかもしれない。実際にはやんごとなき人物どころではないのだが。

「さ、行きましょ」

アンジェリカが何事もなかったかのように口にすると、パールが急いでテラス席へ案内し始める。さあ。パールと初めて母娘でカフェ。楽しむわよ。変な気合を入れるアンジェリカであった。


――リンドル・冒険者ギルド――

「はあ⁉　Bランク冒険者、しかも六歳のガキが実技講習の講師だと⁉」

ギルド内に野太い声が響き渡る。声の主はサドウスキー。二十一歳と若くして数々の魔物を討伐してきた実績があるAランク冒険者である。

「ええ。そうですよ」

今にも噛みつきそうな目で睨みつけてくるサドウスキーと向き合って座るギルドマスター、ギブソンは静かに口を開いた。

「ふざけるな！　こっちは凄腕の冒険者から指導が受けられるからと依頼をさっさと終わらせて帰ってきたんだぞ‼」

二メートル弱の身長に体重百キロ近い体躯のサドウスキーが、凄みのある声で怒鳴る。

「凄腕なのは間違いありません。実際、副ギルドマスターのシェクターは登録前の試験であっさり負けていますよ」

「……それは本当か？」

「ええ。それに、今はキラにケトナー、フェンダーのSランカー三人とパーティーを組んでいます」

驚きに目を剥くサドウスキー。

「……悪いが信じられねぇ。それほど強い小娘ならなぜBランカーなんだ？」

「単純に討伐実績が足らずに昇格試験を受けられないからですよ」

「…………」

「パールさ……彼女が強いのは私はもちろん、キラたちSランカーも認めています」

サドウスキーとて一流の冒険者である。Sランカーがどのような存在なのかはよく理解しているつもりだ。SランクとAランクのあいだには越えられない壁がある。ある意味、人外とも言える存在だ。そんな奴らがその小娘を認めてるってのかよ……。

「彼女の魔力と魔法技術は相当なものです。何せ、あの国陥としの吸血姫から直々に指導を受けているのですから」

「はぁああ！！？」

「あ、言っていませんでしたね。彼女は真祖の愛娘です。講習の際にはくれぐれも言動に気をつけてくださいね」

「……やっぱり納得できねぇ。結局親の七光りじゃねぇのか？」

サドウスキーにもAランカーの矜持がある。実力もよく分からない小娘に指導してもらうなど納得いくはずがない。ふざけやがって……俺だけはぜってぇに認めねぇぞ……。実力もないうえに鼻持ちならない小娘なら、講習のどさくさに紛れて痛めつけてやるからな。まだ会ったこともないパールに憎悪を抱き物騒なことを考えるAランク冒険者。

この男こそ、のちにパールへ絶対の服従を誓い、生涯の下僕として命を懸け続けた「忠剣サドウスキー」その人であった。

「……ンッ！」

「どうしたの、パール？」

何か寒気のようなものを感じて体をブルリと震わせるパール。

「ん、何でもない。と思う……」

「まさか風邪じゃないよね？　甘いもの食べて力つけなきゃ」

ママ、甘いもの食べても風邪は撃退できないと思うよ。口のなかに広がる幸せな甘みを感じつつも、実技講習は何かと大変なことになりそうだな〜……と小さな不安を胸に抱くパールであった。

第三十七話　過激な挨拶

エルミア教の教会聖騎士団は教会の盾であり剣でもある。教会が敵と認定した種族の討伐だけでなく、被害を受けている人々の救済、信徒を守るための戦いなどさまざまな義務を負うのが聖騎士だ。聖デュゼンバーグ王国の教会本部に在籍する聖騎士は全二百名。教会の裏手にある広々とした訓練場で日々厳しい訓練を受けている。

魔物にも果敢に戦いを挑む彼らだが、今だけは緊張を隠しきれなかった。訓練場に集められた彼らの視線の先にある演壇には、教皇に次ぐ権力を有する枢機卿とゴシックドレスを纏う美少女が立っている。すでに彼らは知っていた。本日付けで戦闘の指導教官が来ることを。そして、それがおとぎ話で伝わる真祖、国陥としの吸血姫であることを。

「静粛に」

枢機卿が声を発すると、わずかに起きていたざわめきがぴたりと止んだ。

「すでに聞き及んでいると思いますが、あなた方に戦闘訓練を実施すべく、教皇猊下の嘆願によりこちらの方が足を運んでくださいました」

再び起きるざわめき。

「今日から一週間、あなたたちにはこの方に従って戦闘訓練に励んでもらいます。もちろん拒否権はありません。ではアンジェリカ様、お願いします」

少し後ろへ下がった枢機卿と入れ替わりにアンジェリカが前へ出る。爛々と輝く紅い瞳と美しい黒髪、遠くからでも美少女とわかる顔立ちに聖騎士たちが思わず息を呑んだ。

「私はアンジェリカ・ブラド・クインシー、真祖だ。此度、教皇の依頼により諸君らに戦闘指導を行いにきた。厳しい訓練にはなると思うが、教皇と騎士団長からは諸君らに人死にが出ても気にしなくてよいとの言質をとっている」

アンジェリカのとんでもない言葉にひと際ざわめきが大きくなった。

「はっきり言わせてもらうが、私にとって諸君らはその辺にいる虫と大差ない。少しでも私を不快にさせる言動をとれば即座に踏み潰させてもらう。だが、私の言うことを聞き、死ぬ気で訓練に臨むのなら、せめて獣人などよりは強くなれることを約束しよう」

聖騎士たちのあいだに戸惑いや不安、恐怖、怒りなどさまざまな感情が渦巻く。なかにはアンジェリカに対し憎々しげな視線を送る者もいる。

「ではさっそく訓練を始めよう。くれぐれも初日で死ぬことがないよう励むがよい」

十六歳くらいにしか見えない小娘に好き放題言われ、さすがに憤りを隠せない聖騎士も少なくないようだ。演壇から降りたアンジェリカを、さっそく数人の聖騎士が取り囲む。

「何をしているのですか！　あなた方は!!」

ジルコニア枢機卿がまなじりを決して怒声を飛ばす。彼女にとっても予想外の行動だったようだ。

「ジルコニア枢機卿！　なぜこのような小娘に我々誇りある聖騎士が指導を受けなくてはならないのですか!?　聖騎士を虫と同列に語るような者に、何も教わることはありません！」

「そうです！　真祖といえどたかが吸血鬼であり人以外の種族です！　そのような者が神聖な教会に足を踏み入れるなど！」

いやいや、あなたたちの団長エルフだよね。人族以外の種族だよね、などという突っ込みはするまい。なるほど。ソフィアが言っていた人族至上主義の聖騎士とはこいつらのようね。激しくアンジェリカを糾弾しているのは三人の聖騎士。取り囲んでいるほかの連中はおそらく何となく流れにのってしまっただけなのだろう。

やれやれ。何がしっかり根回ししておくだ、ソフィアめ。アンジェリカはその場を一歩も動くことなく、底冷えするような殺気を放った。またたく間に取り囲んでいた聖騎士たちが地面に崩れ落ちる。

「私は先ほど言ったはずだ。不快にさせたら即座に踏み潰すと。訓練を始める前にもう死にたいのか？」

アンジェリカから殺気交じりの視線を向けられ、糾弾していた聖騎士たちは何も言えなくなってしまった。涙を流しながらガタガタと震え、言葉も出ないようだ。

「今回だけは特別だ。訓練を始める前に殺したとなるとソフィアにも少々悪い気がするからな。ただ、次はないから覚えておくように」

最初が肝心と言わんばかりに底の知れぬ恐怖を植え付けられた聖騎士たちは、面白いくらいに何度も首を上下に振った。困ったものだ、と思いつつ視線を巡らせるとジルコニア枢機卿も腰を抜かして地面にへたりこんでいた。

「今日は初日だからほんの挨拶程度の訓練だ。諸君ら全員で私にかかってこい」

その場にいた聖騎士全員が驚きの表情を見せたかと思うと、すぐに怒りの表情に変化した。聖騎士団を馬鹿にされたと感じたのだろう。アンジェリカはアイテムボックスから木剣を取り出す。

「私はこの木剣を使う。本気で振ったら簡単に死んでしまうから手加減はしてやる。ああ、諸君らは私を殺す気でかかってくるように。でないと死にはせずとも大怪我するぞ」

聖騎士たちの顔がみるみる憤怒に染まる。一人の聖騎士が自らを奮い立たせるように大きな掛け声を出すと、それに合わせたかのように聖騎士たちが一斉にアンジェリカへ襲いかかってきた。

「それじゃあ、行こうか」

　――五分後――

訓練場には死屍累々の光景が広がっていた。見た目はただの小娘に好き放題言われ怒り心頭に発していた聖騎士は、文字通り殺すつもりでアンジェリカに攻撃を仕掛けたが、当然のごとくまったく相手にならなかった。次々と襲いかかる聖騎士の剣を神速で躱したかと思うと、一人一人の頭や喉、脇腹などへ的確に強烈な斬撃を放っていく。その様子を見ていたジルコニア枢機卿も、さすがに言葉が出ないようである。ぽかんと口を開けたまま訓練場に広がる非日常な光景を眺めていた。

なお、アンジェリカは息ひとつ切らしていない。倒された聖騎士たちは、いまだ立ち上がることができず呻き声をあげながら地を舐めていた。

「情けない連中だな。それでも教会の盾であり剣である聖騎士なのか。そんなざまだから獣人族などにしてやられるのだ」

それでも聖騎士たちは立ち上がれない。もはやアンジェリカに暴言を吐かれても怒る気力と体力がないようだ。

「……とりあえず全員今すぐ立て」

やや低い声で言葉を発すると、のろのろと聖騎士たちが立ち上がり始めた。

「あと十秒以内に立ち上がらなければ魔法を放って貴様ら全員消し炭にしてやるぞ」

さすがにその言葉には焦ったのか、慌てて立ち上がり始める聖騎士たち。アンジェリカは壇上から視線を巡らせ、全員が整列したことを確認する。

「先ほどの模擬戦で貴様らがいかに弱いかよく分かっただろう。いいか、貴様らは弱い。私がわずかでも本気を出していれば、今ごろ貴様ら全員仲良く天に召されている」

散々な目に遭ったうえに追い打ちをかけるがごとく、アンジェリカの辛辣な言葉が続く。

「弱い貴様らが強くなるには死ぬ気で自分の限界を超えるしかない。一週間と短い期間だが、私がその手助けをしてやる。強くなりたいのなら死ぬ気で励め」

聖騎士たちの表情は変わっていた。疲労困憊ではあるものの、怒りや憎しみの感情はほとんど感じとれない。真祖の尋常ではない力の一端を垣間見たことで、アンジェリカへの印象も変化したようだ。

「……ん？　返事がないな。今すぐ死にたいのか？」

アンジェリカが不自然なほどにっこりと笑みを浮かべると、総勢二百名の聖騎士たちは大きな声で返事をし、そして──。

「「「よろしくお願いいたします！　アンジェリカ様！」」」

聖騎士たちは一斉にその場へ跪き頭を垂れた。

「フフ。励むように」

魅力的な笑顔で聖騎士たちに伝えると、アンジェリカは踵を返して演壇を降りた。ああ、慣れない喋り方をしたのと剣の使いすぎで疲れたわ……早く帰ってパール成分を補給しなきゃ……。聖騎士たちから尊敬のまなざしを向けられているとは気づかず、アンジェリカはそんなことを考えるのであった。

第三十八話　小さな鬼講師

かつてのジルジャン王や王侯貴族は、真祖アンジェリカの苛烈な怒りを買い、塵と化した。高位魔法により王城は壊滅し、広大な敷地も併せて今は再開発の真っ只中である。この日、パールは王城跡地にいた。冒険者ギルドが主催する実技講習の講師を務めるためだ。リンドルの冒険者ギルドにも訓練場はある。ただ、それほど多くの人数を収容できる広さはないため、王城跡地に白羽の矢が立った。現在、この場所は国の管理下にあるが、ギルドマスターが話をつけ使用許可を取りつけたようだ。

「あーー。緊張するなぁ……」

実技講習の講師などという大役を任されたパールは、朝から落ち着かなかった。

「大丈夫だよパールちゃん。私がサポートするからさ」

真祖の娘で多彩な魔法の使い手とはいえ、パールはまだ六歳児である。ギルドマスターもそのあたりは考えており、補助役としてキラをつけてくれたのだった。

「うん。ありがとうキラちゃん。てゆーかさ、指導もキラちゃんたちがやればよかったんじゃないの？」

ちょっぴり唇を尖らせたパールは、上目遣いでキラに小さな抗議をする。

「パールちゃんは私に使えない魔法も使えるし、何より冒険者たちに刺激を与えられると思うんだよね」

むむ？　どういうことかな？

「最近はちょっと調子にのった冒険者も多いから。小さくてかわいい女の子に強さを見せつけられたらいい薬にもなるだろうし、刺激にもなるしね」

なるほど。ギルドマスターさん策士だな。今日集まった冒険者は約三十名。ギルドは通常運営なので、依頼がある人は別日に参加する。緊張するし不安だけど、任されたからには頑張ろう。今ごろママも頑張ってるだろうしね！

両手を胸の前でぎゅっと握り、パールは集まった冒険者たちに目を向けた。

「皆さんこんにちは！　私の名前はパール、Bランクの冒険者です。今日から数日、皆さんに魔法の使い方とか防御とかについて指導することになりました。よろしくお願いします！」

六歳児とは思えないしっかりとした口調で言葉を発するパールに、ほとんどの冒険者は温かい目を向けた。さすが冒険者ギルドのアイドルである。

「ひとまずは魔法を中心に戦う人と、それ以外の人たちに分かれて講習を進めようかなって思います。それでは皆さ――――」

「ちょっと待てよ!!」

パールの言葉を遮るように、巨躯の冒険者が声をあげる。

「俺はサドウスキー、Aランク冒険者だ。ギルドマスターに言われてこの講習に参加するんだが、そもそも小娘。てめぇはここにいる冒険者たちに指導できるほど強ぇのか？　あ？」

ややや憎々しげな感情交じりの鋭い視線をパールに向けるサドウスキー。うん、そりゃそういう人も出てくるよね。というよりこれが普通の反応だと思う。こういうときママならどうするのかな。いきなり魔法とか撃ち込むのかな？　アンジェリカからツッコミが入りそうなことを考えつつ、どうしようかなと考えていると……。

「サドウスキー。パールは私たちSランカーが認める強さをもっている。それでは納得できないのか？」

おお。キラちゃん助かる。いつもよりも頼れるお姉さんっぽいよ！

パールとなじみの冒険者たちからも声があがった。

「てめぇ！　お嬢のことが信じらんねぇってのか！」

「おうよ！　お嬢は凄いんだぞ！」

冒険者たちが剣呑な空気を纏い始めるが、サドウスキーの表情に大きな変化はない。

「うるせぇよ三下どもが！　俺は自分の目で見たものしか信じねぇ！」

この日の参加者にはパールのことを知らない者もいるため、サドウスキーの言葉に同意している者も何人かいた。うーん、どうしたものか。

「そうか、サドウスキー。お前の考えはよく分かった」

お、キラちゃん何かいい案を思いついたのかな？　さすがだね。

「では講習を始める前に模擬戦をしよう。お前たち全員でパールにかかってこい。パールが勝ったら彼女に敬意をもって接し、大人しく講習にも参加してもらう」

ちょおおおおおい!!　何てこと言い出すのよキラちゃん！　相手はゴブリンじゃないんだよ!?

「……舐めてんのか？　キラさんよ。いくら俺でもこんな小娘を袋叩きなんて真似は趣味じゃねぇ」

見た目の厳つさに似合わず良識的な大人だ。

「心配しなくていい。おそらくお前たちじゃパールに触ることすらできないからな」

サドウスキーは一瞬目を見開いたかと思うと、忌々しげな目でキラを睨みつけた。

「上等だ……！」

いや、勝手に話進んでるし。私の意思は無視ですかそうですか。結局、模擬戦をやることは決定してしまった。


「ちょっとキラちゃんー？」

「大丈夫だってパールちゃん。ギルドマスターも言ってたでしょ、最初にガツンとぶちかましてやればいいって。最近試してた魔法の実験台にでもしてやればいいよ」

あっけらかんと話すキラに思わずため息を漏らす。

「んもう。何か面倒なこと起きそうと思ってたけど現実になっちゃったよ」

でもこうなったらやるしかない。はぁ……頑張ろうっと。

一行はなるべく瓦礫が少ない開けた場所へ移動をはじめる。戦いやすそうな場所を見つけると、各々準備運動を開始した。そして……。三十人の冒険者がパールを遠巻きに取り囲みだす。輪の中心に立つパールは、このような状況であるにもかかわらず落ち着いたものだ。

「では、始め!!」

凛としたキラの声が響くと同時に、冒険者たちが一斉にパールへ向かってきた。

「よし、あれ試してみよっと。『展開《デプロイ》!』」

五つの魔法陣がパールを取り囲むように顕現する。これまで魔導砲で使用していたのとは違い、魔法陣のなかに直径三センチほどの緻密で小さな魔法陣がいくつも描かれている。

「んーーーー!!『魔散弾《バレット》』!!」

詠唱にあわせて、すべての魔法陣からいくつもの細く鋭い閃光が全方位へ放たれた。魔導砲は一つの魔法陣から一つの光弾しか発射できないが魔散弾は違う。数えきれないほどの光弾が一斉に発射され冒険者たちに襲いかかった。防御も回避もできず、なす術なく倒れていく冒険者たち。あっという間に王城跡地には死屍累々の惨状が広がった。

うん、うまくいったっぽいね!

「ぐ、ぐぐ……っ!!」

そんななか、一人の冒険者が立ち上がろうとしていた。講習参加者のなかで唯一のAランカー、サドウスキーだ。

「こ……こんなデタラメな魔法があっていいのかよ……!」

徹底的に鍛えあげられた肉体には、そこまで大きなダメージが見当たらない。サドウスキーは立ち上がり再び剣を構える。接近されたら負けちゃうな、となると――。

「『展開《デプロイ》！』」

サドウスキーがパールとの距離を詰めようとする前に、五つの魔法陣で彼を取り囲む。

「ごめんなさい!!『魔導砲《キャノン》』!!」

高出力の魔導砲を四方八方から一斉に受けたサドウスキーは、あっさりと意識を刈り取られその場に沈んだ。やば。ちょっと強すぎたかな？　体おっきいし大丈夫だよね、うん。

「それまで！　勝者パール！」

キラの宣言で模擬戦は終了した。ある程度魔力を調整していたため、大きな怪我をした冒険者はいなかった。念のため、パールは一人一人を聖女の力で癒していく。このとき、初めてパールが聖女であることを知った者もおり、大いに驚いていた。完全に意識を失い肉体的なダメージも大きかったサドウスキーも、パールが手で触れると無事に回復した。

「……負けたのか、俺は」

そうですね、って答えていいのかな？　こういう質問困るよね。

「……すまなかった。あんたの実力は理解できた。講習にも参加させてもらう」

「はい！　よろしくお願いします！」

とりあえず無事に講習を始められそうで良かったよ。実力を疑っていた冒険者たちにも認められ、ここに鬼講師パールが誕生したのである。同じころ、デュゼンバーグではアンジェリカが聖騎士たちを完膚なきまでに叩きのめし恐怖を刷り込んでいたのだが、パールがそれを知る由もない。

第三十九話　認めざるを得ない力

「おそらくお前たちじゃパールに触ることすらできない」

疾風の二つ名をもつハーフエルフのSランク冒険者、キラから投げかけられた言葉に俺は憤慨した。これまで、討伐難易度AやSの魔物を数多く屠ってきたこの俺が、わずか六歳の小娘に勝てないと言われたのだから当然だ。ギルドでも貴重な戦力である、Aランク冒険者のこの俺が馬鹿にされた、舐められたと感じた。

「上等だ……！」

こうなったら、どんな手を使ってでもあの小娘を痛い目に遭わせ、キラにも吠え面をかかせてやろう、そう心に誓ったのである。だが、そんな俺の望みが叶うことはなかった。戦闘が始まると小娘は複数の魔法陣で自分を囲った。次の瞬間、すべての魔法陣から魔力を伴う光が無数に発射され、俺たちはあっさり倒されてしまったのだ。こんな理不尽な魔法があっていいのか。Aランクのこの俺がこんなにあっさりと地を舐める羽目になるなんて……真祖の娘とは聞いていたが、まさかこいつも人外なのか。

俺は何とか痛みに耐えて立ち上がり、せめて一矢を報いようとした、のだが。小娘がこちらに向かって手を伸ばし何かを叫ぶと、今度は俺自身が魔法陣に囲まれた。そして、四方八方から一斉砲撃を受けた俺は今度こそ意識を根こそぎ刈り取られてしまったのである。

気がついたとき、視界に飛び込んできたのは青い空だった。何かが焦げたような臭いが鼻をつき、背中にはザラザラとした地面の感触。思考を巡らせ、やっと自分が仰向けに倒れていることに気づいた。

「大丈夫ですか？」

ふんわりとしたブロンドの髪が視界の端に映った。

「治療したから多分大丈夫だと思います！」

先ほどまで俺たちと戦っていた小娘が、笑顔を携えて俺のそばに座っていた。たしかに、あれほど高威力の魔法をまともに受けたにもかかわらず、痛みも違和感もない。真祖の娘は聖女。そんな噂を耳にしたことを思い出した。

「……負けたのか、俺は」

誰に言うでもなく口をついて出た言葉だったが、真祖の娘は少し困ったような表情を浮かべた。困らせるつもりはまったくなかったのだが。俺を含む三十人もの冒険者を相手にしたあの戦いぶり、それに聖女の力。これはもう認めざるを得ない。

「……すまなかった。あんたの実力は理解できた。講習にも参加させてもらう」

俺が素直な気持ちでそう伝えると、彼女はにっこりと子どもらしい笑顔を携えて返事をしてくれた。

――アンジェリカの屋敷――

「ただいまー！」

冒険者ギルドが主催する講習の初日を終え、パールは迎えに来たアリアと一緒に屋敷へ戻った。

「おかえりなさいませ、お嬢」

「あれ？　フェルさんだけ？　ママは？」

「お嬢様はまだ戻られておりませんよ」

あらら。そうなのね。聖騎士団ってたしか人数が多いって言ってたし、時間がかかっているのかな？　そんなことを考えていると、わずかに魔力の気配を感じた。

「ただいま」

「おかえりママ！」

ママも帰ってきた。私のほうが家でママを迎えるなんて何か新鮮！　……ん？

「聖女様。お邪魔いたします」

「お邪魔いたします」

ママの後ろに二人の女性が立っていた。一人はこの前ここに来ていた人だ。たしか教会の教皇でソフィアさんだっけ。もう一人は誰だろう？

「今日の訓練が終わったあとソフィアのところへ行ったら、一緒にうちまでついてきたのよ」

ふむふむ。

「聖女様。彼女は教会で実務を取り仕切っている枢機卿のジルコニアです」

少し怪訝な表情をしていたパールに気づき、ソフィアがジルコニアを紹介する。

「お初にお目にかかります、聖女様。私はエルミア教の教会本部で枢機卿を務めております、ジルコニアです。お会いできて光栄です。先日は当教会の聖騎士がご迷惑をおかけしましたこと、大変申し訳ございませんでした」

ジルコニアがパールに頭を下げる。

「あ、はい。こんにちは。その件はもう気にしていないので」

枢機卿ってたしか偉い人だよね？　などと考えていたパールは、ついあっさりとした受け答えをしてしまう。

「立ち話もあれだし、テラスでお茶にしましょう。フェルナンデス、紅茶の用意を」

「かしこまりました。お嬢様」


テラスのテーブルに人数分のティーカップが並べられ、フェルナンデスが順番に紅茶を淹れていく。琥珀色の紅茶から湯気が立ち上り、爽やかなアールグレイの香りが鼻腔をくすぐった。ティーカップをもつ指にじんわりと熱が伝わる。ひと口飲むと、コクリと自分の喉が鳴ったような気がした。やっぱりフェルナンデスの淹れる紅茶は最高ね。そんなことを考えつつ、アンジェリカは今日の訓練を思い返していた。

「ねえ、ママもしかして疲れてる？」

「ん？　どうして？」

私そんなに疲れた顔しているかしら？

「だって、教皇さんも枢機卿さんもいるのに、ぼーっとしながら紅茶飲んでいるんだもん」

「疲れてはいないわよ。今日のことをいろいろと思い出していただけよ」

ママのことを心配してくれているのかな？　うちの娘かわいすぎるでしょ。

「アンジェリカ様、今日は本当にありがとうございますです。初日から大変だったとお聞きしました」

相変わらず私の前でだけ変な話し方になるソフィアだが、彼女なりに私を気遣ってくれているらしい。

「そのことについては、私からもお詫びを申し上げます。まさかあのような行為に出るとは思いもよりませんでした」

「フフ。まあ最後はうまくまとまったんだし、問題ないわよ」

まさか聖騎士全員で跪かれるとは思わなかったけど。聖騎士ともあろう者が真祖に臣従するような態度とって問題ないのかしら？

「聞きましたですよ、アンジェリカ様！　木剣だけで二百名の聖騎士をなぎ倒し、最後には皆がアンジェリカ様に跪いて尊敬のまなざしを向けたとか」

「私は目の前で見ていましたが、本当に凄かったです。アンジェリカ様は魔法だけでなく剣もお強いんですね」

何となく二人までキラキラした目で私を見ている気がする。

「そうなの!?　ママすごーい！」

「フフ、ありがとう。パールのほうはどうだったの？」

私のことはどうでもいいからパールのことを聞きたい。

「私もね、冒険者さんたち三十人を相手に一人で模擬戦したよ！」

「…………は？」

紅茶を口に運ぼうとしていたアンジェリカの手が止まる。

「それでね、魔導砲をちょっと改造して新しく作った魔法で全員やっつけちゃった！」

「…………」

パールの言葉に、アンジェリカだけでなくソフィアやジルコニアも固まってしまった。わずか六歳の女の子が、屈強な冒険者三十人を一人で相手にして圧倒したと聞かされれば当然の反応ではある。

「少し詳しい話を聞きたいわね。そうなった理由とか。キラはいないの？」

「キラちゃん今日はリンドルに泊まるって」

さてはあの子。私に叱られると思って逃げたわね。いくら講習とはいえ、三十人の冒険者と一人で戦わせるなんて……まあパールに限って不覚をとることはないと思うけど。とりあえず、今度キラに修業をつけるときは厳しくいこうと心に決めたアンジェリカであった。

第四十話　獣人族の企み

聖デュゼンバーグ王国の王都ラレイン。古代と近代、双方の建造物がうまく調和した美しい街並みこそこの町の自慢である。その王都ラレインから南へ約十キロ離れたところに、特別区と呼ばれる地域がある。デュゼンバーグ国内の地域であることは間違いないが、この場所では国の法律は通用しない。特別区を統治するのは獣人族である。数十年前に何人かの獣人が住みついたあと次々と獣人族が訪れ、やがて集落が形成された。集落はどんどん大きくなり、現在では一つの都市と言っても過言ではない規模まで発展を遂げている。

「シャガ様。「目」から報告です。どうやら、今日の午後に聖騎士団の連中が魔物に襲われたマルカ村へ支援物資を運ぶようです」

革張りのソファーに深く腰掛けた犬獣人族の男、シャガが報告に訪れた者へ鋭い目を向ける。鍛え抜かれた彫刻のような筋肉と漆黒の毛並みが印象的なシャガは、この特別区における統治者だ。

「そうか。ならいつものように数を集めて襲撃しろ」

獣人族は教会聖騎士に憎悪を抱いている。一部の人族至上主義者から迫害を受け、仲間も何人か殺されているからだ。以前は国の人間や聖騎士ともそれなりの交流があったが、一度関係が拗れてしまうとまたたく間に双方の関係は悪化した。

「見せしめに何人か殺しても構わんが、皆殺しにはするな。やりすぎるとさすがに国も対策に本腰を入れてくるかもしれん」

シャガは勇猛なだけでなく狡猾でもあった。そうでないと獣人族をまとめることなど到底できない。指示を受けた犬獣人が頭を下げて部屋から出ていく。聖騎士団長か枢機卿、いや教皇が頭を下げてくるまで襲撃は続けるつもりだ。獣人族を見下す脆弱な人間どもにたっぷり恐怖を植えつけてやろう。シャガは一人凶悪な笑みを浮かべると、テーブルから干し肉を手に取り口に運んだ。

――エルミア教教会本部・訓練場――

アンジェリカが指導を始めて三日が経った。彼女の目の前では白い鎧を纏った聖騎士たちが、三対一で模擬戦を繰り広げている。アンジェリカはいつものゴシックドレス姿で聖騎士が用意した椅子に座り、足を組んでその様子を眺めていた。

もちろん、ただ眺めているだけではない。疲れているのか、動きが鈍くなった一人の聖騎士に対しアンジェリカが指をさすと、指先から威力を抑えた雷が放たれた。

「ぐぎゃっっ!!」

そう、訓練中に少しでも気を抜いたり、疲れた素振りを見せたりすると、アンジェリカから何かしらの魔法が飛んでくるのだ。

「集中を欠かすな馬鹿もの。貴様らに今から獣人を凌駕する体力や技量を身につけるのは不可能だ。その分精神力で何とかしろ」

言っていることは完全に体育会系のそれである。

「ありがとうございます！　アンジェリカ様！」

魔法と叱責を受けたにもかかわらず、聖騎士はキラキラとした目をアンジェリカに向けながら感謝の気持ちを示す。どう考えても理不尽で過酷な訓練であり、そのうえ常に魔法で攻撃される脅威に晒されるのだが、聖騎士たちはなぜか嬉しそうな表情を浮かべるのであった。……ちょっと気持ち悪いわね。もしかして初日にやりすぎてどこか壊れてしまったのかしら。そんなことを考えるが、聖騎士たちがただドMなだけの話である。

聖騎士たちには仕事があるため、基本的に訓練は午前、もしくは午後のどちらかだ。今日は朝から訓練をしている。一通りの訓練が終わると、聖騎士たちは整列してアンジェリカに礼を述べ仕事へと向かう。さてと、帰る前にソフィアのところへ顔を出しておこうかしら。訓練場から離れようとしたのだが……。

「アンジェリカ様！」

一人の少年が話しかけてきた。十八歳くらいだろうか。赤みがかった茶髪に青い目の少年が、人懐っこそうな笑顔を浮かべている。

「何かしら」

「は！　私はジャクソンと申します！　今日も訓練ありがとうございました！　アンジェリカ様のおかげで、以前に比べて自分に自信がもてるようになった気がします」

素直に想いを伝えてくる少年にアンジェリカは少しばかりの好感を抱いた。

「そう。まあ頑張りなさいな」

少し笑みを携えてそう伝えると、少年は耳まで真っ赤になってしまった。かわいいものだ。

「あれほど訓練したあとに仕事なんて、聖騎士も大変ね」

「ええ。ですがそれが我々の使命ですから！　今日は魔物に襲われた村に支援物資を運んできます」

なるほど。そういう仕事もあるのか。本当に大変だ。

「アンジェリカ様。実は私、もともとは人間こそ至上の存在だと考えていました。だから、獣人たちとも何度か揉め事になったこともあります」

「そうなの。なら、真祖である私のことも嫌いなんじゃないの？」

少しいたずらっぽい言い方をするアンジェリカ。

「とんでもない！　むしろ、アンジェリカ様のおかげで目が覚めたんです！　アンジェリカ様は本当にお強くて素晴らしい方です。人間が至上などと、私は何と思いあがったことを考えていたのか……！」

驚くほどの手のひら返しだとは思うが、まあ偏った考え方が改善されたのならいいとしよう。

「なら、今は獣人たちに対して見下すような気持ちはないの？」

「はい！　機会があれば彼らに謝罪し、関係も改善できればと考えています」

あれ？　これもう問題解決なんじゃないの？　わざわざ聖騎士鍛えなくても、歩み寄れるのならいいんじゃ。いや、こちらの意識が変化したとしても、獣人たちがどう出るか分からないか。

「そう。一度拗れた関係を改善するのは容易でないと思うけど、頑張りなさいな。気をつけて仕事も行ってきなさい」

パッと明るい笑顔を見せたジャクソン少年は、腰が折れんばかりの勢いで一礼すると踵を返して仕事へ向かった。今の話もソフィアにしてあげないとね。とりあえず美味しい紅茶でもごちそうになろう。そんなことを考えながら、アンジェリカはソフィアのもとへ向かった。

第四十一話　獣人族の襲撃

「とてもいい紅茶ね」

アンジェリカは素直な感想を口にした。

「ありがとうございますです。アンジェリカ様」

一部の者しか近づくことが許されない教皇の間に漂う芳しい紅茶の香り。聖騎士団への訓練が終わったあと、アンジェリカは教皇であるソフィアのもとへ訪れていた。

「いい茶葉を使っているのはもちろんですが、紅茶を淹れるのがとても上手なシスターが一人いるのですよ。今度紹介しますね」

「そうなのね。うちのフェルナンデスに匹敵する腕前だわ」

アンジェリカは満足げに紅茶をひと口飲むと、静かにティーカップをソーサーへ戻す。教皇の間は教会の最奥にあり、一般の者はもちろんシスターや司祭も近づくことを許されていない。そのため、誰かの話し声や足音などはまず耳に届かず、ティーカップをソーサーに戻したときのカチャリという音がとても大きく感じた。

「アンジェリカ様。今日の訓練はどのような感じでしたか？」

「昨日とそう大差ないわよ。ただ、精神面はそれなりに強化されたんじゃないかしら」

訓練の様子を真祖が見守っているうえに、気を抜けば魔法が飛んでくるのだからある意味当然である。いくらアンジェリカとはいえ、わずか数日で脆弱な人間を獣人並みに強くすることはできない。だが、精神面は別だ。現に、まだ三日目だが聖騎士たちの表情は初日と明らかに違ってきている。そう言えば、あの少年もいい顔をしていたわね。訓練終わりに声をかけてきた、青い目が印象的な少年。午後からは魔物に襲われた村へ支援物資を届けると言っていたのをアンジェリカは思い出した。

「ねえ。ジャクソンという名の聖騎士を知ってる？」

「ジャクソンですか。聞いたことがないですね。見どころがありそうですか？」

いや、それはない。

「いいえ。訓練終わりに少し会話をしただけよ。もともと人族至上主義だったと言っていたわ」

その言葉に、ソフィアの顔色が少し悪くなった。

「でも、今は価値観が変わったようなことを口にしていたわ。獣人族とも歩み寄りたいと言っていたわよ」

「そうですか……できればもっと早くそうあってほしかったですね」

人族至上主義を掲げる一部の聖騎士が獣人族と揉め事を起こしたことで関係が悪化し、無差別に攻撃を受ける羽目になったのだ。教皇としては愚痴のひとつも言いたくなるところだろう。

「そうね。でもこれで――?」

アンジェリカは最後まで口にせず言葉を止めた。何やら遠くから足音が響いてきたからだ。どんどん足音が大きくなったかと思うと、教皇の間の扉が勢いよく開かれジルコニア枢機卿が飛び込んできた。その顔色は極めて悪い。

「猊下！　支援物資を運んでいた聖騎士団の一隊が獣人族の襲撃を受けたとのことです！」

「何ですって!?」

「ここから五キロほどの場所だそうです！　一人の聖騎士が現場を離れて急ぎ報告に戻って参りました！」

五キロ。馬を全力で駆って十分かかるかかからない程度か。襲撃ということは、おそらく獣人族は待ち伏せをしていたと考えられる。今から行っても間に合わない可能性が高い、が。

「その聖騎士のところへ案内して」

襲撃現場から戻ってきた聖騎士は戦闘で傷を受けたらしく、治療の真っ最中だった。

「アンジェリカ様！」

「襲撃を受けたのはどこだ。空を飛んで行くからお前は私の道案内をしろ」

「分かりました！」

アンジェリカは治療もまだそこそこの聖騎士を無理やり外へ連れ出し、左腕に抱えるとそのまま空高く上昇した。小さな少女が背丈の高い聖騎士を左腕に抱える様子はどこか滑稽である。

「わわ……わわわっ……！」

「驚いている場合ではない。どっちだ」

「は、はい！　あちらの方角です！」

アンジェリカは聖騎士が指さした方向に目をやると、驚くべき速度で飛行を始めた。


驚異的な視力で現場にあたりをつける。さらに近づくと複数の怒声や猛る声が耳に届き始めた。これまで幾度となく嗅ぎ慣れた血の臭いが鼻腔の奥を刺激する。

「……あれかしら」

「――いた」

驚くべきことに、聖騎士たちはまだ獣人たちと戦闘の真っただ中であった。身体能力の差や時間のことを考慮すると、全滅している可能性が高いとアンジェリカは考えていたため驚いた。それがどうだ。いざ現場を見下ろすと、五人の聖騎士たちが獣人たちと激しい戦闘を繰り広げている。

ただ、三人ほどは地面に倒れており、どうやらその一人はすでに事切れているようだ。それは、訓練終わりにアンジェリカへ話しかけてきた青い目をした少年であった。仰向けに倒れている少年の肩から胸にかけて大きな傷がある。おそらく、鎧ごと獣人の爪にやられたのであろう。アンジェリカは無感情な瞳で倒れている少年を一瞥すると、戦闘が行われている真っただ中へ急降下した。

突然、空から少女が男を抱えて降ってきたことに獣人たちは呆気にとられる。

「な、なんだお前は!!」

「アンジェリカ様！」

驚きに目を見開く獣人と希望を見出して涙を流す聖騎士。

「犬ごときにじゃれつかれて何をやっている。だらしないぞ」

それでもあっさりと全滅しなかったことは褒めてあげたほうがいいのかしら。アンジェリカはすでに事切れている少年に近寄る。

「おい！　俺たちを無視するんじゃねぇ！　てめぇは誰だって聞いてんだ！」

アンジェリカはそれには答えず、振り返りざまに刺すような殺気を放った。何かとてつもなく恐ろしいものを見たかのように、獣人たちは腰を抜かす。

「な……なな……!!」

虫でも見るかのように獣人たちへ一瞥をくれたアンジェリカは、倒れた少年のそばに立つと手をかざした。

「まだ訓練が終わっていないのに勝手に死んで楽になろうとは何事だ。そのようなことは私が許さん」

途端に、倒れている少年の下に魔法陣が顕現する。

「『再生《リ・ジェネレーション》』」

アンジェリカが詠唱すると同時に少年の体が光に包まれた。

「……っぐ……ん！」

「よし。生き返ったか。失態だなジャクソン。罰として貴様は明日からもっと厳しい訓練を受けてもらう」

わずかに笑みを浮かべてそう告げると、踵を返して獣人たちへ向き直る。

「お、お前はいったい――」

「再生の魔法だと……！　そんな超高位魔法を使える者など……」

「お、おい……あの紅い瞳――！」

腰を抜かしたままの獣人たちがわなわなと震えだす。真祖や国陥としの吸血姫の伝説が語り継がれているのは人族だけに限らない。あらゆる種族にとって、国陥としの吸血姫、アンジェリカ・ブラド・クインシーは恐怖の対象であり災厄なのだ。

「犬どもに教える名などないわ」

犬獣人族にとって最大の侮辱発言だが、今はそれどころではない。機嫌を損ねただけで国が一つ消えると伝わる国陥としの真祖が目の前にいるのだとしたら――自分たちに明日はない。

「ゆ……許して……！」

「無理よ」

最後まで聞くことなく、アンジェリカは獣人たちに向かって手をかざした。獣人たち一人一人の足元に魔法陣が展開する。そして――。

「『煉獄《ヘルファイア》』」

魔法陣から禍々しさを纏った黒い炎が一気に噴きあがり、犬獣人たちは塵も残さず消え去った。

「さ、さすがアンジェリカ様だ……！」

「助かったのか……」

聖騎士たちは一気に気が抜けたらしく、その場にへたり込んでしまった。ほんとにだらしないわね。とりあえず倒れていたほかの聖騎士にも軽く治癒魔法をかける。自身がダメージを負うことがほとんどないため、治癒魔法が苦手なのはここだけの話である。

「ア、アンジェリカ様……」

生き返ったばかりのジャクソンがおずおずと話しかけてくる。

「助けていただいた身でこのようなことを申し上げるのは憚られるのですが……」

「なぜ獣人たちを皆殺しにしたのか……と？」

やや顔を伏せていたジャクソンが、驚いたように顔をあげた。

「貴様の言いたいことは分かる。だが奴らを皆殺しにしたのは単純に私個人の理由だ」

「……？　それはいったい……？」

「貴様には関係のない話さ。それより、支援物資を運ぶ途中なのだろう。少し休んだら任務に戻れよ」

アンジェリカはそう告げると、再び空へと舞い戻った。そう。アンジェリカには獣人たちを皆殺しにしなくてはならない理由があった。彼らはおそらく、アンジェリカが真祖であることに気づいていた。人間に味方し獣人族に敵対した。そのような報告をされるとアンジェリカにとって都合が悪い。

真祖の一族が獣人族と正面切って敵対した、となると父や兄など一族を巻き込むおそれがある。世界中の獣人たちと戦いになる可能性もある。一族と距離を置くアンジェリカにとって、それは避けたいことだった。いざとなればすべての獣人を滅ぼせばよいのだが、数人を消すだけで面倒ごとがなくなるのならそのほうが手っ取り早い。それに、さすがのアンジェリカと言えど当主の許可も得ず他種族を滅ぼし、種族間の力関係を壊すわけにもいかない。まあ、それでも必要とあればそれも辞さないけどね。

「とりあえずソフィアのところへ戻ってお茶会の続きかしらね」

小さく息を吐き、アンジェリカは王都へ向かって飛び去った。

第四十二話　町を襲う脅威

犬獣人族の長であり特別区の統治者でもあるシャガは、同胞からの報告を聞いて怪訝な表情を浮かべた。教会の聖騎士が魔物に襲われた村に支援物資を送ると聞き襲撃を命じたのだが、報告によると襲撃に参加した全員が行方不明になったというのだ。

「まさか……聖騎士たちに全員殺されたということか？」

苦虫を噛み潰したような顔で報告に来た男を睨みつける。

「いや、そのようなはずは……。襲撃に参加したのはいずれも手練ればかりです」

「…………」

ではいったいどういうことだ。そもそも、手練れでなくとも人間が簡単に獣人を撃退できるとは思えない。殺害するなどなおさらだ。逃げた……という線も考えられなくはないが。そんなことをしても奴らに利点はない。

「襲撃そのものはどうなったのだ？　聖騎士たちはどうした？」

「は。聖騎士たちは当初の予定通りマルカ村へ物資を届けたようです。それと襲撃なのですが……」

話を聞くと、戻ってこない刺客を不審に思い、予定していた襲撃場所へ何人かが確認へ出かけたとのこと。現場には戦闘の形跡があり、血痕も残されていたということだ。

「つまり、襲撃そのものは行われ聖騎士たちとも斬り結んだのだな」

「そのようです。ですが、刺客たちのその後の行方がまったく分かりません。まるで存在そのものが消えてしまったかのような……」

報告をしている男は少し顔色が悪い。何やら得体が知れない恐怖を感じているのかもしれない。

「……とりあえずもう少し様子見だ。もしかすると襲撃したあとどこかへ出かけているのかもしれん」

まあ可能性としては低いと思うが。アンジェリカによって骨の髄まで焼き尽くされ消滅したことをシャガが知る由もない。


――エルミア教の教会本部・教皇の間――


「アンジェリカ様。本当にありがとうございましたです」

申し訳なさそうな顔でソフィアが頭を下げる。

「いいのよ。大したことじゃなかったし」

死んでいた聖騎士を蘇らせ複数の獣人を魔法で骨も残さず滅しておいてこれである。

「それに、特訓の成果が目に見えたから行ってよかったと思っているわ」

わずか数日であそこまで変化するとは、アンジェリカ自身驚いていた。やっぱり強靭な精神力は肉体を凌駕するのかしらね、などとまたも体育会系な思考を巡らせる。

「それと、今回の襲撃だけど。どこか腑に落ちないと思わない？」

「……はい。実は私も同じことを考えていました」

そもそも、どうして獣人たちはあそこで聖騎士たちを待ち伏せできたのか。考えられることは一つ、聖騎士が村へ支援物資を運ぶこと、あの道を通ることを知っていたということだ。

「内通者がいるわね」

「……私もそう考えています」

ソフィアが沈痛な面持ちで口を開く。国の重要人物でもあるソフィアにとって、あまり考えたくないことだ。

「心当たりはあるの？」

「考えられるとしたら、やはり第二王子の側室周辺ではないかと……」

デュゼンバーグの第二王子は獣人を側室にしていると以前聞いた。

「お二人の仲はとても睦まじいので、本人が内通したとは考えにくいです。おそらくですが、側近の獣人たちではないかと」

なるほど。ただ、ここから先はアンジェリカが出る幕ではない。この国に生きる者が何とかしなければいけない問題だ。

「まだしばらくは苦難の日々が続きそうね」

いたずらっぽい笑顔を浮かべるアンジェリカに、ソフィアは少し目を据えて静かに抗議したのであった。


――ジルジャン王国・王城跡再開発地域――


「ちゃんと避けてくださいねーーー！」

かわいらしい声とは裏腹に凶悪な魔法を次々と冒険者たちに放っていくパール。三日の予定で開催された冒険者ギルドの実技講習も本日が最終日である。聖騎士とゴタゴタがあったとき助けてくれた赤髪の少年、ダダリオも今日は参加している。

「うおっ！　何つう恐ろしい魔法を連発すんだよ⁉」

焦りながらも何とか魔法の直撃を避けてうまく立ち回っている。Aランク冒険者としては唯一参加しているサドウスキーも、冷や汗をかきつつ回避行動を続けていた。

「はい！　おしまいです！」

魔法を放つのをやめ、パンッと胸の前で手を打ち鳴らすパール。

「ダダリオさんもサドウスキーさんも、とても動きがよくなった気がします。魔力も少し感知できるようになったみたいですね」

意外にもパールは教え上手であった。冒険者たちにも分かりやすいよう丁寧に説明し、実戦も交えつつ的確な指導を続けていた。真祖であるアンジェリカから魔法の指導を受け続けてきたのも大きいのだろう。

「ああ。嬢ちゃんのおかげだ。今回講習に参加した連中は皆感謝していると思うぜ」

ダダリオは人懐っこい笑顔を浮かべ白い歯を見せた。

「本当だな。とても六歳の女の子とは思えねぇ」

ふふふ。もっと褒めて。最初は緊張したけど、キラちゃんも協力してくれたし何とかうまくできた、かな？　なかなか濃い三日間だった気がする。参加してくれた冒険者さんたちも、何かしら得るものがあったのなら嬉しいな。そんなことを考えつつ頬を緩ませていると……。何やら遠くから叫び声や怒声が聞こえてきた。どうやら町で何かあったようだ。恐怖が入り交じった声がどんどん大きくなる。ただごとではない。

「キラちゃん！」

パールは焦りの表情を浮かべキラに向き直る。

「何かあったみたいだね！　行こう！」

パールを抱きかかえて王城跡地から町へ駆けて行こうとするキラのあとを、ほかの冒険者たちがついてくる。何だろう、人の叫び声だけでなく耳に障る嫌な音が聞こえる。明らかに町の人々は混乱しているようだ。こんなことは、ママが王城を魔法で壊したときにもなかったのに。

キラに抱きかかえられたまま町の中心部、大きな噴水がある広場まで来たとき、パールたちは信じられないものを目にした。空に浮かぶそれは、人々を、いや町そのものを見下さんとするかのようであった。禍々しい色を放つ瞳に金属のような質感の表皮、地の底から湧きあがるようなうなり声をあげるそれは、空の支配者とでも言うべき存在。

「――ドラゴンだ!!」

誰かが叫んだその言葉がパールの耳の奥で何度もこだました。

第四十三話　初めての共同作業

そのとき、誰もが大地と空気の震えを感じた。首都リンドルの上空に現れた空の支配者。食物連鎖の頂点に君臨する竜種は、疑うべくもなくこの世界における最強種族の一つである。

「なぜドラゴンが……!」

「……もうこの町は終わりだ」

唖然とする者、驚愕する者、絶望する者など人々の反応はさまざまだ。たしかに、この大きさのドラゴンが本気で暴れたとなればリンドルに明日は来ないだろう。

「――あれって、本物のドラゴンだよね?」

ママやフェルさんに読んでもらった本では見たことがある。でも、これほど巨大で圧倒的な存在感を放つ生き物だなんて知らなかった。

「……ああ。これはまずいわ」

過去にドラゴンとの戦闘経験があるのか、キラが深刻そうな顔で呟く。たしかに、アレを見てまずくないと思う者はいないだろう。ドラゴンはそう思わせるだけの恐怖を空から撒き散らしている。

ママがいてくれたら……！

ママならきっとドラゴンなんて簡単に倒してくれるのに……。

真祖であるアンジェリカから手ほどきを受け、冒険者としての経験も積んだパールであったが、これまで直面したことのない恐怖に足が震えた。あんなの——私じゃ勝てないよ。何か無性に悔しくなって涙が零れ落ちそうになった。

「パール!!」

名前を呼ばれ振り返ると、転移でやってきたアリアがいつもとは違う面持ちでパールに視線を向けていた。

「お姉ちゃん……」

「いったい何をしているの、パール？　一時的とはいえ、あなたは冒険者たちの先生なのでしょう？」

——そうだ。このままじゃ冒険者さんたちも危ない。

それに……戦う前に諦めるなんて、そんなのママの娘じゃないよ！

「ダダリオさん！」

「お、おう！」

「今すぐギルドマスターさんに報告を！　ケトナーさんやフェンダーさんにも声をかけてください！」

呆けていたダダリオだったが、パールから指示を受けると勢いよくギルドへ向かい走って行った。

「ほかの冒険者さんたちは町の人たちが避難するのを手伝ってあげてください！」

的確な指示を受け、冒険者たちも「おう!!」と気勢をあげて散っていく。

「ふふ。よくやったわね、パール。じゃあここは私に任せてちょうだい」

「え？　お姉ちゃん一人で戦うつもり？」

「空中戦はあまり好きじゃないけど、まあ何とかなるでしょ」

おお。さすがお姉ちゃんは凄いなぁ……あ。

「お、お姉ちゃん！　ここで戦ったら町がめちゃくちゃになっちゃうよ。向こうの王城があった場所まで何とか誘導できないかな？」

「うーん。分かった。やってみるわ」

笑顔でそう告げると、アリアはドラゴンと対峙するため上空へ飛翔した。


ドラゴンから放たれる魔力によって、上空は強風が吹き荒れていた。肩まである栗色の髪とメイド服のスカートを靡かせながら、アリアはドラゴンと対峙する。

「……我が名はアリア・バートン！　真祖アンジェリカ・ブラド・クインシー様の忠実なる眷属である。名があるのなら聞いてやろうトカゲよ」

いきなり目の前に現れたメイド服の少女を一瞬ドラゴンは訝しんだが、すぐに魔力を込めた鋭い視線をアリアへ突きつけた。

「世のなかを知らぬ若輩者が……相手の力量も見極められぬとは」

「ふん。トカゲ風情の力量など見極める必要はないだろう」

数百年ぶりの大物との戦闘に気が昂り挑発的な発言が止まらない。

「……我はスカイドラゴン、ガイルである。ヴァンパイアの小娘よ。我に対峙している理由を聞こうか」

「ここに何をしに来たのか聞かせてもらおう。事と次第によっては手荒い対応になってしまうがな」

美麗な顔に凄みのある笑顔が浮かぶ。

「くく……たまたま暴れたくなったから訪れたまでのこと。世界で最強の種族である我がいつどこで暴れようが貴様らには関係なきことだ」

「……最強の種族だと？　笑わせるなよトカゲ風情が。最強と名乗ってよいのはこの世界でただ一人、真祖アンジェリカ・ブラド・クインシー様だけだ!!」

叫ぶや否や、アリアはドラゴンの足元に巨大な魔法陣を展開させた。

『雷帝《インペリアルサンダー》!!』

耳をつんざくような雷鳴が轟き、ドラゴンの体にいくつもの雷が襲いかかる。一瞬怯んだ隙を見逃さず、距離を詰めてドラゴンの頭に強烈な蹴りを見舞った。肉弾戦はアリアの得意とするところである。が——。

「ちょっと硬すぎるわよあんた！」

蹴りを放ったアリアのほうが軽くダメージを負ってしまった。

「くく……今何かしたのか小娘」

ドラゴンはくるりと器用に体を回転させると、勢いをつけた尻尾をアリアへ叩きつけようとした。

ズシンと重い衝撃を両の腕で受け止めるが、吹き飛ばされてしまう。

「く……っ！」

やや劣勢に見えるアリアだが、これは作戦の一部でもある。ドラゴンの頑丈さにはやや面食らったものの、アリアはパールに言われた通り町への被害が少ない場所へ誘導しようとしているのである。一進一退の攻防を繰り広げながら、少しずつ王城の跡地上空までドラゴンをおびき寄せていく。


「そろそろかな……？」

迫りくるドラゴンの爪や牙を避けつつ、チラリと地上へ目を向けたその瞬間。

地上から強力な魔法が複数放たれドラゴンの翼を強襲した。

「キラ！　パール！」

魔法の援護射撃はキラとパールだった。おそらく、王城跡地の上空へ誘い込んだあと、魔法でドラゴンの翼を無力化し地上へ墜落させる作戦だったのだろう。その目論見は見事に成功した。

「グギャアアアアアアァァァァ‼」

自慢の翼を穴だらけにされたドラゴンは、重力に逆らえず地上へ真っ逆さまに墜落したのである。

「やったね！」

「うん、うまくいってよかった！」

手を取り合って喜ぶパールとキラ。

「見事だったわよ、パール」

パールの頭を撫でながら褒めてあげると、目を細めて嬉しそうな表情を浮かべた。ただ、まだ終わりではない。上空から墜落したとはいえドラゴンである。しっかりととどめをささないといけない。

「よっしゃ。ここからは俺たちの出番だな」

愛用の大型ハンマーを肩に担いだフェンダーが豪快な笑い声をあげる。

「フェンダー、サドウスキー、動けない今のうちに仕留めるぞ」

ケトナーとフェンダーは町の騒ぎを聞きつけ、冒険者ギルドへ情報収集に訪れていたところ、ダリオからの報告でドラゴンの来襲を知った。ケトナーとサドウスキーは抜き身の大剣を構え、倒れているドラゴンへ視線を向ける。だが、誰もがこれで終わりだと思っていたその刹那、ドラゴンは倒れたままの姿勢で首を持ちあげると、大きく口を開けた。開いた口のなかに強大な魔力が集中していくのが誰の目にも分かる。

「危ないっ!!」

もの凄い魔力がドラゴンの口から一直線に放たれた。危険を知らせるキラの声に対し、即座に反応したケトナーとフェンダーはすぐさま回避行動に移ったが、サドウスキーはその場から動けずにいた。このままではドラゴンのブレスを受けてサドウスキーは骨も残さず消滅する。

「サドウスキーさん!!」

気がついたときには体が勝手に動いていた。パールはサドウスキーに駆け寄って彼の前方に滑り込むと、すべてを薙ぎ払わんと迫りくるドラゴンのブレスに立ちはだかった。

「パール！！！」

アリアとキラの悲痛な叫びは、断末魔の咆哮にも似たドラゴンのブレスにかき消された。

第四十四話　真祖の娘

ドラゴンのブレスは高位魔法並みの攻撃力である。その威力は一撃で軍の一隊を薙ぎ払い、山々を消し去ることも珍しくない。パールがサドウスキーを庇ってブレスの前に立ちはだかったとき、誰もが可憐な少女の死を確信した。哀れで可憐な少女は生きていた証しを何一つ残さず塵と化した
――はずだった。

だが、パールは生きていた。咄嗟に魔法盾《マジックシールド》を三枚展開し、ドラゴンの凶悪なブレスから自身の小さな体とサドウスキーを守ることに成功したのである。

「ん……っ……!!」

だが状況はあまりよろしくない。

多くの魔力を費やした魔法盾ではあるが、高威力のブレスに少しずつ侵食されている。

「……サドウスキーさん……逃げて……！」

歯を食いしばりながらやっとの思いで言葉を紡ぐ。このまま押し切られたら、自分だけでなくサドウスキーさんも死んでしまう。せめてサドウスキーさんだけでもと思ったのだが……。

「……命を賭して助けてくれたお嬢ちゃんには悪いが、俺はここにいる……います。あなたがここで逝くのなら、俺にお供をさせてください」

あれほどパールに悪感情を抱いていたサドウスキーだったが、講習を通じて彼女の力と優しさ、誠実さを幾度となく思い知らされた。そして今。文字通り命をかけて自分を助けてくれた聖女パールに対し、彼は完全に心酔してしまったのである。

一方、パールは「は？　こんなとき何冗談言ってるのよ。早く逃げてよ」と言いたかったのだが、防御に集中しているため言葉を発することができない。すでに魔法盾は一枚が消滅し二枚目もたった今消えた。ブレスの熱量が手に伝わり、手のひらを焦がす臭いが鼻につく。いよいよ限界のようだ。

パールは激痛に顔を歪める。

ああ。ここで死んじゃうのか。

嫌だな。

ママに会いたかったな。

私が死んだらきっとママは悲しむんだろうな。親不孝な娘でごめんね、ママ。

覚悟を決めたパールだったが――。

死んだらもうママにもお姉ちゃんにも二度と会えなくなる――？

ママに頭を撫でてもらうことも、一緒にカフェでケーキを食べることもできなくなる――？

……そんなの――。

「絶対に嫌だっ!!」

途端にパールの魔力が一気に高まり、ブロンドの髪が風を巻いてふわりともちあがる。魔法盾の厚みが増しブレスの侵食を阻む。

私はママの……真祖の娘だ。

こんなことで死んじゃったら、ママだって馬鹿にされちゃう。パールは防御に集中しつつも魔力を練り続ける。ドラゴンとはいえ永遠にブレスを吐けるわけではない。必ず息継ぎのためブレスが止むときが来るはずだ。パールはそれを静かに待った。そして――そのときが来た。

ブレスが止んだ一瞬の隙を逃さず、パールは魔法盾を消すと直径一メートルほどの魔法陣を展開させる。

「んー――!! 『魔導砲《キャノン》』!!」

全魔力が注ぎ込まれた魔導砲は閃光となって、開いたままになっているドラゴンの口へ襲いかかった。まさかの反撃に驚愕の色を浮かべる。もはや回避する手段もない。尋常ではない威力の魔法を直接口のなかへ撃ち込まれたドラゴンは、首から上を完全に吹き飛ばされ意識が消失した。

「……や……やった……」

起死回生の一撃でドラゴンを葬ることに成功したパールだが、全魔力を投入したため立っているのも精一杯であった。

よかった……またママとお姉ちゃんに会える……。みんなも守れてよかった……。そんなことを

考えていたのだが、突然強烈な疲労感と倦怠感に襲われ、次の瞬間視界が真っ白に染まった。

「町の状況はどんな感じですか？」

「大きな被害は出ていません。避難中に転倒して怪我をした者はいるようですが、人にはもちろん建物にもほとんど被害は出ていないようです」

町を心配していたケトナーだったが、ギブソンからの情報で無事を知り安堵に胸をなでおろした。

現在、冒険者総出で再開発地区の後片付けをしている。パールが討伐したドラゴンはギルドが買い取ることになった。今後、莫大な報酬がパールに渡される予定である。そのパールだが、ドラゴンを倒したあと突然意識を失って倒れた。どうやら魔力が枯渇したらしい。アリアはあとのことをキラに任せると、パールを抱き抱えたまま姿を消した。

「……町や人々が無事だったのも、すべてパールちゃんのおかげだな」

ケトナーは遠くを見つめるような目で呟く。

「まったくその通りですね。パール様の迅速で的確な判断がなければ、甚大な被害を受けていた可能性があります。しかも、ドラゴンまで討伐してしまうとは……」

二人はその場にいないパールへ深い感謝の気持ちを抱くのであった。

——アンジェリカの屋敷——

魔力をすべて使い果たしたパールは、戦いのあと糸が切れた操り人形のように地面へ崩れ落ちた。

アリアは気が動転しながらもパールに駆け寄るとすぐさま自らの腕に抱きあげた。聖女の力なのか目立った外傷はなく、ただ眠っているだけと分かったときは大いに安心したものである。

本当に無事でよかった……。

ベッドですやすやと眠るパールの寝顔を見て、アリアは小さく息を吐く。すでに五時間以上眠り続けているが、まだ目を覚ましそうにない。彼女の隣では、アンジェリカがいまだに心配そうな表情を浮かべていた。パールを屋敷へ運んだあと、アリアはすぐさまデュゼンバーグへ転移しアンジェリカへ事の次第を報告した。パールが倒れたことに酷く心を乱されたアンジェリカだったが、無事な顔を見たら多少安心できたようだ。

だが、アンジェリカの怒りは収まらなかった。パールをこのような目に遭わせたスカイドラゴンを八つ裂きにしないと気が済まない、と烈火の如く怒り狂ったが、その対象はすでにパールによって頭部を吹き飛ばされている。そこで、スカイドラゴンが生息しているといわれる山へ単身で向かったアンジェリカは、そこにいたすべてのスカイドラゴンを高位魔法で消し炭にしてしまった。完全に八つ当たりである。

本当、お嬢様はパールのことになると行動が過激になるわね、とぼんやり考えていると――。

「……………ん……んん～…………」

パールの意識が戻ったようだ。

「「パール！」」

二人同時にパールの顔を勢いよくのぞき込む。

「……ママ……お姉ちゃん……？」

「パール！　大丈夫⁉　どこか痛いところはない⁉」

「ん……大丈夫だよ。眠いだけだから……ふぁ……」

パールは眠そうに目をこすりながら、ゆっくりとベッドから体を起こした。

「まだ無理しちゃダメよ、パール」

「大丈夫だってお姉ちゃん。本当に眠いだけだもん」

にこりと微笑むパールだが、やはりまだ少し顔色が悪いように見える。アンジェリカは言いたいことが山ほどあった。ドラゴンと戦ったこともそうだが、なぜブレスの前に立ちはだかるような危ない真似をしたのか、なぜ命を危険に晒したのか。長々と説教をしたい気持ちはあるけど、今はダメね……。そんなことを考えていたのだが——。

「ママ。私ね、ドラゴンのブレスを受け止めたとき、もうダメだと思ったの。ママごめんなさいって、もう会えないかもって思った」

パールは少し俯いたまま言葉を紡ぐ。

「でもね。もうママとお姉ちゃんに会えなくなるのかって考えたら、絶対に嫌だって思ったの。絶対に生きてママやお姉ちゃんに会うんだって。だから頑張れたんだよ」

千年以上、一度も流れなかった涙がアンジェリカの頬を伝う。目と喉の奥が熱い。最近涙を流したのはいつだったか。そうだ、サラとシスの命を奪ってしまったときだ。あのときは哀しさと悔しさで涙が零れたが、今はそうじゃない。あのとき、私は取り返しのつかないことをしてしまった。

でも、あの哀しい記憶があったから私はパールを娘として育てることになった。きっかけは何であれ、愛情を注ぎ慈しんで育ててきた娘が私のことを母親だと慕ってくれている。死の淵にあっても、母である私にまた会うため死力を尽くしてここへ戻ってきてくれた。その事実に涙が止まらなかった。アリアも顔をくしゃくしゃにして涙を流している。アンジェリカは愛しい娘を力いっぱい抱きしめた。この温もりを失わずに済んで本当によかったと心から思った。

「……おかえりなさい。パール」

アンジェリカの言葉に、パールは満面の笑みで応えたのであった。

第四十五話　サドウスキー・忠剣が生まれた日

人の考えや価値観が変わるなんて一瞬だ。あの日、俺はそれを実感した。講習の初日、パールお嬢は冒険者三十人を相手に見たこともない凶悪な魔法を放ってきた。俺は何とか立ち上がれたが、そのあとこれまた知らない魔法であっけなく意識を刈られた。しかも、治療のおまけつきだ。このとき、俺はたしかに聖女であり真祖の娘でもあるパールお嬢のことを認めたのだ。

お嬢の指導はとても丁寧で分かりやすかった。俺みたいな頭が悪い奴にも、分かりやすいように説明してくれる。あれほど強いにもかかわらず、俺たちに上から目線で接することなど一度もなかった。講習の最終日になると、すっかり俺はパールお嬢のことを尊敬するようになった。

青天の霹靂とはまさにあのようなことを言うのだろう。講習も終盤に差しかかったころ、リンドルの上空に巨大なドラゴンが姿を現した。これまで数多くの魔物を狩ってきた俺だが、さすがにドラゴンの相手などしたことがない。あんなものに対抗できるのは、それこそSランカーくらいのものだ。このままドラゴンの攻撃に巻き込まれて死ぬしかないのか。俺は覚悟した。だが、パールお嬢は違った。冒険者たちへ的確に指示を出し、お姉ちゃんと呼ぶメイド姿の美女に王城跡地まで誘導してくれるよう頼んでいた。

いや、このメイドいつからいた?

呆気にとられながらやり取りを見ていると、メイド服の美女はあっという間に空へ飛んで行ってしまった。おそらく真祖に関わりがある者なのだろう。

「サドウスキーさん！　私たちは王城跡地へ行きましょう！」

「そうだね。アリアがうまく誘導してくれたら、地上から翼に魔法を撃ち込んで墜落させてやろう」

なるほど。そういう作戦か。ただ、その前にあのメイドは大丈夫なのか？　やたらと美人で巨乳の姉ちゃんだったが、あまり強そうには見えなかったぞ。

なんて思っていたときが俺にもあった。王城跡地へ向かう途中、ちらと上空を見ると、先ほどのメイドがドラゴンと互角に戦っていた。しかも、美人な顔立ちに似合わず恐ろしく口が悪い。だが、あの様子なら何とか王城跡地の上空まで誘導できそうだ。

「パールちゃん、もう少し近づいたら魔法を翼に撃ち込むよ！」

「うん！」

こんなとき剣士は役に立たない。俺は後ろに下がってパールお嬢とキラが魔法を放つところをただ見ていた。

「今だ！『炎撃矢《アローボム》』！」

「んー――！『魔導砲《キャノン》』！」

二人の放った魔法は見事にドラゴンの翼に命中し、空中戦を維持できなくなった奴は錐揉みに回転しながら地上へ墜落した。


「おお！　さすがパール嬢だな！」

「うむ。キラもお疲れさん」

声の主はケトナーとフェンダー。リンドルを代表するSランク冒険者だ。おそらく冒険者ギルドで情報を得てこちらへ来たのだろう。何はともあれ、あのドラゴンはもう満身創痍のはずだ。あとは楽にとどめをさすだけ、のはずだった。もう攻撃などできないと高を括っていたが、俺たちはドラゴンの生命力を甘く見ていた。奴は口を大きく開けると、ブレスを放つ準備を始めたのだ。あんなもの喰らったら間違いなく死ぬ。逃げなくては。

「危ない！」

誰かの声が聞こえた。さすがSランカーと言うべきか、ケトナーとフェンダーはその声に素早く反応しブレスの射線から離脱した。だが、俺は動けなかった。なぜ？　経験不足、反応力不足、予測力不足など挙げればキリがないが、要するにビビッていたのさ。これはもう死んだな。二十一歳でAランカーにまでなったってのに。最後の最後でやらかしちまった。俺はそのとき生きることを完全に諦めたんだ。

ドラゴンはたしかに禍々しいブレスを俺たちがいた方向へ吐き出した。だが、俺は死んでいなかった。恐る恐る目を開けると、パールお嬢が俺の前に立ち魔法で守ってくれていた。俺は言葉が出なかった。

なぜだ。

どうしてそんな危険を冒して、わざわざ俺のような奴を助けてくれたんだ。気がつくと俺は涙を流していた。そんな俺に気づくことなく、お嬢は「逃げて」と口にした。たしかに今なら逃げられるさ。でも、俺にその気はなかった。命をかけて俺を助けてくれたあの瞬間、俺はこのお方に一生ついていくと決めた。このお方の剣となり盾となって、生涯を尽くして仕えたい。俺は心の底から思ったんだ。だから、俺はパール様が逃げろと言ってもきかなかった。

あなたがここで逝くのなら、私はそのお供をしたい。そう正直な気持ちを伝えた。パール様は何も答えなかった。おそらく分かったという意思表示なのだろう。

なお、サドウスキーはあとからとんでもない勘違いだと知ることになるが。

パール様が展開している魔法の盾もまもなく消滅する。そして、それは俺たちの消滅も意味する。俺は静かにそのときを待っていたのだが、パール様はまだ諦めていなかった。突然パール様からとんでもない魔力が立ち上り、魔法盾の強度も増した。そして、ドラゴンが一瞬ブレスを吐くのを止めたとき、パール様は強大な魔法を放ってあっさりとドラゴンを倒してしまったんだ。だらしないことに、俺はその場で腰を抜かした。凄まじい魔法を目の前で見たのもあったが、それよりも生き残った実感が湧いて全身の力が抜けたんだ。

パール様に声をかけようとすると、まるで糸が切れた操り人形のようにぐにゃりとその場に崩れ落ちてしまった。慌てて抱き起こそうとしたのだが、それよりも早くメイド姿の美女が駆けつけ自らの腕に抱いた。それから、メイドはキラに何かを伝えると、その場から姿を消した。まさか転移魔法まで使えるとは。

パール様には外傷はないはずだ。それは近くで見ていた俺がよく分かっている。考えられるとすれば魔力の枯渇だろう。なら、パール様が回復するまでにそれほど長くはかからないはずだ。先ほどパール様に俺の気持ちは伝えた。だが、顔を合わせてきちんと想いを伝えたい。パール様がいつギルドにやってくるか分からないから、俺もしばらくは毎日ギルドへ通うことにしよう。どこか晴れ晴れとした気持ちで、サドウスキーは空を見上げた。

第四十六話　Aランクへの昇格

冒険者たちにとって、ギルドのなかが騒々しいのはいつものことである。特に、朝と夕方の時間帯は多くの冒険者が集まるため、ちょっとした小競り合いが起きるケースも珍しくない。そんな荒々しく騒々しい様子も、ギルドに集まる冒険者たちにとっては日常的な光景であった。リンドルの冒険者ギルドとて例外ではないのだが、この日だけは様子が違う。まるで時が止まったかのような静寂が支配する空間のなかで、冒険者たちが小声でささやき合う声がわずかに響く。冒険者だけでなく、業務で忙しいはずの受付嬢までが目を丸くしてある一点を見つめていた。ギルド内の皆が視線を向ける先にあるのは、パールに跪くサドウスキーの姿。

「パール様。俺が絶対にあなたのことを生涯かけて守ります。どうか、俺をあなたのそばにいさせてください」

まるで求婚するかのような言葉をのたまうサドウスキー。彼にとって、パールは危険を顧みず命を助けてくれた恩人であり、生涯をかけて尽くしたいと誓う相手であった。だが、そのようなこと周りの冒険者や受付嬢が知る由はない。いい年したいかつい巨体の男が六歳の女児に求婚しているようにしか見えないのだ。まるで事案、もとい地獄のような光景である。いきなりワケの分からない告白をされたパールは目をぱちくりさせている。

「あのとき、俺がパール様と一緒に逝かせてほしいと願ったとき、あなたは何も言わなかった。あれは、よい返事と受け取っていいんですよね?」

いや、なぜそうなった。ていうかあのときってどのとき？　いったい何の話してるの？

「えーと。いったい何の話でしょうか……？」

素直な疑問をぶつけてみる。

「ドラゴンのブレスから俺を守ってくれたときです！」

ああ……そういやサドウスキーさん何か変なこと言っていたような。正直、魔法に集中していたからあまり覚えてないんだよね。

「ご、ごめんなさい……あのときのことあまり覚えていなくて」

「そ、そんな……！」

うーん、申し訳ないけど本当によく覚えてない。だってめちゃくちゃ集中してたんだもん。

でも、何となくイラっとした記憶はあるようなないような……。

「俺は絶対に諦めません！　あなたのことは生涯をかけて俺が守ると決めたんです！」

必死な様子のサドウスキーにパールの頬が引き攣る。同時に冒険者や受付嬢たちの顔も引き攣る。

何かきもい。

サドウスキーが聞いたら卒倒しそうなことを内心思いつつ、引き攣った作り笑いで場をごまかそうとする。

「わ、私ギルドマスターさんに呼ばれているんでまた今度！　ごめんなさい！」

パールは頭を下げると急いでギルドマスターがいる執務室に向かう。残されたサドウスキーはまだ跪いたままだ。

「おい、あれって振られたのか……？」

「そうじゃないか？　いくら何でも年の差ありすぎだろ……」

「ていうか犯罪だろあれ……お嬢が危ねぇ。誰か衛兵に連絡するか？」

「それより、アンジェリカ様が知ったらあいつ消されるんじゃないか……？」

事情を知らない冒険者たちは遠巻きにサドウスキーを見ながら好きにささやき合った。Aランカーゆえに畏敬の念を抱いていた受付嬢たちも、今はまるで虫を見るような視線をサドウスキーに向けている。のちにパールの忠剣と呼ばれることになるサドウスキーの試練は、まさに今日このときから始まったのであった。


「失礼します！」

「パール様、おはようございます。何やら今日はホールが静かでしたが、冒険者の数が少ないのでしょうか？」

「いえ……いつも通りだと思います」

思わず引き攣った苦笑いが浮かぶ。

「そうですか。まあいいでしょう。パール様、昨日はドラゴンを討伐し町を守ってくださり、本当にありがとうございました」

ギルドマスターのギブソンは座ったまま丁寧に頭を下げた。

「いえいえ！　私だけの力じゃありませんし！　お姉ちゃんや冒険者さんたちが協力してくれたから何とかなったんですよ」

「それでも、パール様が的確な指示を出してくれたおかげで、町や人々にもほとんど被害がありませんでした」

そっか。私は倒れてそのまま屋敷に運ばれちゃったから知らなかったけど、町の人たちも無事だったんだ。よかった。今さらながらほっとしたパールはそっと小さく息を吐いた。

「それと、ドラゴンの素材はギルドが買い取ることになったので、後日パール様には討伐報酬と素材の売却代金をお支払いいたします。金額が金額なので、今度アンジェリカ様においでくださるようお伝えしていただけますか？」

へえー。そうなんだ。

「あ、はい。その報酬って、キラちゃんやほかの冒険者さんたちにも出るんですよね？」

さすがに私一人でもらうのは心苦しい。

「もちろんです。ドラゴンの討伐に関わった者には全員報酬が出ますので、安心してください」

「そうですか。分かりました。ありがとうございます」

「それともう一つ……」

ん？　何だろう？

「パール様はAランクに昇格してもらいます」

「へ？」

驚いて思わず変な声出ちゃったじゃない。え、どういうこと？　私がAランク？　それってあのきもい……じゃなくてサドウスキーさんと同じランクだよね。

「本来は、実績を積んだうえで昇格試験を受けなくてはならないのですが、パール様の判断力と戦闘力はすでにAランクと同等……それ以上と言っても過言ではありません」

いや、そんなことないでしょ。私まだ六歳児よ？

てる。

「というわけで、これが新しいギルドカードです」

ギブソンは一枚のカードを懐から取り出すと、パールの前に差し出した。おー、何かキラキラし

「今後、今まで以上に難易度が高い案件をお願いすることがあるかもしれませんが……」

「はい。ただ、私はいいんですが、あまり危険な依頼はママが……」

「そのときは、私もアンジェリカ様にお願いしますので」

それは助かるかも。ただ、昨日のことがあるししばらくは危険な依頼とか無理だろうなー。私もママにあまり心配かけたくない気持ちもあるし。

「分かりました。話はこれで終わりですか？」

「はい。わざわざご足労いただきありがとうございました」

じゃあ帰ろうかな。お姉ちゃんはそろそろ戻ってくるかな？　今日はギルドマスターと話をするだけだとアリアには伝えてある。そのため、アリアはパールの用事が終わるまで町中を散策しているのだ。どんな依頼があるのか一応見ておこうかなー、と思ったパールであったが、サドウスキーのことを思い出してやめた。

ちょっときもくてしつこい屈強なAランク冒険者。パールのなかでサドウスキーの情報は完全に書き換えられた。なお、彼はこの日以降、冒険者や受付嬢たちから小児性愛者疑惑をもたれ続けるのであった。試練である。

第四十七話　最後の訓練と後始末

訓練初日の大立ち回りに獣人族の襲撃、リンドルへのドラゴン襲来、パールの魔力枯渇にAランク冒険者への昇格。短い期間ではあったがいろいろあったものだ。エルミア教の教会本部、その裏手にある聖騎士団訓練場で訓練の様子を見守るアンジェリカは、そっと息を吐いた。

今日は約束の一週間目。訓練最後の日である。目に映るのは、いつにも増して猛々しく訓練に励む聖騎士たちの姿。訓練最終日だから、というのもあるだろうが、それ以上に彼らをやる気にさせた理由があった。黒を基調としたゴシックドレスを纏い、足を組んで椅子に座るアンジェリカ。その隣の椅子にはパールがちょこんとかわいらしく腰かけ訓練を眺めていた。

冒険者ギルド主催の実技講習が終わったこともあり、パールは少し休暇をとっている。聖騎士団の訓練についてくる？　と聞くと満面の笑みで「行く！」との返事を貰えたため連れてきたのである。日々過酷で理不尽な訓練をこなし、心身ともに疲弊しているであろう聖騎士だが、聖女であるパールの姿を目にすれば多少元気になるのでは。何となくそう思ったのだ。

その効果はてきめんだった。訓練開始の前にアンジェリカが聖女であるパールを娘と紹介すると、聖騎士たちは喜びに打ち震えた。なかには涙を流す者もいたくらいだ。やはり教会関係者にとって聖女は特別な存在らしい。なお、当代の聖女が真祖の愛情を一身に受けている娘であることは、教皇の名義で教会関係者へ通達されている。今後面倒が起きないようにとの、ソフィアの配慮だ。そんなわけで、今アンジェリカたちの目の前には「ここって戦場だっけ？」と言いたくなるような光景が広がっている。いくら何でも気合い入れすぎじゃない？　パールはというと、何やらワクワクした表情で聖騎士たちが斬り結ぶ様子を見つめていた。

「ママ、こんなにたくさんの聖騎士さんを指導してたんだね！　凄い！」

やだ嬉しい。

「パールだってたくさんの冒険者に指導してたじゃない」

そのうえドラゴンスレイヤーになってしまうとは。真祖の愛娘で聖女でAランク冒険者、しかも凶悪な攻撃魔法を撃ちまくる六歳のドラゴンスレイヤー。属性盛りだくさんである。

訓練が終盤に差し掛かると、アンジェリカは椅子から立ち上がり自ら剣をとり聖騎士たちの相手をした。一時的とはいえ指導を任された身だ。やれることはやっておきたい。一人一人打ち倒しつつ、一言かけていく。今日が最後であることを聖騎士も理解しており、なかには涙を流している者もいた。最後の一人は、先日獣人族の襲撃で一度死んだジャクソンだった。青い瞳に真剣な光を宿し、鋭い闘気を纏ってアンジェリカへ斬撃を繰り出す。残念なことに至極あっさりと捻じ伏せられるが、ジャクソンの表情は晴れやかだった。そんなジャクソンに、アンジェリカは初めて素の笑みを向けた。

「整列せよ！」

訓練場にアンジェリカの凛とした声が響く。聖騎士たちが一糸乱れぬ様子で整列し、訓練場が静寂に包まれた。

「一週間の訓練、ご苦労だった。理不尽に思えたこともあっただろうが、過酷な訓練を耐え抜いたことで貴様らは確実に強くなった」

聖騎士たちは皆一様に口を固く結び、アンジェリカの一言一句を聞き漏らすまいとする。

「私は今日ここを去る。もう二度と会う機会はないかもしれない。だが、生きてさえいればいずれまた会える可能性はある」

聖騎士たちの目に涙が浮かぶ。

「いいか、現状に満足するな。貴様らより強い人間、魔物は大勢いる。死にたくなければ強くなり続けるのだ。強くなっていつか会えることがあれば、またそのとき私が稽古をつけてやる」

訓練場にすすり泣く声が広がる。感極まって嗚咽が止まらない者もいるようだ。

「では諸君。最後に一言」

………。

「それなりに楽しかったわ。決して死に急がないように。みんな元気に頑張りなさい」

最後の最後で鬼教官の仮面を脱ぎ捨てたアンジェリカの言葉に、聖騎士たちは顔を覆って泣き始めた。見るとなぜかパールも泣いている。いや、なんで？　演壇から降りたアンジェリカは、名残惜しそうにしている聖騎士たちに背を向け、パールを伴いその場から立ち去った。何となく彼らからもみくちゃにされそうな気がしたからだ。ソフィアに声もかけなきゃいけないしね。そんなこんなで、ジルコニア枢機卿と教皇の間まで足を運ぶと、すでにソフィアとレベッカが待っていた。

「アンジェリカ様。一週間の訓練ありがとうございましたです」

「御母堂様。私からもお礼を言わせていただきます。ありがとうございましたです」

いや、レベッカにもソフィアの口調うつってない？

当初はレベッカもすべての訓練に参加するつもりだったらしいが、聖騎士団長ともなるといろいろ忙しいらしく、結局二日ほどしか参加できなかった。

「私もそれなりに楽しかったから問題ないわ。それより、獅子身中の虫は見つかったのかしら？」

例の内通者である。

「はい。ほぼ間違いないと思います」

「そう。なら早めに駆除したほうがいいわよ。些細な情報でも洩れるとまずいことはあるでしょ」

「そうですね……それでアンジェリカ様。実際のところ、聖騎士たちは獣人族と同等に戦えるくらい強くなれたのでしょうか……？」

内通者を排除しても獣人族の襲撃がこれまで通り続くことはあり得る。教皇として訓練の成果を知りたいのは当然のことだ。

「それは難しいわね。強くなったのは事実だけど、そもそも獣人と人間とではもとの身体能力が違いすぎるわ。対等に戦うには戦略面の工夫も必要ね」

「なるほど……ではレベッカ。それについてはあなたに任せます」

「は。かしこまりました」

レベッカは神妙な顔で頭を下げる。

「最近の獣人族はおとなしいですが、それがかえって不安というか……今度またいつ襲撃があるか……」

ソフィアは相変わらず心配性のようだ。

「うーん。多分そっちは大丈夫だと思うわよ」

「え？　なぜですか？　獣人族がもう襲ってこない、ということですか？」

「フフ。多分だけどね」

いたずらっぽい含み笑いを見せるアンジェリカに、ソフィアは首を傾げるのだった。


——デュゼンバーグ特別区——


犬獣人族の長として、俺はこれまでいくつもの修羅場をくぐり抜けてきた。だからこそ、この特別区の統治者シャガとして獣人たちをとりまとめられている。もちろん、そんな俺を疎ましく思っている奴らもいた。デュゼンバーグの王族とかな。だが、幾度となく差し向けられる刺客をことごとく返り討ちにしてやると、次第に刺客が送られてくることもなくなった。そもそも、この屋敷の警備は厳重だ。獣人の鼻や耳をごまかせる者などいない。これまでの刺客もすべて、俺の部屋へたどり着くまでに捕えられるか殺された。

だからこそ俺は信じられなかった。

今、自分自身に起きていることを。

「決して後ろを振り返らぬように。振り返った瞬間、あなたの首は胴と離れますのでご注意を」

背後からの声に俺は小さく頷く。執務室の椅子に座り書類に目を通していた俺は、突然背後に現れた気配に驚愕した。落ち着きはらった男の声。それなりに年齢を重ねた刺客なのだろうか。振り返りたくても振り返ることができなかった。すでに室内の空気は恐怖に支配され、俺は声すら出せない状態なのだ。振り返ったら殺される。これまで感じたことがない恐怖に全身の毛が逆立つ。

「私の要求はひとつです。今後、教会聖騎士と民への手出しはしないこと」

やはり、王族か教会が差し向けた刺客なのだろうか。

「もしこの約定を違えると、あなただけでなくこの特別区そのものが塵と化すでしょう」

声の質から脅しでないことが分かる。そして、それを現実のものにするだけの力があることも。王族や教会の刺客ではない。背後に立っているのは人ならざる者だ。おそらく、この男一人で特別区などあっさりと潰せるくらいの力があるのだろう。

「……分かった。表で警備をしていた連中は……殺したのか？」

「安心してください。気を失っているだけです」

殺すまでもない、ということだろう。いつでも殺せるのだから。まあとりあえずはよかった。聖騎士に手出しできなくなるのは忌々しいが、命あってのものだねだ。

「お約束いただけたようなので、私はこれで失礼いたします」

まるで執事のように丁寧な話し方を終始続けた刺客は、そう告げると音もなく背後から気配を消した。あの男はいったい何者だったのか。俺たちは、いつの間にか絶対に手を出してはいけない者と関わってしまったのでは――。恐ろしい考えに支配され、シャガはぶるぶると大きく体を震わせるのであった。

閑話３　ソフィアの想い

国内外に多くの信者を擁するエルミア教。聖デュゼンバーグ王国の王城そばに立つ教会本部には、日々さまざまな関係者や信徒が訪れている。基本的に、教会へ訪れた者は敷地内であればどこへも自由に移動できるのだが、唯一の例外が最奥に位置する教皇の間である。教会内でもっとも神聖な場所とされる教皇の間へは、枢機卿をはじめとするごく僅かな者しか立ち入りを許されていない。

「レベッカ。あれから聖騎士団の様子はどうかしら？」

教皇ソフィアが座したまま聖騎士団団長のレベッカへ問いかける。

「は。御母堂様の訓練が終了した直後は気を落とす者が多かったのですが、今は落ち着いています」

アンジェリカは聖騎士団に対し、理不尽とも言えるほど過酷な訓練を行った。それにもかかわらず、アンジェリカは聖騎士たちから絶大な尊敬と支持を得ていたのだ。

「むしろ、いつ御母堂様にお会いしてもいいように、自分を鍛えるのだと張り切っています」

「そう。それならよかったわ」

アンジェリカ様は本当に凄いお方だ。自分で言っておいてアレだけど、いきなり最初にぶちかまして一瞬で聖騎士たちの心を掴んでしまった。しかも、訓練の最終日には聖騎士全員が顔を覆って泣いてたんだとか。もしかして私やレベッカより慕われてるんじゃ……。

それと、獣人族のことだ。訓練の最終日、アンジェリカ様はちょっと含みのある言い方をしてた。あれは何だったんだろうって思ってたけど、最近分かった。あの日以来、獣人族の襲撃がピタリと止んだのだ。きっと、アンジェリカ様が何か手を回してくれたに違いない。どんな手を使ったのか分からないけど、この国が抱えていた問題をあの方は簡単に解決してくれた。本当、アンジェリカ様には感謝の気持ちしかない。

「猊下。何やら表情が暗いですね」

「あら。そう見える？」

無理もない。だって、最近は訓練終わりのアンジェリカ様が足を運んでくれて、一緒にお茶を楽しむ時間が多かったんだもの。教皇なんて立場になってからは友人とも気軽に会えず、お喋りとお茶を楽しむ時間もほとんどなかった。だから、ここ最近のアンジェリカ様とのひと時は本当に楽しくて幸せな時間だった。私より幼い顔立ちだけど遥かに年上で、でも超がつくほど美しいアンジェリカ様のお顔を眺めながら紅茶を楽しむ。あのような幸せな時間をもう過ごせないと思うと、切ない気持ちになった。

「はぁ……」

思わず漏れるため息。

「大丈夫ですか？　猊下」

ぜんっぜん大丈夫じゃないわよ。こんなことなら一週間なんて言わず、定期的に指導を受ける形にしておけばよかった。もちろんアンジェリカ様が引き受けてくれるかどうかだが。何にせよ、今さら考えたところでもう遅い。いろいろ考えているうちにソフィアは哀しくなってきた。一週間の僅かな期間ではあったものの、ほぼ毎日のように顔を合わせていた人と会えなくなったのだ。寂しいし哀しいし切ないに決まってるじゃない。自然と零れ落ちる涙。とめどなく頬を伝う涙が熱い。

「げ、猊下!?」

いきなり涙を流し始めるソフィアにレベッカは大いに慌てた。そんなことはお構いなしに声を出して泣き始めるソフィア。

「どうしたんですか、猊下!?」

慌ててソフィアのもとへ駆け寄ると——。

ソフィアはレベッカの胸に顔を埋めてさらに勢いよく泣き始めた。レベッカは困り顔である。

「大丈夫ですよ、猊下。私がついていますよ……」

泣いている理由がまったく分からず慰めようがないが、とりあえずレベッカは安心させようと言葉をかけ続けた。

「……コホン。ごめんなさいね、レベッカ。みっともないところを見せてしまって」

まさかレベッカの胸に顔を埋めて泣いちゃうだなんて……! 恥ずかしい……!

今までこんな姿はジルコニア以外に見せたことがなかった。ジルコニア枢機卿はソフィアと幼馴染なので、それこそあらゆる顔を知り尽くされている。ダメね、上に立つものがこんなことじゃ。ジルに知られたらまたお説教だわ。うん、泣いたらすっきりした。アンジェリカ様との楽しかった日々は思い出にして、私はこれまで通りやるべきことをやっていこう。ソフィアはささやかな胸の前で拳を握りしめると、そう強く決心した。

「楽しく幸せな日々をありがとうございました。アンジェリカ様……」

レベッカにも聞こえないくらいの小さな声でソフィアは呟いた。と、そのとき――。

「呼んだ？」

「ひゃあっ!!」

突然背後から声をかけられソフィアとレベッカは跳びあがった。驚き振り返ると、そこにはいつもの黒いゴシックドレスを纏うアンジェリカが立っていた。

「ア、アンジェリカ様!?　どうしてここに!?」

「どうしてそんなに驚いているのよ」

「いや、だって訓練期間は終わったし、もうここには来てくれないと思ったのですよ」

「来ちゃダメなのかしら？　来ないほうがいいの？」

どこかに飛んでいくのではないだろうかくらいの勢いで首を横に振るソフィア。

「そんなわけありませんです！　でも、どうして……？」

「知り合いとお茶を楽しもうと訪問することがそれほど不思議？」

――そこは友人と言ってほしかった！

だが、アンジェリカはこれからもここに訪れてくれるらしい。それだけでソフィアは小躍りしそうなくらい嬉しかった。

「今忙しいの？　忙しいなら帰るけど」

「いえ！　まったく忙しくないのですよ！　今すぐ紅茶を用意させるのですよ！」

すっかり哀しさも切なさも吹き飛んだソフィアは、満面の笑顔で元気よく宣言するのであった。

閑話4　常勝将軍フェルナンデス

かつていくつもの国を単独で滅ぼし、いつしか国陥としの吸血姫と呼ばれるようになった真祖の姫アンジェリカ。その彼女を長きにわたり支え続けてきたのが万能メイドのアリアである。家事から大規模な戦闘まで担える彼女はアンジェリカにとってなくてはならない存在だ。そしてもう一人。アンジェリカを陰から支え続けてきた者がいる。アンジェリカの執事、フェルナンデス。長身痩躯、後ろへ撫でつけられた灰色の髪、余計なことは口にしない寡黙な男。アンジェリカ曰く、誰よりも美味しい紅茶を淹れてくれるとのこと。

「お嬢様。例の件、片付けて参りました」

「そう。ご苦労様。問題はなかったかしら？」

「ええ。素直な御仁で助かりました」

初老の執事はこともなげに告げる。だが、彼に命じたことはそれほど簡単なことではない。デュゼンバーグ特別区、獣人族を統治する者の屋敷への潜入と工作。それが彼に与えた仕事である。だが、初老の執事はまるで散歩へ出かけてきたかのような口ぶりで片付けたと口にした。普通なら驚くべきことだが、目の前の執事にとってその程度のことは朝飯前であるとアンジェリカは理解している。彼こそアンジェリカの忠実なる執事であり、かつて真祖の軍を率いて多くの戦場を血に染めてきた常勝将軍、フェルナンデスである。

「フフ、愚問だったわね。あなたからすれば歯応えがなさすぎたかしら？　常勝将軍さん？」

口角を少し上げ、ニンマリとした笑みを向けるアンジェリカ。

お嬢様のこういう悪戯っぽい表情は昔から変わりませんね。

フェルナンデスは遥か昔に思いを馳せる。

――千五百年前――

「進め進めーー!!　今こそ好機だ！　悪魔族の奴らを皆殺しにせよ！」

この頃の真祖一族は悪魔族と頻繁に戦端を開いていた。数ある種族のなかでも悪魔族の強さは際立っている。いくつもの種族が悪魔族によって根絶やしにされたほどだ。だが、悪辣とも言える強さを誇る悪魔族であっても、真祖一族を蹂躙することはできなかった。なぜなら、戦場にはいつもあの男がいたからだ。

真祖の当主が絶対的な信頼を寄せる将軍、フェルナンデス。巨大な矛を棒切れのように操り敵をなぎ倒す、万夫不当の将軍である。彼が戦場に立つだけで空気が一変した。兵は一様に士気を高め、昂りの咆哮が天と大地を震わせた。その強さから常勝将軍とも呼ばれるフェルナンデスは、まさに真祖一族が誇る最強の矛であった。

「フェルー！　今日の戦いはどうだったの？」

声の主は真祖一族の当主、サイファ・ブラド・クインシーの愛娘アンジェリカ。当主にとっては一人娘であり真祖の姫でもある彼女は、戦から戻ったフェルナンデスによく声をかけた。

「お嬢様。いつも通りでしたよ。私が出るまでもありませんでした」

「そうなんだ！　やっぱりフェルは強いのね！」

満面の笑みを浮かべながら跳びはねるお嬢様。御当主だけでなく、兄上たちからも絶大な愛情を注がれている彼女だが、すでに戦闘力だけなら一族のなかで随一とも言われている。いずれ彼女も戦場へ出る日がやってくるのだろうか。そんなことを考えていると、何とも言えない気持ちになった。お嬢様が戦場へ出ることがないよう粉骨砕身働けばよい。

フェルナンデスは本気でそう考え、そう願っていた。だが、思いもよらぬ事態の発生により、彼女は幼くして戦場にその身を晒すのであった。そして、そこにはフェルナンデスも深く関わっていた。あのとき、どうしてお嬢様は……。

「フェルナンデス？」

お嬢様に声をかけられ、物思いに耽っていたことに気づく。懐かしい。あのような昔のこと、よく覚えているものですね。

「お嬢様、申し訳ありません。少し昔のことを思い出していました」

「あら。常勝将軍なんて古い呼び名を私が持ち出したからかしらね」

「そうかもしれませんね。ですが、私にとってその名はあまりいい思い出がありません」

これは本心だ。常勝将軍などと周りから囃し立てられ、調子にのった挙句あのざまだ。思わず眉間に力が入る。

「……まだあのときのことを気にしているの？」

アンジェリカの言葉に思わず身を硬くする。

「…………」

気にしているのかいないのか、と問われれば、気にしているのは間違いないだろう。私のせいで、私の力不足のせいでお嬢様を危険な目に晒したのだから。

「あなたが気に病むことはないわ。それに、もう大昔の話よ？　いつまであのような昔のこと覚えてるつもりよ」

「……では、お嬢様はもうお忘れになられたので？」

「…………」

面白くなさそうに少し唇を尖らせる。このような顔を見せるのは珍しい。パールを育て始めてからはおそらく初めてみる表情だ。

「あのときのことを私が忘れることは生涯ないでしょう。だからこそ、どのようなことでも慎重にことを運べるようになりました」

「……まあ無理に忘れろとは言わないけど」

フェルナンデスはアンジェリカとの会話を終えると自室に戻った。思いもよらず遥か昔に思いを馳せてしまい、古傷が疼く。あと数百年もすれば、あのときの話も笑ってお嬢様と話せるようになるのだろうか。ベッドに腰掛けたフェルナンデスはそんなことを考えつつ静かに目を閉じた。

第四十八話　アンジェリカの憂鬱

「どういうことか説明してくれるかしら？」

聖騎士団への指導が終わって一週間後のある日、アンジェリカ邸のリビングで向き合う二人の美少女。真祖でありこの屋敷の主人でもあるアンジェリカと、その眷属でメイドのアリアである。説明を求められたアリアはやや俯き加減で冷や汗をかいている。今、アリアはパールとアンジェリカのあいだで板挟みになっていた。

遡ること一時間前。

「ママ、明日はお姉ちゃんとリンドルの商業地区にお出かけしてくるね」

リビングでくつろぎながらパールが明日の予定を告げる。

「あら、そうなの？　アリアは何も言っていなかったけど」

「き、きっと伝えるのを忘れてたんじゃないかな⁉」

何その狼狽え方。分かりやすい子ね。キィとドアが開く音が耳に入り目を向けると、ちょうどアリアが紅茶を運んできたところだった。

「ねえアリア。明日はパールとお出かけするの？」

「え？　明日ですか……あっ！　はいっ！　その予定です！」

いや、あんたたち二人して分かりやすすぎでしょ。本当の姉妹みたいね。

「そう。分かったわ。パール、紅茶飲んだらお風呂に入りなさい。明日お出かけなら早めに寝なきゃね」

「う、うん！　分かった！」

微妙に目が泳いだのをアンジェリカは見逃さない。いったい何を企んでるんだか。小さくため息をついて紅茶を口に運ぶ。チラとアリアに目をやると、やはりどこか落ち着かない顔をしている。

ここはひとつ問い詰めてやりましょうかね。


というわけで冒頭のやり取りにつながる。

「アリア。明日パールとお出かけというのは嘘なんじゃなくて？」

とても分かりやすく焦り始めたのを見てアンジェリカは仮説の正しさを確信する。

「あなたが私に嘘をつくなんてね。哀しいわね」

アンジェリカは少し目を伏せ哀しそうな表情を浮かべた。もちろん演技である。

「お、お嬢様！　私はそんな――！」

哀しい表情のまま上目遣いでアリアを見つめ続ける。

「う……！」

よし、もう少しだ。相変わらずこの手に弱いわね。

「……私がお嬢様にお話ししたこと、パールには絶対黙っててくれますか？」

「内容によるけど……まあいいわ」

アリアは軽く深呼吸をすると、とんでもないことを口にした。

「明日、パールはリンドルで冒険者の少年と一緒にお出かけするそうです」

たっぷりと漂う沈黙。

「………は？」

やっと絞り出した第一声がこれだった。

いや、パールが少年とお出かけ？　少年って男よね？　当たり前か。ん？　なぜどうしてそんなことに？　必死に思考を巡らせるが理解できない。

「ギルドで仲がいい少年のようです。私は明日、リンドルまで転移で送ったあとカフェかどこかで時間を潰してほしいと言われました」

アリアの扱い雑っ。まあそれはいい。でも冒険者の少年と二人で出かける？　それって――。

「お嬢様……これってもしかして、デートなんでしょうか？」

雷に打たれたような気持ち。パールがデート？　いやいや、早くない？　もう親離れ？　そんなの耐えられないんだけど。

「……パールはあなたに口止めしたのよね？」

「……はい」

どういうこと？　本当にデートなのかしら？　そもそも少年って何歳よ。パールはかわいい顔をしているが、六歳の女児に目をつけるとかとんでもない変態のスケコマシなんじゃないの？　パールが真祖である私の娘であることはリンドルの冒険者なら知っているはず。なら、よからぬことを考えることはないとは思うけど……。

「……アリア」

「はい、お嬢様」

「明日、私もこっそりリンドルへ行くわ」


――翌日――


アリアはパールを転移でリンドルに送ると、そそくさと近くの路地裏に入り込んだ。僅かに時間を置いて、彼女の背後にアンジェリカが現れる。

「首尾はどう？」

「はい。私の蝙蝠がこっそりあとをつけているので見失うことはありません」

「よろしい。では行くわよ」

なお、今日のアンジェリカはいつものゴシックドレスではなく、水色のワンピースを着用し髪も後ろで一本に束ねていた。精いっぱい地味で目立たない少女に変装したつもりである。アリアも尾行に備えて、メイド服の下に別の服を着こんでいた。こちらもワンピースだが、伸縮する素材を用いたタイトな服だったため、胸元の盛り上がりがさらに強調されることになってしまった。ささやかな胸元のアンジェリカが一瞬忌々しげな表情を浮かべるが、アリアは気づかない。そんなこんなでとりあえず尾行を開始した。


「ねえ。あれが例の少年？」

「そのようですね」

二人が視線を向ける先には、親子ほどの身長差がある少年と女児が横に並んで一緒に歩いていた。どこかで見たことがあるわね……あ。ギルドへ聖騎士が押しかけてきたとき、血を流して倒れていた子じゃない？　そう、少年の正体は赤髪のダダリオである。たしか、あのときパールに癒しの力で治癒してもらっていたわね。まさか、そこから二人の距離が縮まって――!?

そんな妄想をしているうちに、二人は商業地区のなかに入っていった。尾行がバレないよう細心の注意を払いつつ歩を進める。商業地区は普段から混雑しているため、姿を隠しての尾行には適している。ただ、アンジェリカは人混み、というより人間に向けられる視線が嫌いであった。地味な女の子に見えるよう変装はしているが、素材がよすぎるためやはり目立ってしまう。イライラする

気持ちを抑えつつ尾行を続けていると、二人はレンガ造りの小さなお店に入っていった。看板を見るに、アクセサリーを扱うお店のようだ。まさか、二人でお揃いの指輪とか買うんじゃないわよね……？


「アリア。あそこの窓まで行くわよ」

「え!? 近づきすぎじゃないですか？ 見つかっちゃいますよ？」

「大丈夫よ、多分」


アンジェリカはアリアを押し切って、往来側に面した店舗の窓下へ移動する。静かに顔を上げてなかを覗くと、パールと赤髪の少年が商品を選んでいる最中だった。何を買うつもりなのかしら、とさらに窓へ顔を近づけようとした瞬間、パールがパッとこちらを向いた。咄嗟にしゃがんで難を逃れた二人だったが、これ以上は危険と判断し撤退することに決める。その後、お店から出てきたパールと少年は二人でギルドの前まで歩いていき、そこで別れたのだった。


「お嬢様。どうやら別れたようですね」

「そうみたいね。あの子とはカフェで待ち合わせしているの？」

「はい。そろそろ向かいますね」

「じゃあ私は先に屋敷へ戻るわ」

結局デートかどうか分からず、釈然としない気持ちのままアンジェリカは屋敷へと戻るのであった。

――その夜・アンジェリカ邸――

食後にリビングでくつろぐアンジェリカとパール。今日のことを聞きたくてたまらないアンジェリカだが、あまり干渉しすぎるのもよくないと思い我慢している。ただでさえパールからは過保護だの過干渉だの言われ続けているのだ。問いただしたりして嫌われてしまっては元も子もない。ただ、それでも知りたいものは知りたい。悶々とした気持ちのまま、向かいで美味しそうに紅茶を飲むパールにちらちらと視線を向ける。

「……パール。今日は楽しかった？」

「うん。楽しかったよ！　それでね……」

パールはスカートのポケットからごそごそと何かを取り出す。きれいに包装した小さな箱のようだった。

「はい。これママに」

「え？　私に？」

予想外のことにアンジェリカは思わず目を丸くする。

「うん。ママ、いつも私を守ってくれてありがとう。冒険者の仕事でお金も稼げているし、ママに何か贈り物をしたいってずっと考えていたの」

包装を外して小さな箱を開けると、そこには三日月をかたどったペンダントが入っていた。

「どれにしようか迷ったんだけど、月ってママに似合うなって思って」

やだ、嬉しすぎて泣きそう。じゃあ、今日お出かけしたのはこのために？　でも、なぜあの少年と？

「あのね、ママ。ごめんなさい。今日お姉ちゃんとお出かけって言ったけど、実は違うの」

うん、知ってる。

パールの話によると、あのお店はダダリオ少年の知人が経営しているお店らしい。ギルドでアンジェリカへの贈り物を買いたいと口にしたパールに、紹介と案内を買って出てくれたようだ。

スケコマシとか言ってごめんダダリオ少年。

アリアにも内緒にしてたのは、こっそり用意して驚かせたかったとのこと。うん。その企みは成功してる。めちゃくちゃ驚いてるし嬉しいし、本当に涙が出そう。

「ありがとう。パール」

膝をついて目線を合わせ、ぎゅっと抱きしめた。

「大切にするわ。私にとって二番目に大切な宝物だから」

「えーーー。一番じゃないの？」

リスのように膨らませた頬がかわいらしい。

「ええ。だって一番の宝物はあなただもの」

この子が私の娘でよかった。私がこの子の母親でよかった。心の底からそう思ったアンジェリカであった。

書き下ろし番外編

誇り高きハーフエルフ

半端者に厄介者、異端者、鼻つまみ者。生まれてからずっと言われ続けてきたこと。でも一番多かったのは『忌み子』。望まれず生まれてきた子。私だって別に生まれたくて生まれたわけじゃないのに。エルフの母と人間の父とのあいだに生まれたのが私。森の管理者とも言われるエルフの多くは生まれ育った里を出ることなく生涯を終えるが、私の母レイムは外の世界に憧れた。周りの反対を押し切って里を飛び出した母は人間の男と恋に落ち私を宿した。少しのあいだ人間の世界で暮らしたあと、父の死を機に母は幼い私を連れて里に戻った。

里を捨て飛び出した母だが、思いのほか里の者は母の帰還を喜んだらしい。祖母をはじめ母に近しい者は幼い私をかわいがってくれたし誕生を喜んでもくれた。だが、元来エルフは融通がきかず頑固な種族である。人間との混血である私を認めない者、許せない者も大勢いた。だから、幼いころの私は相当差別的な扱いもされてきた。正直、その頃のことはあまり思い出したくない。だから私は里を出た。そういう扱いに対して腹立たしい感情があったし、絶対に見返してやりたいって思った。母や祖母はいつでも戻ってきなさいと言ってくれたが、しばらく戻るつもりはなかった。こうして私はあの狭い世界から抜け出すことに成功し、自由と平穏を手に入れたのである。

――視線の先に見えるのは一頭の獣。息を殺しながらそっと近づき弓に矢を番《つが》える。ゆっくりと弦をひき絞り照準を定めた。

「よし……今度こそ……」

摘んでいた弦を離す。放たれた矢が風を巻いて獣へ襲いかかるが、獣の足元に刺さった。失敗である。

「くそ……またか……」

里を出て一週間以上経つが、ほとんどまともな食事にありつけていない。こんなことならもっと真面目に弓の練習をしておけばよかった。地面にゴロリと仰向けに寝転び天を仰ぐ。地面からの冷気がじんわりと背中に侵入してきた。ああ、お腹空いたな。こうなったら木の皮でも剥いで食べてやろうかな。そんなことを考えていたそのとき――。

すぐそばに何者かが現れた気配を感じた。寝転がったまま目だけを動かすと、視界の端にぼんやりとした光を纏う女性が映り込んだ。

「……誰?」

『私はエンリ。森の精霊よ。てゆーかあなた、エルフのくせに私を知らないの?』

ずいぶん口が悪い精霊だなと思いつつキラは半身を起こした。

「私は……ハーフエルフだから」

『……ふーん。まあいいわ。で、あなたこんなところで何してるの?』

キラはこれまでの経緯を掻い摘んで説明する。初対面、しかも相手は精霊なのになぜか自然に会話できていることにキラ自身が驚いた。

『なるほどねー。てか、弓がヘタなエルフとか笑えるんですけど』

「だってあまり必要なかったし……教えてもらえたりも……」

『……ま、エルフは排他的な種族だしね。好き好んでハーフエルフに弓を教えようなんて者はいないかもね』

「………」

『はぁ……仕方ないわね。森のなかで死なれるのも寝覚めが悪いし、せめて自分で生活できるくらいまであなたを導いてあげるわ』

「……え？」

『だーかーらー。この私があなたを鍛えてやるっつってんのよ。見たところ……あなた魔力はなかなかのものよ。弓がヘタでも魔法なら上手く使えるかもね』

そうなんだろうか。そんなこと初めて言われた。でも、魔法……もし本当に上手く扱えるようになれば、私をバカにした連中を見返すことができるかも。それに、獲物もとれる。

「本当に……教えてくれるの？」

『ええ。でも、とりあえずはこれお食べなさいな』

エンリがキラの足元を指さすと、いくつもの果物や野菜が現れた。とても瑞々しく美味しそうだ。

「こ、これ、食べていいの？」

『ええ、森の恵みをお裾分けよ。食べないことには体も動かせないでしょ？』

コクコクと頷いたキラは、両手で果物と野菜を掴むと勢いよく食べ始めた。なかなかのがっつきぶりに若干引き気味なエンリ。

『さあ。食べたら早速修行開始よ』

こうして、キラは森の精霊エンリから魔法の指導を受けることになったのである。

　エンリのおかげでさまざまな魔法を習得し、弓を使わずとも簡単に獲物をとれるようになった。獣だけでなく魔物の討伐にも幾度か成功した。

『キラ。あなた町で暮らしてみてはどう？　まだ若いんだしこんなところで世捨て人みたいな暮らしする必要ないでしょ』

「町で……？」

『そ。魔法もだいぶ使えるようになったし、冒険者とかやってみたら楽しいかもよ？』

「冒険者……」

『冒険者ってのはね、依頼を受けて魔物を倒したり誰かを守ったりする職業よ。高位ランクになればあなたをハーフエルフとバカにする者も少なくなるはず。A、Sランクにでもなれば誰からも尊敬されるようになるわよー』

　真っ暗闇な世界に光がさしたような気がした。冒険者。それしかないと思った。

『ここからなら……ジルジャン王国の王都オリエンタルが近いわね。とりあえず町へ行っていろいろ聞いてみるといいわ』

「うん」

『……キラ。ハーフエルフだからといってあなたが劣等感を抱く必要はないわ。考えようによれば、あなたはエルフと人間双方のいいところを備えているとも考えられる。あなただからこそ分かること、あなたにしかできないこともあるはずよ』

『……ありがとう』

『お礼を言われることではないわ。さあ、行きなさい』

「また……会えるかな？」

『ふふ……私は森の精霊。またいつか会える日も来るでしょう』

突如強い風が吹き抜けキラは腕で目元を覆う。風が止み、目を開けるともうそこにエンリの姿はなかった。キラはその場で深々と頭を下げると、大きな決意を胸に森の出口へ向けて歩き始めた。

ジルジャン王国の王都オリエンタルへ訪れたキラは、道ゆく人に声をかけ冒険者に関する情報を集めた。どうやら、冒険者ギルドなる場所があり、そこで冒険者の登録ができるとのこと。

「ここ……かな？」

木製の扉を手前に引いて中へ入ると、屈強な体つきの男たちがキラに訝しむような視線を向けてきた。見た目は十代前半の少女にしか見えないため、当然と言えば当然である。

えーと、あそこに行けばいいのかな？

きょろきょろと周りを見回しつつ、キラは女性が立っている受付カウンターへと歩を進めた。

「あの……冒険者になりたいんですけど……」

「はい、冒険者登録を希望ですね。えーと、あなた年はいくつかしら？」

「たしか二十歳くらいだったと思います」

「に、二十歳⁉　あ、エルフだものね、そりゃ若く見えるわよね」

「……いえ、エルフではなくハーフエルフです」

「あら、そうなのね。ええと、年齢は二十歳で種族はハーフエルフ、と」

差別的な扱いを受けるのでは、と一瞬身構えてしまったキラだったが、そのような心配はいらなかった。

「ええと、冒険者になるには試験を受けなくてはならないの。危険な依頼もあるから、適性を見極めるわけね。試験の結果によって冒険者のランクが決まります」

なるほど、そういう仕組みなのか。

「で、試験だけど、今からでも大丈夫かな？」

「はい」

こうして、とんとん拍子に冒険者としての試験を受けることになった。私の試験を担当したのは、長身で痩せた初老の男性。もともとAランク冒険者なのだそう。

「さあ、いつでもかかってきなさいお嬢ちゃん」

いや、お嬢ちゃんって私も二十歳超えているんですけど。じゃあ遠慮なくいかせてもらおう。

「『風刃《ウインドブレード》』」

風の刃が試験官に襲いかかるが、これはあっさりとかわされる。が、キラとしてもそれは織り込み済みだった。即座に反対の手で別の魔法を起動させる。

「『炎矢《ファイアアロー》』×三」

「む！　異なる属性の魔法を複数同時に⁉」

咄嗟に魔法盾を展開させて防御した試験官だが、その顔には驚愕の色がありありと浮かんでいた。終盤には試験官の接近を許し敗北したキラだったが、強烈な印象を残すことには成功し、新人としては異例のDランク冒険者として登録されることになったのである。

ジルジャン王国の王都オリエンタルに拠点を構えたキラは、冒険者として充実した日々を送っていた。ハーフエルフだからとバカにされることも差別を受けることもいっさいない。実力さえあれば正当に評価される冒険者の世界にキラは何ともいえない居心地のよさを感じていた。


「あ、キラさん。おはようございます」

「キラさんこんにちは!」

「キラちゃん、もうBランクなんだって? すげーよなー」

こんな感じで、冒険者たちはとてもフランクに接してくれる。気づけば年齢も三十歳になり、ランクもBになった。十年も冒険者として活動していれば、それなりに顔も広くなる。今ではすっかりオリエンタル冒険者ギルドの顔役だ。誰もが敬意を払い、丁寧に接してくる。

「うーん……今日はあまりめぼしい依頼はないかな……」

依頼の紙が貼り出された掲示板の前で腕組みしながら唸るキラ。今日は帰ろうかな、と思っていたところ——。

「おい、あんたがキラだろ?」

不意に背後から声をかけられ振り返ると、そこにはやや目つきが悪い一人の少年が立っていた。

「……君は？」

「俺の名はケトナー。いずれSランク冒険者になる男だ」

なんと、Sランクとは大きく出たものだ。まあ自信満々なのはいいことだけど。

「うん、それで私に何か用？」

「あんた凄い魔法をいくつも使えるんだろ？　俺とパーティーを組んでくれよ」

「……あなたランクは？」

「う……Dだけど……」

うん、まあ年齢的にそれくらいだろうね。

「悪いけど、私に利点がないかな。君がもっと強くなってランクも上がったら考えてあげるよ」

「な、何だと!?　バカにしやがって……年齢も俺たちとあまり変わらないしいいだろ!?」

「いやいや、私ハーフエルフだから若く見えるだけで、実際は君より二十歳くらい年上だよ？」

「え……？」

「そんなわけで、悪いね坊や。私とパーティー組みたいならもっと強くなれるよう頑張ってね」

まだ何か言いたそうな顔をしていた少年を置き去りにし、キラはギルドをあとにした。

冒険者ギルドで初めてケトナー少年に声をかけられてからというもの、何度も同じようなお誘いを受ける羽目になった。しかも、最近はケトナー少年だけでなくフェンダー少年からも熱烈なお誘いを受けている。どうやら、ケトナーとフェンダーは二人でよく依頼を受けているようだ。どことなく理知的なケトナーに怪力自慢のフェンダー、奇妙な組み合わせである。もっと強くなったら、ランクが上がったら、といつも断っていたためか、最近は二人で無茶な依頼を受けることもあるようだ。副ギルドマスターから注意を受けているところを何度か目にしたことがある。

そんなある日、いつものようにギルドへ訪れると、冒険者たちが遠巻きに何かを眺めているのが目に入った。彼らの視線の先では、若い受付嬢がギルドマスターから何やらきつく問い詰められている。

「どうしたの？」

「あ、キラさん！」

カウンター越しに声をかけると、ギルドマスターが弾けるようにこちらへ顔を向けた。

「……何かあったの？」

「それが……新人の受付嬢が冒険者のランクを確認せずに依頼の受注を受理しちゃったんですよ……」

ああ、新人にはよくあることだ。キラも過去に何度か同じようなことがあった。

「で、どのような依頼をどんな冒険者が受注したの？」

「……魔の森への入り口付近で目撃情報があったコカトリスの討伐です。受注したのは、ケトナーとフェンダーの二人です」

驚きのあまりキラはひゅっと息を吸い込む。バカな。たかだかDランクの少年冒険者が討伐できるような魔物ではない。血相を変えたキラはすぐさま冒険者ギルドをあとにし、魔の森へと向かった。

「……飛翔魔法を使えばそれほど時間はかからないはず！」

いくら早くランクを上げたいからといっても身のほど知らずにもほどがある。ただ、これは私にも少し責任があるかもしれない。お願い、間に合って！


薄暗い森のなかを、ケトナーとフェンダーは慎重に歩を進めていた。魔の森には強力かつ凶悪な魔物が数多く生息しているという。二人は神経を研ぎ澄ませ、標的であるコカトリスの気配を探った。

「たしか……目撃情報があったのは森の入り口付近だったよな……？」

「ああ……あまり奥に入るのはヤバい。何が出てもおかしくねぇからな」

と、慎重に歩を進める二人は目の前に広がる光景に違和感を抱いた。

「なあ……あれって枯れてるのか……？」

二人が視線を向ける先、その一帯の草花や木々が枯れていた。地面も紫色に変色している。

「たしか……コカトリスって猛毒を吐くんだよな？　だから、コカトリスがいる周辺は植物も動物も生きられないとか……」

一気に高まる緊張。二人は武器を携えたまま周りに視線を巡らせた。そのとき、突然二人の足元が暗くなる。太陽が雲で隠れたのか、と空を見上げた二人の目に飛び込んできたもの。それは、高い位置から二人を見下ろすコカトリスの巨体だった。

「ヒッ……！」

思わず悲鳴をあげそうになったケトナーだが、それより先にコカトリスがとんでもない声量で鳴き声をあげた。腰を抜かしそうになりながらも、何とかコカトリスから距離をとろうとする。が、コカトリスは巨体をものともせずとんでもない速さで二人との距離を詰めた。確実に死んだ、と思った二人だったが――。

「『風刃《ウインドブレード》』×三！」

空から風の刃が飛来しコカトリスを急襲した。堪らず悲鳴をあげるコカトリス。

「ケトナー！　フェンダー！」

声の主はキラ。空から地上へ舞い降りたキラは、二人を庇うようにコカトリスの前へ立ちはだかる。

「キ……キラ！」

「あんたたち！　呆けてる場合じゃないわよ！　早く逃げなきゃ！」

コカトリスは猛毒を吐く。ここで猛毒など吐かれた日には三人とも間違いなく死んでしまう。

「私が魔法で時間を稼ぐ！　二人は早く逃げなさい！」

「い……嫌だ！　そんなこと……！」

「あんたたちがいたところで役に立たないでしょうが！」

「ぐ……！」

「こんなところで死んだら、私とパーティーも組めなくなるわよ!?」

必死の訴えがきいたのか、ケトナーとフェンダーは渋々ながらもその場からの撤退を選んだ。キラは二人が逃げる時間を稼ぐべく、ひたすら魔法を連発する。コカトリスが追いつけないあたりまで二人が逃げたら、飛翔魔法で離脱すればいい。そう考えていたキラだったが――。

「……!?」

突然目の前が歪んだ。足元もふらつく。

「……まさか、魔力切れ……?」

そう、後先考えず魔法を連発してしまったため、キラの魔力は枯渇してしまった。膝から地面に崩れ落ちるキラ。

まさかこんな終わり方とは。ああ、あの二人は逃げられただろうか。と、その刹那――。

空からとてつもない魔力を纏った雷が降り注ぎ、一瞬でコカトリスは黒焦げになった。真っ黒に焼け焦げたコカトリスの巨体がゆっくりと地面に倒れる。

「こ……これは……?」

突然の出来事に思考がついていかない。完全に生命活動を停止したコカトリスの亡骸を視界の端に捉えながら、キラは意識を失った。


――上空から地上を見下ろす紅い瞳の少女。真祖、アンジェリカ・ブラド・クインシーである。

「まったく……森全体に響き渡るような大声で鳴くんじゃないわよ……うるさくって眠れないじゃない」

不機嫌そうな表情のまま地上を見下ろしていたアンジェリカは、不眠の元凶を焼き尽くしたことを確認するとそのまま屋敷の方角へと飛び去った。

――気がつくと白い天井を眺めていた。ここはいったい……？

「キラさん！　気がつきましたか！」

上から顔を覗き込んできたのは冒険者ギルドのギルドマスター。ということは、ここはギルドか。

「ええと……私は……？」

「覚えておられませんか？　ケトナーとフェンダーを救出に向かった先でコカトリスと戦闘になり、魔力が枯渇してしまったんです」

ああ、そうだった。ん？　そう言えばあのときコカトリスを倒した雷はいったい……？

「キラさんのおかげでケトナーとフェンダーは二人とも無事。しかもコカトリスまで討伐してしまうとは！　これはもうAランクへの昇格待ったなしですね！」

「い、いや。あのコカトリスは……」

否定しようとしたキラだったが、扉を勢いよくあけて入ってきたケトナーとフェンダーの声にかき消されてしまった。

「キラ！」

いや、あんたらさ、私かなり年上なんだけど。何で呼び捨てなのよ。ほんと生意気ね。

「キラ……俺たちのためにごめん……！」

ベッドのそばで大粒の涙を零す少年二人。彼らなりに反省はしているらしい。

「……本当ね。討伐対象の強さを見極められないようでは先が思いやられるわね」

「申し訳ない……」

顔を伏せる二人に、キラは優しい目を向ける。

「……焦る必要なんてないんだよ。少しずつ強くなって少しずつランクも上げればいいよ。私もまだまだ冒険者やるつもりだしね。このまま冒険者やってりゃ、いつかきっとパーティー組むこともあるよ」

キラの言葉に、ケトナーとフェンダーはゆっくりと、力強く頷いた。その後、二人は着実に実力をつけ遂にはSランク冒険者へと昇格した。そして、真祖アンジェリカや聖女パールに導かれるようにして最強パーティーを組むことになるのである。

――リンドル冒険者ギルドのホール。椅子に座ったまま過去のことをぼんやりと思い出していたキラの耳に聞き慣れた声が聞こえてきた。ちらと視線を向けると、カウンターの付近でケトナーとフェンダー、パールの三人が先日の依頼について楽しそうに受付嬢へ報告している。その様子を見てキラの口角がわずかに上がった。と、入り口の扉が開き、紅い瞳の少女が入ってきた。真祖アンジェリカである。

冒険者たちの注目を集めながら、カウンターで会話に興じていたパールたちのもとへ歩み寄ったアンジェリカは、三人を伴いキラのもとへやってきた。

「お疲れ様、キラ」

「ありがとうございます、お師匠様」

「ねえねえ、聞いてよキラちゃん！　ケトナーさんがさあ～……」

「いや、冗談ですよパール嬢！」

「何？　ケトナー、あなた私の娘に何かしたの？　フェンダー、どうなってるの？」

「いやいやいや、俺はまったく知らないというか……！」

　途端にキラの周りが賑やかになる。思わずキラは笑いが漏れるのを堪えた。まさか、自分にこれほど楽しく幸せを感じられる未来が待っていたとは思いもよらなかった。素晴らしい仲間に師匠との出会い。冒険者になって本当によかった。ねぇ、エンリ。あなたの言った通りだったよ。私に冒険者としての道筋を示してくれたあなたには感謝してもしきれない。いつかまた会えたら、あのとき見せられなかった幸せそうな笑顔をきっと見せられるよ。生まれて初めて魔法を教えてくれた師匠に思いを馳せながら、キラは窓の外へ目を向ける。窓の外から笑顔でこちらに手を振っているエンリが見えた気がした。

あとがき

『森で聖女を拾った最強の吸血姫～娘のためなら国でもあっさり滅ぼします！～』一巻を手にとってくださり、ありがとうございます。著者の瀧川蓮です。

私がこの作品を執筆し始めたのは二〇二二年の十月でした。私は普段から文章を書く仕事をしていましたが、それまで小説を執筆しよう、などとまったく考えたことはありませんでした。ただ、もともと読書は好きで、純文学からミステリー、ラノベとさまざまなジャンルの本を毎月十冊以上は読んでいましたね。そんなある日、気になったアニメの原作を探していると、「小説家になろう」というサイトを発見します。誰でも小説を書いて投稿できる手軽さに惹かれ、仕事の息抜きとして執筆を始めました。普段から文章を書いており、過去には長文のブログも執筆していたので、小説を執筆することにもまったく抵抗はなく、意外にもスラスラと書けたことを昨日のように思い出します。

自分でも驚きなのですが、執筆からわずか一ヶ月後には多くのポイントを獲得することになり、なぜかなぜか書籍化のお話が……。正直なところ、連絡をいただいたときは何かの冗談かと思いました（ごめんなさい！）

そんなこんなで今にいたります。なぜ吸血鬼が人間の女の子を拾って娘として育てる、といったテーマを取りあげたのか、正直なところ覚えていません……。執筆の際にもっとも重視しているのは、自分が楽しめるかどうか。自分ならどんな作品を読みたいか、何度も読みたくなるか、といったことを意識しながら執筆をしています。あと、アンジェリカには理想のダークヒーロー像をこれでもかと詰め込んでいますね（笑）　とにかく強く敵に対してはいっさい容赦しない、でもパールやキラなど身内には甘い。完璧超人なのにパール関連のことでは我を忘れたり、ショックを受けたりといったアンジェリカに著者自身が一番魅力を感じています。

作中に登場する国の名称やキャラクター名からお気づきになった方がいるかもしれませんが、私趣味でバンド活動をしています。もし、お読みくださった方の中に音楽好きな方やバンド活動している方がいるのなら、「あれ、この名前って……」となるかもしれませんね。たとえば、ジルジャンとセイビアンはシンバルのメーカー、パールはドラムメーカー、アリアとフェルナンデスはギターメーカー、といった感じです。アンジェリカだけ仲間はずれなのはここだけの話（笑）

あと、私猫を二匹飼っているんですが、それがまたかわいいんですよ。もうね、めちゃくちゃかわいくて、暇さえあればくっつこうとするんですが、猫って気まぐれなので気分がいいときしか近寄ってきてくれないんですよね。でも本当にかわいいので、普段から「うーん、天才だねぇ」とか「かわいいねぇ」って話しかけています。ええ、これってアンジェリカがパールにしていることとまったく同じことだと最近気づきました。

さて、わずか六歳にして冒険者デビューを果たしたパールですが、これからどうなっていくのか。天使のようにかわいらしいのに大人顔負けの強さを誇り、しかも自信家のパールは、これからもさまざまな事件に巻き込まれていきます。また、アンジェリカの周りもにわかにきな臭くなり、吸血鬼ハンターや同族まで現れ大きなトラブルに……。さらに、よからぬことを企む輩によってランドールにも怪しい影が迫ります。さあ、どうなってしまうのか。楽しみにしていただければと思います。

最後になりましたが、いつも応援してくださる皆さま、出版に関わっていただいた皆さまのおかげで当作品を世に出すことができました。これほど嬉しいことはありません。本当にありがとうございます。当作品はもちろんですが、今後はもっといろいろな作品も世に出したいと考えていますので、応援していただけると嬉しいです。それでは、また二巻でお会いしましょう。

二〇二三年　二月　瀧川蓮

巻末おまけ

コミカライズ第1話冒頭試し読み

漫画 sh

かつて
幾つもの国を
滅ぼした
ひとりの少女がいた
名は
アンジェリカ・ブラド・クインシー
人々は彼女を恐れ
こう囁いた

『国陥としの吸血姫』
と――

500年もの歴史をもつ
大国 ジルジャン王国
建国王の
ジルジャン・ハーバードが
当時圧政を敷いていた
王侯貴族を滅ぼし
「誰もが幸せに暮らせる国」
を目指して
つくった国である
ザァ…
そんなジルジャン王国
国境に広がる魔の森には
「吸血姫」が
住んでいるという――

サク
ミ
ガササ

ガウッ
グルル
ザッ
魔物？
どうしたのかしら
何かいる…？
続きは連載開始をお楽しみに！

次巻予告
娘の学《シ》園《ア》生《ワ》活《セ》は
過保護すぎ～
悪魔族襲来！親離れされても
ママは敵をぶちのめす！
最強吸血姫の親バカ
ダークファンタジー、第二弾！
コミカライズ決定！
第②巻2023年冬発売予定！

邪魔させないわよ？
森で聖女を拾った
最強の吸血姫
娘のためなら国でもあっさり滅ぼします！
瀧川蓮
Illustration ヨシモト

小説
第14巻
2023年
9月9日
発売!
シリーズ累計
140万部
突破!
(紙+電子)
TVアニメ放送開始!
帝国物語
式HPへ!
原作HP
TVアニメHP
餅月 望 ― 著
Gilse ― イラスト

Comics
ティアムーン帝国物語
ティアムーン帝国物語
ティアムーン帝国物語
ティアムーン帝国物語
ティアムーン帝国物語
コミックス
第7巻
2023年10月14日発売!
漫画：杜乃ミズ
2023年10月より
MBS・TOKYO MX・BS11にて
ティアムーン
断頭台から始まる、
姫の転生逆転ストーリー
詳しくは公

森で聖女を拾った最強の吸血姫
～娘のためなら国でもあっさり滅ぼします！～

2023年9月1日　第1刷発行

著　者　瀧川 蓮

発行者　本田武市

発行所　TOブックス
〒150-0002
東京都渋谷区渋谷三丁目1番1号　PMO渋谷Ⅱ　11階
TEL 0120-933-772（営業フリーダイヤル）
FAX 050-3156-0508

印刷・製本　中央精版印刷株式会社

ISBN978-4-86699-927-2

Printed in Japan